夜光珠の怪盗　目次

黄金密使　7
軟骨人間　57
古墳怪盗団　67
空を飛ぶ悪魔　77
天使の復讐　87
さばくのひみつ　101

窓の紅文字　109
緑の髑髏紳士　125
夜光珠の怪盗　159
ねむり人形座　183
最後の贈り物　有栖川有栖　265
編者解題　日下三蔵　270

夜光珠の怪盗

山田風太郎少年小説コレクション1

今日の人権意識に照らして不適切と思われる表現もありますが、時代的背景と作品の価値に鑑み、原文のままとしました。

また、黒須喜代治、土村正寿、深尾徹哉、輪島清隆各氏の著作権者と連絡がとれませんでした。ご存じの方はご一報ください。

黄金密使

挿絵　沢田重隆

異国の使者

「ああー」

朋子《ともこ》は思わずほうきの手をやすめて、ためいきをつき、見とれました。

　西のかた、はるばるとかさなる木曾山脈は、しずみかかる春の太陽のひかりのしぶきをあびて、さんさんと黄金色《きんいろ》にもえあがっているのです。

――美しい信濃のやまがいの町、飯田市の郊外にある朋子のちいさな家から見られる風景のうちでも、この季節の、この夕方ほどすばらしいものはなかったでしょう。

　でも、寒い、――晩春なのに、へんにうすらつめたく、ほうきをもった手はかじかむようでした。朋子は手にいきをふきかけると、また元気よく庭いちめんにちりしいた桜の花びらをはこうとしました。すると、そのときです。

「お嬢さん、貴志《きし》少将のおうち、ここありますね？」

　うしろから、へんなアクセントでたずねる声がしました。びっくりしてふりむくと、いつのまに門をはいってきたのか、背のたかい、見しらぬひとりの紳士がたっていました。

帽子をまぶかにかぶり、黒眼鏡をかけ、黒い外套をきています。

「ええー」

朋子はどきどきしながらうなずきました。

「貴志少将、いられますか？」

「はい、でも、お父さま、御病気なんですけど――」

お父さまは、去年の秋脳溢血をおこしてから、半身が不自由になってねているのです。でも、朋子がためらったのはそのせいというより、いまたずねてきたこのお客が、そのことばの調子といい、黒眼鏡といい、へんにぶきみで、なんだかお父さまにあわせたくないような予感がしたからでした。

「御病気？　お話、できませんか？」

「いいえ、お話くらいなら、できます」

「では、どうぞあわせてください。わたくし、こういうものです」

紳士は名刺をさしだしました。

それには、

『中華民国大使館　中国駐日代表団長　李《り》待鼎《たいてい》』

と印刷してあります。

（あら、中国の人なんだわ！）

朋子はびっくりしてほうきをなげだし、ぺこんとおじぎをすると、その名刺をもったまま、バタバタとおうちのなかへかけこみました。

お父さまは、お部屋でねたまま、本をよんでいましたが、名刺を見ると、サッと顔が赤くなり、両眼がよろこびにかがやいてきました。

「ウーム、とうとう来たか！」

そして、大声でよびました。

「伊賀、伊賀はおらんか？　わしを客間へつれていってくれ！　それから朋子、このお客さまを、な、すぐ客間へおとおししておくれ」

あわてて部屋にはいってきたのは、いかにも好人物らしい、下男の伊賀伴蔵《いがばんぞう》です。

貴志少将は戦争中ずっと中国に駐在していたのですが、伊賀は軍曹として、そのあいだ、少将の従卒をしていた男でした。終戦後、帰ってきた少将が、郷里のこの町で、さびしく暮すようになってからも、伊賀軍曹は下男としてまめまめしくつかえてくれているのでした。とくに、三年前、朋子のお母さまがなくなってからは、食事のせわまでして、いっそうなくてはならぬ忠僕になっていました。

「だんなさま、なにかごようでございますか？」

「伊賀、わしの待っていた人が来た。はやく客間へつれていってくれ」

めずらしくいきいきした主人のようすを、みょうな顔をして見ながら、伊賀はからだのきかぬ主人のからだを肩にかけ、客間まではこんでゆきました。その間に、朋子は玄関にかけだして、あの中国のお客さまをあんないします。

朋子のお父さんと李待鼎氏が客間にはいると、扉をピッタリしめて、ふたりがなにを話しているのかわからなくなりました。

お父さまがあんなにうれしそうな顔をしたところを見ると、よほど大事なお客様にちがいないのですが、朋子にはその紳士がどんな用件でやってきたのか、まったくけんとうもつかないのでした。

台所にゆくと、お茶のよういをしていた下男の伊賀がたずねました。

「お嬢さま、いまのお客さまはどんなお人なんでございますか？」

「しらないわ、日本人じゃないもの――中国のかたよ」

「中国の人？」

「ええ、名刺に、中国大使館――ってあったわ」

伊賀は首をかしげて、なぜかしんぱいそうな顔でした。

朋子がお茶を客間へはこんでゆくと、お父さまと中国の紳士は、テーブルをなかにだまってすわっていました。ところが、どういうわけでしょう。あの名刺をみたとき、あれほどよろこんだお父さまは、むっと唇をとじて、むずかしい表情でジロジロ紳士を見ていますし、紳士はみょうにソワソワとしています。

十分ほどすると、紳士がでてきました。

「朋子、お客さまをお送りしてくれ」

お父さまは客間にすわったままそう命令すると、しばらくじっと考えこんでいましたが、やがてひくい声で、「もしかすると……」と、うなって、また、「伊賀！　伊賀！」と、よびました。

中国のお客は、来たときとちがってみょうにおちつきなく、逃げるようにでてゆきました。朋子が見送って、玄関からひき返してくると、お父さまは伊賀に、口ばやにこう命じていました。

「伊賀……今の男は、李待鼎とか名のったが、もしかすると中国人じゃなくて、日本人かも知れん。どうもそんな気がする。……お前、すぐにあとをつけて、それをたしかめてくれ」

伊賀はあわててとびだしてゆきました。

朋子はなにがなんだかわかりません。いったい、あの紳士はなにものなのだろう？　お父さまは、なんのようで中国のお客を待っていらしたのだろう？　そしてあの人が中国人じゃなくて、日本人らしいって？

朋子は、さいしょ、あの紳士から声をかけられたとき、なんとなくぶきみな感じがしたことを思

いだし、さびしいけれど平和なこの家に、なぜか、あやしい風がふっと、ふきはじめたような予感がして、わけもなくブルブルとふるえていました。

覆面《ふくめん》の殺人者

いつしか日はおちて、東の空ににおうような新月がうかんでいます。ほのかな、暗いそのひかりさえもおそれるように、あの中国の怪紳士は帽子をぐっと額におろし、黒外套の背をまるめて、スタスタと飯田市のほうへ歩いていました。そのほかには猫の子一匹とおらぬ河ぞいの路です。

「李待鼎！」

暗い天からふったもののように、こんな呼び声がしました。

怪紳士はピクリと足をとめ、キョロキョロとあたりを見まわしました。が、すぐに今の声は気の迷いだったと思いなおしたようすで、またいそぎ足で歩きだそうとします。

「李待鼎！」

その声はまたよびかけます。ヒョイと頭をあげた中国の紳士は、とつぜんぎょっとしてたちすくみ、ばんざいのように両手をあげていました。

すぐまえの河ぞいに、黒い獅子がうずくまっているような大きな巌《いわ》のうえに、なにものか、すっくとたっている影がありました。ふくめんしていますが、その覆面のかげからぶきみにかがやく眼――そして、その手にひかるピストルの銃口は、ぴったりと李待鼎の胸をさしているではありませんか?

「いいか、これからおれの問うことに答えろ。だまっていたり、ゴマかしたりすると遠慮えしゃくなくぶっぱなすぞ」

笑いをふくんでいるだけに、いっそうものすごい、おそろしい声でした。中国の紳士は、ひとことも発することができず、恐怖にみちたひょうじょうで両腕をあげています。

「おまえ、いまどこへいってた?」

「あなた、なにものあるか?」

「だまれ。おれが問うのだ。おれの問いに答えなきゃ、ズドンとゆくぞ」

引鉄《ひきがね》に指はかかっていました。李待鼎はうなるよりほかはありません。

「き、貴志少将の家あるよ」

「なんのようで?」

「…………」

「いえ!」

李待鼎の唇がわななくよりはやく、ごうぜんとピストルが火をはき、李待鼎の帽子が突風にふかれたようにころがりおちていました。が、かれはボンヤリたっています。地上にころがった帽子の上の方に、ぽつんと黒いあながあいているのは、今弾丸《たま》がとおりぬけたのでしょう。

「二発目は心臓へゆくぞ。はやくいえ!」

なんというすさまじい言葉。つめたくひかる覆面の眼と帽子の孔を見くらべて、李待鼎はふるえあがっていました。……ガチガチと歯をならしながら……。

「黄金《きん》のうめた場所、聞くためあるよ」

「黄金のうめ場所?」

「そうある。終戦のとき、日本飛行機中国から、六貫目の黄金ののべいた、七十六本はこんだある。飛行機から、信州のこの山のなかへおとしたあるよ。その飛行機、帰るとちゅう、B29に撃墜されたある。それで、その場所しってるもの、貴志少将のほか、だれもいなくなったあるよ」

「フーム、そりゃ、どこだ?」

「ところが、教えてくれないある。少将、あとで中国大使館にしらせるよろしい、こういったあるよ」

「ほんとにおまえは知らねえのか？」

銃口がまたあがりました。李待鼎はまっさおにひきつッた顔を、死ものぐるいでふりつづけます。

「しらない！　しらないある。ほんとにわたししらないあるよ。——あの少将、悪いやつあるな。じぶんでひとりじめにする気あるよ。でも、あの黄金、中国のものある。あれ盗る日本人、泥棒、戦犯、マッカーサー元帥に訴えるあるよ」

「フッフッフッ、じゃおまえはなんだ？」

「わたし？　わたし、中国駐日代表団員、李待鼎」

「とは、また、うまくばけやがったな」

「えっ？」

がくぜんと眼をむく李待鼎のまえに、覆面の怪人はヒラリと巌上からとびおりて、音もなくすうッとそばによってきました。

「やい、白状しろ、おまえは日本人だろう？　貴志少将が教えなかったのァ、おまえがくさいとうたがったからにちげぇねえ。いってえ、おめぇはなにものだ？」

ピストルをぴたりと頭におしあてられて、李待鼎と名のる怪紳士は、ひたいからタラタラとあぶら汗をながしました。

「どうだ、白状しろ！」

「魔猿団《まえんだん》」

うめくように紳士は答えます。

「なにッ？」

「おそれいりやした。魔猿団の一人、暗闇の辰というもんでさ」

ことばはガラリとかわって、紳士はふるえる手でやけのように黒眼鏡をはずしています。——覆面の怪人は、じっとその顔を見つめていましたが、やがてその両眼に、なんともいえないものすごい笑いの光がはいのぼってきました。

「ウフフフ、ウフフフフフ！」

地獄のそこからもえあがる陰火のような笑い声、あまりのおそろしさに、暗闇の辰がポロリと

眼鏡を地におとし、ブルブルとふるえあがったとき、

「そうか――おまえが、魔猿団のはいかか――」

「だんな、おまえさんは？――」

　顔をあげようとした辰の耳のうえに、そのせつな、パッと火花がちって、にぶい銃声がかわもにひろがりました。ふたことことつづけず、暗闇の辰はくずれおちています。

　むざんな屍骸を片足でふまえ、覆面の怪人は銃口からたちのぼる白煙を見ながら、ニヤリとしてつぶやきました。

「魔猿団はこのおれさ――」

　そして、うすぐらい闇へ、すうっと幽霊みたいにきえてゆきました。あとには、ころがった屍骸が、うちぬかれた頭の孔からしずかに血をながしているばかり――。

　しかし、このおそろしいさんげきを見ていたのは、ただ青い三日月さまだけだったのでしょうか？

――いえ、いえ、そうではありません。伊賀です。少将から李待鼎のあとをつけろと命じられた下男の伊賀伴蔵です。いちぶしじゅうを見ていた伊賀は、顔いろをかえて、きゅうをつげに貴志家へとってかえしていました。

密使の少女

魔猿団――とは、そもいったいなんでしょう？それはひさしく東京をあばれまわり、全日本をふるえあがらせた兇盗団の名前です。ものをとるばかりではありません。そのためなら、人殺しをすることも、火をつけることもへいきでやります。そして、かれらが魔のようにおそって去った犠牲者の家には、門か塀か壁か、かならずぶきみ

な猿の手型が、ベッタリとおされてあるのです。

けれど、このおそろしい怪盗団の一味は、警視庁の血のにじむようなどりょくで、とうとうひと月ばかりまえ、大ぶぶんがたいほされたはずでした。しかし、そのとうじ各新聞は「網をのがれた残党は、地方へたかとびしたものと見られる」と報じて全国に警告したのですが、はたしてかれらの一味がこの信州へ出現したのでしょうか？

それにちがいありません。中国大使館員、李待鼎としょうしてのりこんできた怪紳士、ひとかわはげば魔猿団の残党暗闇の辰。ところがそれをとちゅうにまちうけてむざんにうち殺した覆面の怪人。かれもまた、「魔猿団はこのおれさ――」と、なぞのようなつぶやきをのこして消えさりました。すると、いったいこれは同志うちなのでしょうか？　それとも、暗闇の辰が魔猿団員だというのは、それもまたうそだったのでしょうか？　なんにしても、このぶきみきわまる怪盗団の影が貴志家にしのびよってきたのはうたがいないことのようでした。いや、その事実は、それからまもなくぞくぞくと世にもおそろしい姿をとって現われはじめたのです。

まっさおな顔でかけもどってきて、いま河ぞいの路上で見たさんげきを報告する下男のまえに、朋子のお父さんはくらい顔でうなずきました。

「そうか――」

そしてながいあいだ、じっとなにか考えていましたが、やがてけつぜんと眼をあげて、

「朋子」と、よびました。

「なあに、お父さま」

朋子はあおい顔をふりあげます。

「おまえは十三になったな。子供といえば子供だが、西も東もわからぬという年ごろでもない。これからお父さまのいうことをよくきいて、あるやくめをはたしてもらいたい」

朋子はおおきな黒い瞳をいっぱいに見ひらいて、コックリしました。

「おまえも新聞で見てしっているだろうが、いまとなりの中国では、国民政府軍と中共軍が戦って、国民政府軍は台湾だけにおいつめられている――しかし、このことは五年前、あの日本が降伏した日によそうできないことでもなかった。日本軍が総《そう》てったいしたら、あとの大陸にかならず共産軍が洪水のようにひろがってゆくだろう。――こう考えたのは、わしたちばかりではない。国民政府の高官のなかでも、それをしんぱいしたひとびとがあった。その高官のひとりが、終戦前夜、わしのところへひそかに使者をおくって、たいへんなことをたのんできたのだ――」

貴志少将はしずかに語りつづけます。

「それは、純金、六貫目ののべいた、七十六本を日本のどこかの山奥へはこんで、将来いざというときに国民政府が使おうというのだ。で、すぐに日本の飛行機を一機とばせて、この信州のある山へ投下させたのだ。ところが、その日本機はふこうにも帰途B29に撃墜されて乗員がみんな死んでしまったため、そのせいかくな地点をしっている

ものは、いまでは、この計画にあずかったわしひとりしかいない――」

朋子は眼をまるくして、口もきけません。六貫目の黄金、七十六個、それはどんなにばくだいな宝でしょう。

「わしは終戦直後、そこへいって、ひそかにそれらをうめてしまった。が、わしは追放の身のうえだ。あの黄金は中国のもの、けっしてわたしのものにする気はないがおおやけの活動ができないみぶんだから、いまにも東京の中国の大使館から、使者がくるか、使者がくるかとそればかりを待っていた。だから、今日あの李待鼎と名のる人物があらわれたときはながいあいだの責任がやっととけると思ってよろこんだわけだ。ところが、話をしてみると、どうも、ところどころふしんな点がある。そこで伊賀にあとをつけさせると、いま伊賀がつげるようなおそろしい事件がおこったという。あの男がはたして魔猿団か、それとももうひとりの覆面の怪人がそうなのかわからんがとにかく魔猿団がその埋蔵金の秘密をかぎつけたのだ！」

少将の口髭はブルブルとふるえました。

「朋子」

「はい」

「わしはもうだまっているわけにはゆかん。こうなったら、一日もはやく中国大使館につげて、あの黄金をほりだしてもらわんけりゃならん。――が、新聞でみると、魔猿団という怪盗団は、おそろしく悪知恵のある連中らしい。手紙をおくっても、とちゅうでぬすみ読みされる危険がある。だれか東京にゆくといいのだが、わしはこのとおりで、からだがうごかん。そこで――」

朋子はゴクリとかわいいのどをなみうたせました。が、じぶんをじっとのぞきこんでいるお父さまの、ふかい愛情とつよい激励にひかる眼をみると、顔をばらいろにそめて、だまってうなずきます。

「朋子、おまえ、いってくれるか？」

「はい！」

「ありがとう。朋子、ありがとう！」

お父さまは、うごくほうのかた手を朋子の肩にのせました。

「じゃ、いますぐたっておくれ。そして東京へいったら、ひとまず渋谷道玄坂上の叔父さまのところへいってな。叔父さまに手つづきしてもらって、中国大使館へ出頭するんだ」

「その、黄金をうめた場所というのは？――お父さま」

「うむ、その場所は――」

こういいかけて、貴志元少将はきゅうにふっとおびえたようにあたりを見まわしました。

が、灯のともった客間には、朋子と、つつしみぶかくひかえる下男の伊賀のほかには、だれの影もあるはずはありません。

「旦那さま、どうなさいましたか？」

「いや、誰かこの話を立ちぎきしているような感じがふっとしてな――」

朋子はぞーッとしてふりかえりました。伊賀はかけだして扉をさっとひらきます。だれの影もありません。

少将は気をとりなおして朋子をひきよせました。

「場所は――」

そして耳に口をあてて、なにごとかヒソヒソとつげます。朋子は眼をキラキラかがやかせて大きくかぶりをふりました。

「はい、わかってよ、お父さま！」

第二の犠牲

「では、伊賀、すぐに娘に旅のしたくをしてやってくれ」

「かしこまりました」

部屋をでていった朋子と下男は、三十分もするとまたやってきました。朋子はサッパリした紺のセーラー服、片手にちいさなボストン・バッグをさげています。

「お父さま、いってまいります」

朋子はおじぎしてためらいました。

おもい責任のあるじぶんの旅よりも、あとにからだの不自由な父をのこしてゆくのが、虫のしらせというものか、このうえもなくしんぱいなのでした。

りりしい娘の旅行姿に、貴志少将は両眼に涙をかがやかしながら、朋子の不安を見ぬいたように笑いました。

「わしのことはしんぱいするな。伊賀がついていてくれるんじゃから――」

「はい、ではお父さま、さようなら――」

彼女はげんきよくでてゆきました。ああ、小さな花にもにた密使、朋子の旅こそしんぱいはないでしょうか？　とほんのさっき、暗闇の辰を冷酷むざんにもうちころした覆面の怪人は、まだそこらへんをうろついているのではありますまいか。

そうなのです。

その怪物はいたのです。それはすぐにおそろしい事件としてあらわれました。

ぐったりとして椅子に背をもたせかけている貴志元少将の耳に、朋子を見おくりにでていた下男の伊賀が、いそいで玄関からもどってくる足音がきこえました。――

と、とつぜん、廊下のむこうの窓ガラスが、ガラガラガチャーンとわれるひびきがし、つづいて扉のすぐそばの壁に、タン！　と、なにかがつッたつような音がきこえました。

あッ、けたたましい伊賀のひめい。それから、バタバタと廊下をかけてゆく足音。

「伊賀！　どうした？　伊賀！」顔いろをかえていすからのびあがり、ぜっきょうする貴志少将のまえに、扉がひらいて、息をきらしながら下男があらわれました。
「だんなさま、います、あの男がいます」
「あの男？」
「はい、覆面の人殺しめが――わたくし、いまそこのドアのそばまでもどってまいりましたら、とつぜんむこうの窓ガラスをやぶってとびこんできたものがあります。ちくしょう！　と思ってその窓のところへかけつけて見ま

すと、庭のむこうを、幽霊みたいに消えていった影が見えました。月の光に、あれはたしかにさっきの覆面の男――」

「なに！」がくぜんとして顔をふりあげる貴志少将の眼に、下男の頬からフーッとながれる赤い糸のようなものが見えました。

「伊賀、右頬をどうした？」

「は？」けげんな顔で、片手を頬にあて、掌をひらいてみると、ベットリとまっかな血潮。

「ちくしょう！　やりやがったな！」うめいて、また扉のそとへとびだしましたが、すぐに伊賀は歯をガチガチならしながら、手になにか光るものをぶらさげてはいってきました。

「旦那さま、これがそこの壁につッ立っておりました。窓からとびこんできたものが、ひゅッと頬をかすめたように思いましたが、そのときやられたに、ちがいございません」さしだしたのは、ドキドキするような短剣でした。

　が、つぎのしゅんかん、ふたりをワナワナとふるえあがらせたのは、たんにそればかりではありません。その短剣の柄にむすびつけられていた一枚の紙片です。いや、その紙片に書いてある一行の文字です。

「見た。聞いた。大金塊の秘密。おれはあの娘を

おうぞ。魔猿団」自由にうごかぬはずの貴志少将のからだが、ピョンといすからとびあがっていました。ああ、なんという恐るべき通告！

「伊賀！」少将は恐怖のため、ぞッとするようなうめき声をあげました。

「朋子があぶない。あの子をおっかけてくれ。お前もいっしょに東京へ行ってやってくれ。はやく、はやく――」

「しかし、旦那さま――」

まっさおになって、下男は両手をねじりあわせました。中風《ちゅうぶ》の主人をひとりのこして、どうなるのでしょう？　けれども、少将は片足で足ぶみし、両眼に焦燥のほのおをもやしてしかりつけました。

「はやくゆけといったら！　おれはいい。おれは隣りのばあさんにめんどう見てもらう。いっこくもはやく朋子をおって、まもってやってくれ！」

ほんとうに、あの少女に危難がせまっていることはたしかでした。伊賀はころがるようにかけだしてゆきました。

が、朋子がじぶんのことよりもお父さまをしんぱいしたように、少将もじぶんのことより娘をしんぱいしたのですが、しかし彼じしんに危険はないでしょうか？

魔猿団は、黄金《きん》の埋蔵場所をしりたいのです。いまそれを朋子はきいていったのですけれど、少将だってそれをしっているではありませんか。少将の口からもそれは聞かれるではありませんか。

が、少将はなお娘の運命が気にかかるのか、またなにかを思いついたと見え、悲痛なさけびをあげました。

「伊賀！　伊賀！　まだいいのこしたことがある――」

けれど、下男はもう門をでていったのか、そのさけび声にこたえるのは屋根の空高くふきわたる南風の音ばかり。

「ああ、いってしま

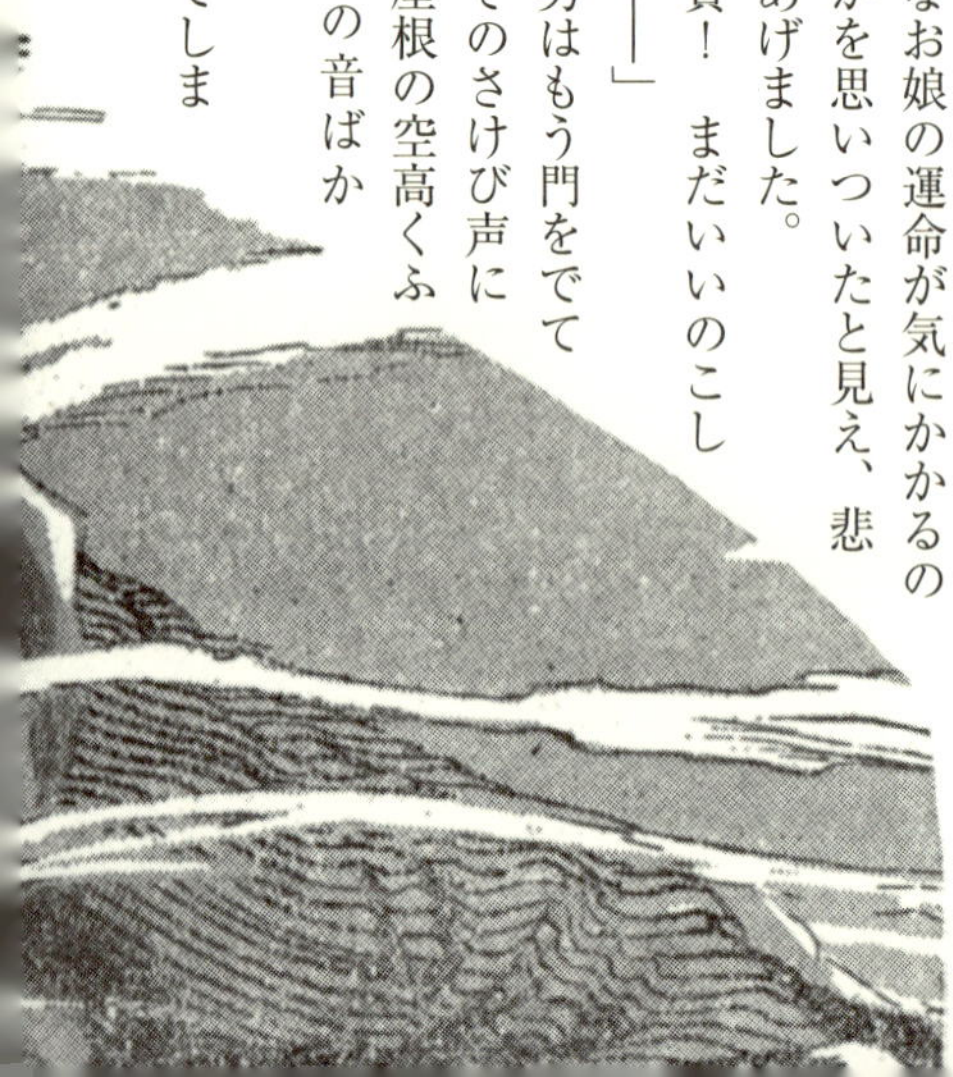

ったのか——」

ガッカリと貴志少将がいすに身をしずめたとき——扉のそとで、なにかへんな声がきこえました。

泣くような、うなるような——いえ、いえ、そうではありません。笑い声でした、少将はしらないが、下男はあの河のそばできいたことがある、あの覆面の殺人鬼の、地獄のかげびのようにいやらしいふくみ笑いでした。

「ウフフフ、ウフフフフフ！」

「だれだ？——そこにいるのはだれだ？」

ぎょっとして眼をすえた貴志少将のまえに、扉はソロソロとひらいていって、そこに幻のようにたたずんでいたのは——おお、はたして覆面の怪人。

「おいぼれ、娘も下男もいってしまった。ふふん、やっとひとりぼっちになったなァ」

「きさま、なにものだ？　名のれ！」

「ふっふっ、魔猿団よ——」眼は笑い、しかしおそろしい銃口はピタリと少将の胸をさしています。

「やい、おいぼれ、黄金の埋め場所をいえ！」
「ばかめ、なにを——」少将はひっしにしったしました。が、この怪物がどんなに気がみじかいか、もし少将がさっきの第一の犠牲者、暗闇の辰

のさいごを見ていたら。――いやいや、それでも少将は、けっして口をわらなかったでしょう。かつては大陸の戦場で鬼とよばれた勇将です。

「あの黄金は中国のものだ。きさまのような泥棒にはだんじてわたされん。もし――しいてききたければ、わしの屍骸にきけ」

「そうか――やっぱり、なあ？」

　覆面の怪人はためいきのようにつぶやいてうなずきました。が、おそろしかったのは、そのしみじみした声といっしょに、いともかんたんに、ごうぜんと発射されたピストルです。

　貴志少将はバネではじかれたようにのけぞり、次にヨロヨロとまえへ泳ぎ、ドサリとたおれていました。

「朋子！　しっかり――」

　断末魔の、かなしい父の一声でした。うごかなくなった第二の犠牲者をつめたい眼で見おろして、このにくんでもにくみたりぬ殺人鬼は、風のように身をひるがえしました。せんりつのつぶやきをのこしながら――

「では、東京へいったあの娘の口から聞こうか――」

　東京へ！　東京へ！

　かれんな朋子はもう汽車にのったでしょうか？　それをまもるためにおっていったはずの忠僕伊賀伴蔵。しかし、またそれを追おうとしている冷血の魔人。あやういかな、妖風にゆらぐちいさな密使花一輪！

鳩を飼う快少年

「さぁ、買いな、買いな、おどろくなかれ、石けん七つで百円だよ。ぽんぽんとまけて、八十円じゃどうだ……。ちえっ！　なにをぼやぼやかんがえてんだい！　ぬすんだって、うんちんがかかるんだよ……」

　ここは東京、渋谷の道玄坂。夕ぐれどきで、坂の両がわにならんでいるお店の灯りや、赤や青や美しいネオンの光りが花のようにひらめいているのです。

そのなかで、ひときわ勇ましく大きな声をはりあげているのは、露店の石けん売りの少年でした。

「まだ、買わねえか。この石けんをよく見てくんな、日本のものじゃねえんだぜレッキとした放出品、アメリカはキレイナール石鹸株式会社の製品だ。ハリウッドの女優さんは、みんなこの石けんの愛用者なんだぜ——」

　年は十二か十三でしょう。頬、つぶらな眼、ふっくりとした女の子のようなかわいらしいくせに、いせいのよいむこう鉢巻、しかし、口からとび出すことばはなんという品のわるいことでしょう。

　おもわず笑って足をとめる通行のひとびとも、この少年の肩を見て、ちょっと眼をまるくしました。それは、雪のようにまっ白な鳩が、うす赤い足で、ふんわりと少年の肩にとまっていて、くるりと眼をうごかしているからでした……。

　すると、その時です。

「やい、野郎っ！」

　とつぜん、耳もとでそうわめくこえがきこえてきました。見あげると、銀ぶちめがねをかけたどことなく不良らしい若い男。顔をまっ赤にして歯をむきだしています。

「小僧、また人の商売をじゃましやがって！　八つで百円って、そんなべらぼうなねだんがあるもんか。そんなねだんをつけられたら、同業者はみんなあがったりになっちまわあ。でたらめもいいかげんにしやがれ！」

「だって、兄貴！　でたらめじゃないよ。おいら、ほんとに八つ、百円で売るんだよ。高いかい？」

「ふざけるな、ばかやろうっ！　いいか、このキレイナール石けんは、原価だって一個二十円してるんだぞ。それを八つ百円で売られてみろ。ほかの石けん屋は、みんなおまんまの食いあげになっちまうじゃねえか！」

　たかっていた見物人たちは、やっと、このわか者のおこっているわけがわかりました。この若い男は、やはり近くで、キレイナールという石けん

を売っている露店商なのでしょう。

「てめえのようなやつは、商売仲間の見せしめに、こうしてくれる！」

その不良らしい若い男は、そういうと、いきなりぱちーんと少年の頬をなぐりつけました。

おどろいて鳩が、ぱっと、とびたちました。つづいて、そばにある石けんをならべた台を、どんとつき倒そうとしました。そのとたん、

「いけないわ！」

きぬをさくような声で叫んで、見物人のなかから、とびだしたものがあります。

「なにをッ！」

向きなおった若者は、少年をかばっているひとが、セーラー服のかわいい少女であるのにびっくりしました。

「らんぼうしちゃいけないわ」

少女はいっしょけんめいでした。

清らかな少女の頬は、もえるようにまっ赤でした。

若者は、

「ふん、生いきな、いまに見ていやがれ！」と、にくらしげなすてぜりふをのこして、こそこそと群集のなかへはいってゆきました。

「お嬢さん！　ありがとう」

石けん売りの少年が、そういってぺこんとおじぎしました。すると、いまのけんかで、どんなにこの少年の石けんが安いか、見物人たちにもわかったのでしょう。

「おい、キレイナール石けん、七ツくれ」

「ぼくにも、三つ」

石けんの山は、見る見るうちにはけてゆきます。このありさまを、眼をまるくしてながめていた少女は、やがてそっとはなれて、坂をさがってゆこうとしました。

「ああ、待ってくれ、お嬢さん」

石けん売りの少年はあわててよびとめました。向うはちまきをとって、顔じゅうの汗をふきながら、

「いまはどうもありがとう――ところでお嬢さん、きみは、今日、どっかから、東京にやってきたんじゃねえのかい?」

と、ボストン・バッグをさげた少女を、ニコニコながめまわします。

「そうよ、長野県から来たのよ」

と、少女はうなずきました。

朋子です。お父さんの密使となって、東京にやってきた朋子はやっと、さっき渋谷駅についたばかりなのでした。

石鹸売りの小騎士

朋子は、じぶんが家を出たあとで、お父さまが魔猿団のために殺されたことも、その魔猿団が朋子のあとをおって、東京にひきかえして来たことも知りませんでした。ところがあの中国の紳士に化けた男が殺されたことは、下男の伊賀伴蔵からきいて知っていましたし、その魔猿団が埋蔵金の場所を探していることも知っていました。

東京までの汽車の旅は、いつもまわりにたくさんの人がいましたから、べつにかわったことはおこりませんでしたが、ふしぎなことに朋子は、その旅のあいだ、ずっと、どこからかじぶんをねらっている眼があるような気がしてなりませんでした。お父さまと別れるとき、朋子は、お父さまか

ら話されたじぶんの重要な任務を、だれかが立ちぎきしているような気がして、ぞーっとしたものですが、あの気持が、いまも朋子のむねにわいてきました。

　朋子は、おびえた眼であたりを見まわしました。すると石けん売りの少年が、

「それで、お嬢さんはどこへいくの?」

　と、ききました。

「この坂上の、上通りの叔父さまのお家なの」

「そりゃたいへんだ。この道玄坂はこんなににぎやかだけど、坂の上は、空襲で焼かれたきりで、まだ原っぱばかりだよ。それにね、三日ばかり前、そこのある銀行に、魔猿団の残党が押しいったんだよ」

　朋子は顔色をかえました。

「お嬢さん、魔猿団って知ってる?」

　知らないでどうしましょう。朋子は身をふるわせて、うなずきました。

「よし、それじゃ、おいらが送っていってあげるよ。いま助けてくれたお礼さ。おいらこう見えても強いんだぜ」

　朋子は思わずふきだしました。さっき銀ぶちめがねをかけた若者になぐられて、ベソをかいていた顔を思いだしたのです。

　石けん売りの少年は、商売道具をすばやくかたずけて、前のタバコ屋にあずけると、ポケットに両手をつっこんで元気よくさきに立ちました。その肩には例の白い鳩がとまっています。

「おいら、石川三吉って名だよ。お嬢さんは?」

「貴志朋子」

「東京に遊びにきたのかい?」

「ううん、そうじゃないの——」

　坂の上でした。なるほど三吉のいったとおり、

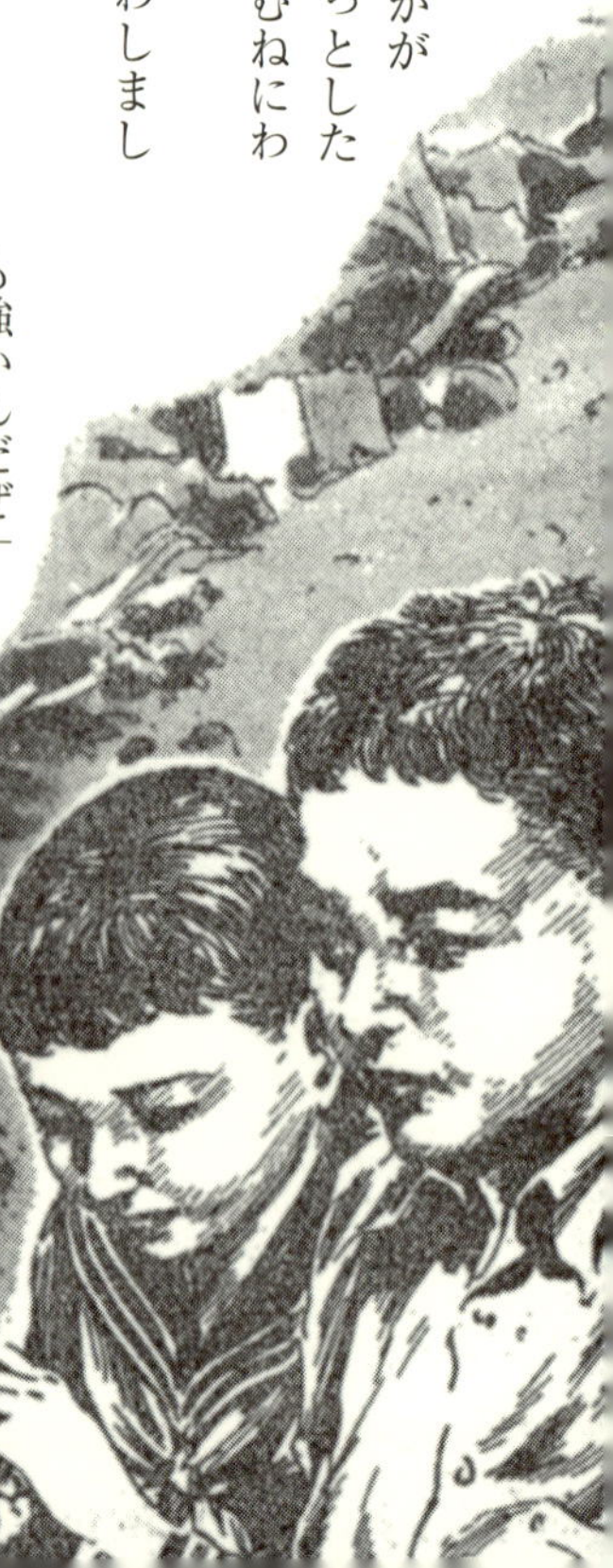

坂の下とはちがって、なんというさびしさでしょう。あちらこちらに、ぽつりぽつりとのこっている焼ビルをのぞいては、家らしい家もなく、ただ、草がぼうぼうと、はえているばかりです。

しかも、どこからともなく、あいかわらずじぶんを見はっている、あのおそろしい眼があるような気がして、朋子は、ぞーっとして、三吉をふりかえりました。

星の美しい夜で、三吉は、のんきそうに口笛をふいています。その口笛にあわせて三吉の肩の上にとまっている鳩がグルル、グルルと鳴いています。——こんなやさしい鳩をこうまでなつかせる少年にどうして悪い少年がありましょう……。

朋子は決心しました。この少年に、事情をうちあけて助けをもとめようと考えたのです。

「あのね、あたしが、東京へ来たのはね——」

朋子がある重大な使命をお父さまから命じられて、上京してきたこと。それを魔猿団がつけねらっているような気がして、いまの今もどこからかねらっているように思われてならないことなどを話しますと、三吉少年はちょっとこわそうにあたりを見わたしてから、すぐに腕をなでまわし興奮しました。

「ようしっ、わかった！　こうなりゃ、おいらも男だ、おいらが守ってやる。お嬢さんが、その任務をはたすまで、きっと、おいらが守ってやるよ！」

朋子が叔父さまのおうちにきたのは、五年も前、その上あたりがすっかりかわっていましたが、番地をたよって、さがしさがし、ふたりがぶじにおじさまの家についたのは三十分ばかりあとでした。

下男の伊賀伴蔵が息をきりきりやっとやって来たのは、それからさらに二時間ほどたってからです。

「ああ、お嬢さま、なんのおかわりもなく、ようこそ——わたくしひと汽車おくれておいかけながら、しんぱいで、しんぱいで……」

かれは朋子をだきしめるようにして、ぽろぽろ涙をこぼしました。そしてやっとのことで、朋子が出たあとあの覆面の怪人が脅迫状をつけた短剣を投げてきたことや、朋子のお父さまが伴蔵に、朋子を守ってやってくれと、東京ゆきを命じたことなどを話しました。

「でも、もうわたくしがまいりましたから、あんしんでございます。しかし、よくあの魔猿団がなんの危害も加えませんでございましたなあ……」

「それは、この三吉さんがついていてくれたからかも知れなくってよ」

そばでニコニコきいていた三吉少年は、頭をかいて照れてしまいました。

「それは、それは――」

と、伊賀伴蔵は、朋子から話をきくと、三吉に、

「たいへんおせわさまでした。もう、だいじょうぶですから、どうぞおひきとり下さい。この仕事がぶじにすんだらきっとお礼しますからね」

「とんでもねえや、お嬢さんを送ってきたのがおいらのお礼だよ」

三吉はあわてて手をふりましたが、すぐにしょんぼり立ちあがりました。

力づよい下男が来たのはうれしいのですが、このかわいいお嬢さんを守るため大した働きもしないうちに、用がすんでしまったのが、さびしかったのです。

「じゃ、あばよ――」

まもなく三吉は、くらい坂のうえの道をとぼとぼと渋谷の方へかえってゆきました。途中で、かれは大空の星をあおぎながら、大きな声でひとりごとをいいました。

「ちくしょう、さっきこのへんで、魔猿団の野郎が出てくれれば、よかったのに！　そしたら、おいらの腕まえを、あのお嬢さんに見せてやれたのに！　ちくしょう！」

その時三吉の肩の上で鳩がほうほうと鳴きました。

忠僕をさらう魔猿団

叔父さまのほんそうで中国大使館から、三日後

の正午出頭するようにとのへんじがあったのは、その翌日のことでした。

その夜もなんのかわりもありません。そのあくる日も。――そのあくる日も。……では、魔猿団はあきらめてしまったのでしょうか。

「もう大丈夫ですよ、お嬢さま」

下男の伴蔵がそういってわらいかけたのは、いよいよあす大使館へでかけるという前夜のことでした。星のうつくしい夜で窓から見ると、遠い渋谷のにぎやかな街の灯が、虹のようにぼっと空にうつっていました。

「あす大使館へゆくと、ことによったら、すぐに信州へ急行しなければならなくなるかも知れないのですから、せっかく来た東京ですもの、ひとつ、道玄坂でも見物にゆこうじゃありませんか……」

ああ、さすが用心ぶかい伴蔵も、じぶんがしゅっぱつしたあとで、朋子のお父さまである貴志少将が殺害され、覆面の魔人がすぐその足で、東京へ出かけた朋子を追いかけて行ったことを知らなかったのです。

「そうね、じゃあ行ってお父さまになにかおみやげを買ってきましょうか」

つよい下男の伴蔵がついているものですから、朋子はすっかりあんしんしていました。それに、道玄坂へ行って、もういちど、あの鳩を飼う石けん売りの少年にあって見たいような気がしていたのです。

ふたりは、出かけて行きました。夜の道玄坂は、先夜にもまして、すばらしいにぎわいです。

いなか者の伴蔵ですから、街の雑踏にすっかりこころをうばわれていたのでしょう、かれはうっかりして、とんでもないしっぱいをしてしまいました。

「あッ！　気をつけろ！　このばかやろう！」

とつぜんどなりつけられたときは、もうおそい、ガラガラッという大きな音といっしょに、鋪道の上にたくさんの石けんがとびちりました。不注意にも伴蔵は、露店の台に足をひっかけたのでした。

「わっすみません。た、たいへんなことを」あわててそれをひろいあげようとするより早く、その背なかをガンとけとばされました。

「この、とんまめ！　なんてことをしやがるんだ」

とびかかって、またけりつけた露天商、その男の銀ぶちめがねの顔を見て、朋子はあっとおどろきました。それはこのあいだ三吉少年をなぐった、あのらんぼうな青年ではありませんか。

「さあどうしてくれる、白虎《びゃっこ》の源太といや、渋谷でもちったあ売れた男だぞ。そのおれの大事な商売道具を……」

歯をむきだし、まっ赤な顔になってどなっていた白虎の源太という男は、とつぜん、ふっと、だまってしまいました。伴蔵が、うーんとうなったまま、たちあがらなくなったからです。

「伴蔵、どうしたの？」

朋子はびっくりして、かけよりました。が伊賀伴蔵はくるし気にうなっているばかりです。それを見ると、白虎の源太は急にそわそわと道具をまとめて、人ごみの中へ逃げてしまいました。

「しっかりして、伴蔵！　しっかりしてよ！」

思いがけないさいなんでした。思わず泣きごえをあげてゆさぶる朋子に、やがて伴蔵は、よろよろと立ちあがりましたが顔色はまっ青です。

「も、申しわけございません、お嬢さま」

むりに笑おうとしましたが、顔はゆが

み、その唇からは血がながれています。やっと五、六歩あるき出しましたが伴蔵はすぐそばのポストにもたれかかってしまいました。

「うーむ、どうもひどくけられたものだ。背骨がおれたようにいたくて……」

「そう！　こまったわね、どこかでやすんでゆく？」

「お嬢さま、そうさせて下さいますか。ほんの二、三時間、どこかホテルにでもやすませてもらえばいたみはうすらぐと思いますから」

そこへ、疾風のようにかけつけてきた少年、

「あっ、三吉さん！」

「お嬢さん、白虎の源太兄貴に、ひどい目にあわされたんだってね、いまそんな話をきいたんだ。やられた人の服装をきいたら、どうもお嬢さんたちらしいんで、おいら、しんぱいしてさがしてきたんだよ！」

いきせききっている石川三吉の肩へ夜空からまい下ってきた、例の白い鳩がふんわりと、とまりました。


話をきいて三吉は、すぐ近くのホテルにふたりをあんないしました。

三階の一室、ベッドに横たわった伴蔵を、朋子は不安そうに見て、

「だいじょうぶ？　痛む？　伴蔵もうすこししたら、帰れる？」

すると三吉少年は、

「なんならお嬢さん、おじさんは明日の朝まで、ここでやすませておいて、今夜は、おいらが送っていってもいいぜ」といいました。

叔父さんの家はそんなに遠くはないし、夜もふけていましたので、けっきょく、朋子は三吉少年に送られて、さきに帰ることになりました。

ところが、ふたりが部屋を出て、五、六歩廊下をあるいたときでした。「わーッ」というものすごい悲鳴がいま出てきたばかりのドアの向うからきこえました。

「伴蔵の声だわ！」

ふたりは、顔色をかえてかけもどりました。が、どんなにドアをあけようとしても、ひらかな

いのです。

「伊賀、どうしたの！　どうしたの？」

「おじさーん」

　部屋のなかは、しーんとしています。たったいまおそろしい悲鳴がきこえてきたばかりなのに、なんの返事もないのです。

　三吉はころがるようにホテルの支配人のところへ行って、合鍵をもらってきました。そして、やっとドアーをあけることができましたが、これはまたどうしたことなのでしょう。さっきまで伴蔵のねていたベッドはからっぽで、その枕もとのかべには「おれの仕事の邪魔をするやつは、この通りだ。魔猿団」と墨くろぐろと書いてあるではありませんか。窓が一枚ひらいていました。とびついてのぞきこむと、ネオンのあかりに、その壁には黒い猿の手型が、べたべたと一直線に、下の方につづいて見えるのでした。

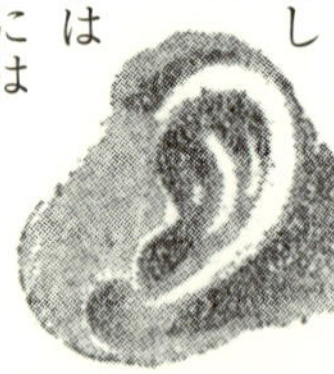

　ああ、第三の犠牲者、伊賀伴蔵！　それにしてもたとえ身動きが不自由とはいえ、あっという間に、下男の伴蔵をさらって行った怪人は、この高いホテルの壁を、大きな蜘蛛のようにはいあがり、はい下りていったのでしょうか？

都会の地下牢

「よろしいっ、戦闘開始だっ！」

　三吉少年はそう叫ぶと、そのじゅんびだといって、道玄坂の途中にある家へ朋子をひっぱってゆきました。

　どんなじゅんびをしたのか、十分ほどしてから出てきたふたりは肩をならべて坂をのぼってゆきます。あの鳩は、いつの間にか朋子になれたのでしょうか。こんどは向う鉢巻をしめた三吉の肩にではなく、かわいいセーラー服をきている朋子の肩にとまっているのでした。

と、その時でした。

坂の上近く、うすぐらい電柱のかげに誰れを待つのか、もうろうと立っている一人の男がありました。

ああ、顔をおおっている黒い布。そのあいだかららんらんと光っているものすごい眼。——あの男です。暗闇の辰を殺し朋子のお父さんを殺した魔人は、やっぱり東京へやってきて、ここにまちかまえていたのです。

そして、ほんのさっき、ふしぎな手段で、高いホテルの窓から伊賀伴蔵をどこかへさらったのも、この怪人の仕業にちがいありません。

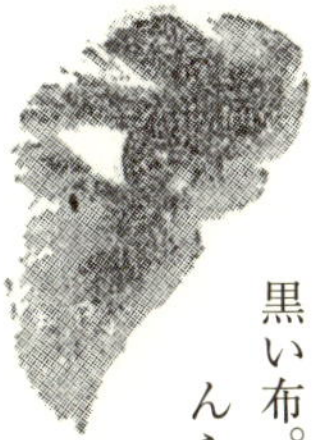

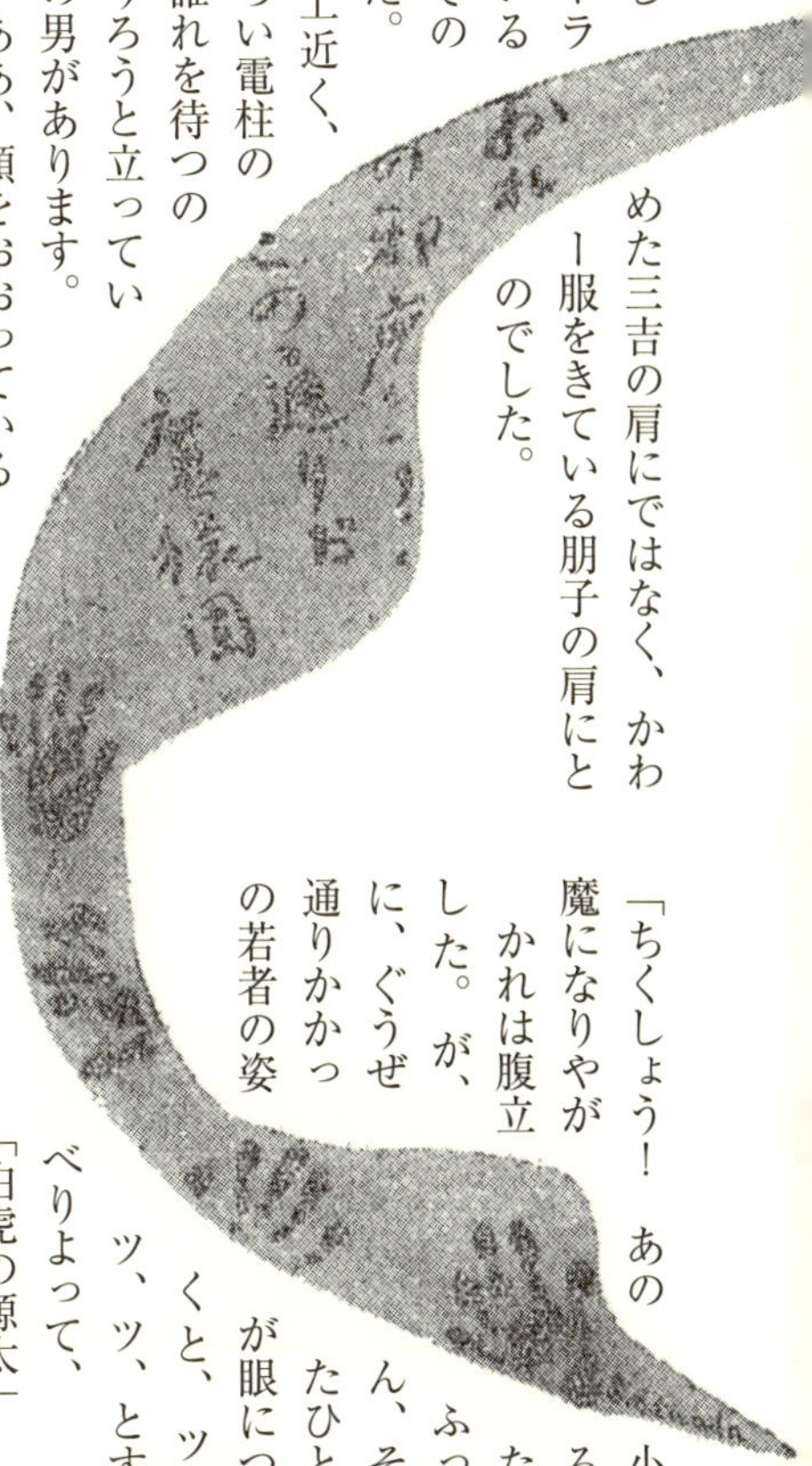

「ちくしょう！　あの小僧、どうしても邪魔になりやがる」

かれは腹立たしげに舌うちしました。が、ふっと、そらした視線に、ぐうぜん、そばをよっぱらって通りかかったひとりの若者の姿が眼につくと、ツ、ツ、ツ、とすべりよって、

「白虎の源太」

ひくい声で呼びかけました。白虎の源太は、ひょいと、顔をあげて覆面の男を見、ぐいと、横腹につきつけられたかたいものが、ピストルだと知ると、いっぺんによいもなにもさめてしまって両手をあげてしまいました。

「お、お助け——」

「よく、度胸をすえてきけ、おれは魔猿団だ。手めえにたのみがある」

「ヘッ、な、なんでもききますよ。命ばかりは

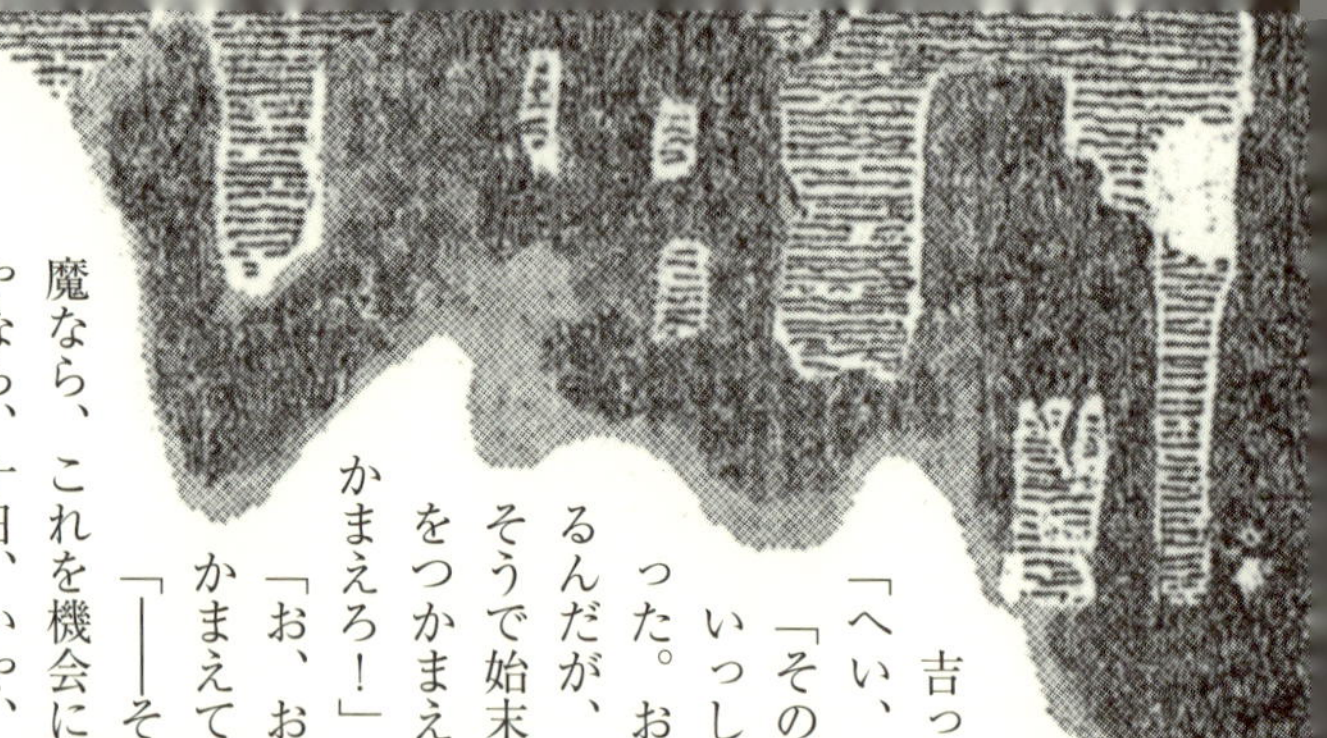

――」

「手めえ、石けん売りの三吉って小僧を知ってるだろう」

「へい、おれの商売仇きで――」

「その小僧が、いまある女の子といっしょに、この坂の上の方へ行った。おれはその女の子に用事があるんだが、どうも、あの小僧があばれそうで始末にいけねえ、おれが女の子をつかまえるから、手めえ、三吉をつかまえろ！」

「お、おやすい御用で。そして、つかまえてどうするんで」

「――そうだな、手めえ、商売の邪魔なら、これを機会に殺してもいいぜ。それがいやなら、十日、いや、一週間でいい、どっかへとじこめておけ。うまくいったら、十万円やらあ。ただし、一週間以内に三吉が世間へあらわれて、警察《さつ》などへとどけでるようなことがあったら、手めえの命はねえものと思え、十万円か、地獄ゆきか、どっちでも、魔猿団のやくそくは、鉄よりもたしかだぞ！」

「あっ、よくわかりやした！　あっしは、十万円の方がすきで――お申しつけ通り、小僧をさらって、殺します」

　ひどいやつがあったもので、白虎の源太、いやもおうもなくおそろしいめいれいに服してしまいました。が、相手が魔猿団ときいては、いかな乱暴者でも首をたてにふるより仕方がなかったでしょう。

　そうとは知らぬ朋子と三吉は、坂上の暗い大通りからそれて、草原のなかの小路にはいりました。――と、すぐ前にぬうっと立っている黒い影。おお、覆面の間からかがやいている眼。手にひかるぶきみな銃口――。

「あっ、とうとう出やがったっ！」

　さすがに石川三吉、すっとんきょうな声をはりあげました。

「小僧、おとなしく手をひけ。――娘はここへ、くるがいい」

おしころしたようなおそろしい声。そういって、じりっと近よってくる影に、ふたりは、思わず身をひいて、さっと手がうごくと、それぞれ二人の手にはきらりと光るものがありました。

護身用の短刀！　ああ、さっき三吉の準備したのはこれだったのでしょうか。

「さあ来い、負けるもんかッ！」

「うふふふふ、うふふふふふふ！」

地獄のそこからもえあがるようなうすきみ悪い笑い声。このいやらしいふくみ笑いのきこえたあとの恐しさを、

読者諸君は、よくごぞんじのはずです。あの暗闇の辰を殺したときも、このぶきみな笑い声のしたあとでした。それを知らぬ二人は、思わず、ぞーっと水をあびたような心持におそわれました。

「ちくしょうっ、なにがおかしいっ！」

なおもつづきかけた三吉の勇ましいたんかは、とつぜん、あっ、という悲鳴といっしょにとぎれてしまいました。いきなり思いがけぬうしろから、黒い布をぱっと頭にかけられたのです。

「あっ、卑怯者！」

叫んだときは、朋子もすっぽり黒い布をかぶせられています。

「親分、うまく生捕《いけど》りましたぜ！」

大得意でこう叫んだのは、いうまでもなく白虎の源太。

「よしっ、手めえ、小僧の方を料理しろ！　十万円はあとでたしかにとどけてやる！」

すべりよってくる覆面の魔人に、ぺこんとおじぎすると、白虎の源太は、めちゃめちゃにあばれている少年を小脇にだいて、いっさんに逃げだしました。

「うふふふ、うふふふふ！」

怪人はなおも笑いながら、これも必死に身をもがく少女を横だきにし、はんたいの方向へ魔風のようにはしりだします。

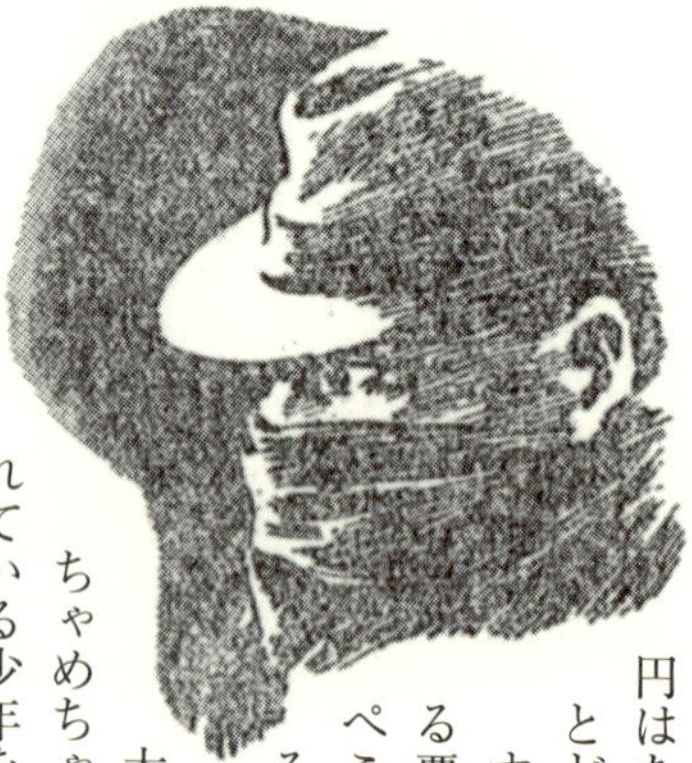

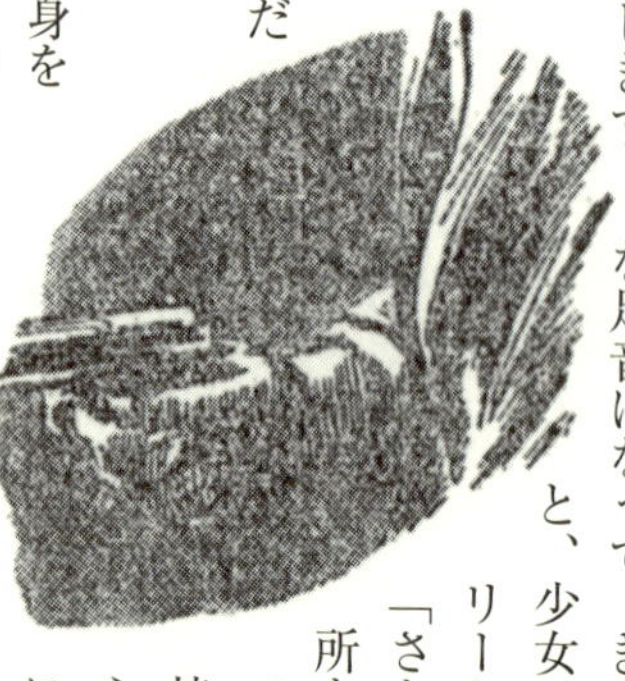

星くらき夜ふけの草原、このおそろしい誘拐をだれが知っていましょう。ああ、あんなにいばっていた石けん売りの三吉も、さすがに魔猿団の手にかかっては、小鳥のようにもろく網にかかってしまいました。白虎の源太という乱暴者に、どこかへはこびさられた三吉は、そのままうまうまと「料理」されてしまうのでしょうか？

一方少女をだいてかけつづける覆面の魔人、十五分もはしると、急にかいだんをかけ下りるような足音になって、ぎーッと扉をあける音がしますと、少女のからだは、どさりとコンクリートの床になげだされました。

「さあ娘！　金塊の埋めてある場所をいえ！　ここはどこか知っているか？　原っぱのなかの焼ビルの地下室だ。三吉はさらわれてしまった。もうここには誰れもすくいにはやって来ないぞ。さあ、金塊のあり場所をいえ、いわなきゃ、いうまで、これからチビリチビリ痛いめにあうが、いいか？」

　ざんにんなこの脅迫の声も、どっと、風の音がかき消しました。が——その風のふきわたっている夜空たかく、焼ビルのちょうど真上のあたりを、ひらひらと飛びめぐっている白い鳩の影を、誰か気づいていたものがあるでしょうか…………？

空とぶ護衛兵

　すっぽり、布《きれ》を頭からかぶせられたまま、少女はいたいたしく両うでを背なかにくくられて、床

にころがされています。

「まだいわないな——娘のくせに強情な！」

　覆面の魔人は、鞭のようなものをふりあげました。

「言え！」

　びゅッとうなりをたててとぶ鞭の下から、ピシーリとおそろしい音がして、少女は海老みたいにそりかえります——ウッとのどがつまって息ができない。——やがて、はあーッと息をはこうとすると、またしても悪鬼のような鞭がぴゅっとふりおろされる。と同時に魔人の叫び！

「埋蔵金のばしょを言え！」

……深夜でした。死のような静けさがあたりをつつみ、月のみが青白いひかりを、地下室のあかり窓から投げこんでいました。霧のようにけぶる光に、ボンヤリとうかびあがった、夜がらすのような魔猿団の兇盗の姿。こやつに血も涙もないことはわかっていますが、それにしても朋子のなんという心の強さでしょう。

「ウッ、ウウウウウ……」

と、うなりながら、歯をくいしばって、一語もはこうとはしません。そのやわらかな背なかや腕には、すでにむざんなあざがはいまわり、血がながれているにちがいないのですが、お父さまに命ぜられた黄金の秘密は、死んでももらさない覚悟と見えます。

「しぶとい女《あま》ッ子、いわねえか？　いわねえか？」

くるったように、めちゃめちゃに鞭をふるっていた覆面の怪盗も、しまいにはさすがにくたびれはてたか、やがて地下室のすみにすわりこんで、にくにくしそうに朋子のほうを見つめていましたが、そのうち、トロトロとねむりこんでしまったようすです。

しかし、少女のほうも、もう気をうしなったのか、石のようにころがったまま身うごきもしません。

――いつしか窓の月光は、しらじらとした夜明けの微光にかわっていました。

覆面の兇盗は、とつぜんはっと目をさまし、その窓のひかりを見て、ギョクンと立ちあがりました。そしてギラッと視線をうごかして、少女のほうを見やりましたが、

「ウフフ、きょうは、こいつが中国大使館に出頭する日だな。だが、そうは問屋がおろさねえぞ――」

ぶきみな笑いをのこし、かれはそうっと地下室からでてゆきました。とびらの外に、重い大きな石をおいて、少女のうでは、とうていひらかないようにしていったことはむろんです。

三十分もすると、覆面の怪人は、とうとうまた

もどってきました。

かた手に大きなトランクをぶらさげているところをみると、さっき出ていったのは、それを買いに渋谷の町へいったのでしょうか。

「やい、娘、おきろ！」

あらあらしくけとばされて、少女はかすかに身うごきしました。

「いよいよ今日がきさまの大使館へゆく日だぞ。ふん、昨日きさまも下男もかえらなかったから、叔父の家ではあわてて警察にそうさ願いをだしたかもしれん。そしてそのうち、このへんいったい、警官たちが犬みてえにかいでまわるかもしれん。——ウフフフフ！　それで助かると安心するのはまだ早い。おれはこれからきさまを信州にはこんでしまう。どうせ金塊はあっちにあるんだ。あっちで、ゆるゆる責めて、どんなことをしてでも、その口をひらかせてやるから、いいか、その覚悟をしていろよ！」

ねちねちと、猫がねずみをいたぶるような残忍な申しわたしでした。

朋子は両うでをしばられたままはねおきようとしましたが、それより早く、魔人は白いハンケチを、少女の顔をつつむ黒い布の上からおしつけました。麻酔薬だったと見えて、たちまち彼女はぐったりとなります。

「ウフフフ、ウフフフフフフ！」

怪人は笑いながら、その小さなからだをズルズルとだきあげて、例のトランクへぽんといれてしまいました。

ああ、怪人があざ笑った

ように、今日こそは朋子が大使館へゆく日です。それなのに、彼女はみすみす信州へはこびさられてゆくではありませんか。

忠僕伴蔵は殺されてしまったのでしょうか？　快少年三吉も、あの白虎の源太に「料理」されてしまったのでしょうか？

青葉若葉の山河をぬって、中央線の列車は矢のように、信濃へ、信濃へとはしりつづけていました。そのなかに、トランクを網棚にのせた魔猿団の怪盗は、そしらぬ顔でゆられています。

しかし、だれが知っているでしょう、その汽車のあとになり、さきになり、青い青い空をひとすじのひかりの糸のごとく一羽の白い鳩が飛んでゆくのを。——ただ、野や山であそんでいた田舎の子供たちが見ているばかりでした。

魔猿団の正体

信州飯田市から西へ——いわゆる大平街道の十里になんなんとする山路の、飯田市にちかいそのとちゅうのある山の中腹に、ポツンとあいた小さな

穴があります。

いや、いまではその穴はあたりいちめん草におおわれときたまゆきかう旅人もほとんど気づきませんが、これはあの終戦の直前、その頃飯田市にそかいしていた数百人の大学生たちが、万一この信州が本土さいごの決戦場となったばあいのために、必死にほりぬいた原始的な防空壕のあとなのでした。

朋子がトランクからだされ、頭からかぶせられた黒い布と、うでをしばる縄をとられたのはこのなかでした。

ふとい蠟燭が一本、トランクのはこに立てられ、ゆらゆらとたちのぼるあかちゃけたひかりに、ぶきみにひかる土の壁、土の天井。そしてそこらに幽霊のようにとまっている無数の蝙蝠《こうもり》。朋子は思わず身ぶるいします。

「ウフフフフ。こわいか、娘。もうだめだぞ。人里はなれた大平街道の山のなかだ。生かそうと、殺そうと、おれの勝手。だれも知らない――」

覆面の魔人はそういいながら、朋子の左腕をとって、まっすぐに前にのばし、てのひらの上に蠟燭をたてました。

「東京の中国大使館へゆく日は、きのうになってしまったのだ。それはもうあきらめるがいい。そこで――おれに埋蔵金の場所をいえ、そうすれば命はたすけてやる――」

火のような蠟のしずくが、トロリとてのひらの上にながれおち「――熱《あつ》ッ」とくちびるをかみしめて朋子はかおをふせます。

「ウフフフ、熱いか？　いわなきゃ、こんどはあおむけにして、その蠟燭をおヘソの上に立ててやるぞ――ようしッできるだけ強情をはってみろッ。おれもこうなりゃ、腰をすえて、きっと、はくじょうさしてやる！」

覆面の兇盗はこうあざわらってほら穴の外のほうへ出てゆきました。遠くでいちどふりかえっ

て、

「いいか、蠟燭をそのままに立てていろよ！　逃げようとしたって、入口にはピストルが待ってるぞ」

ほら穴の外は、美しい朝の日光と風にゆらぐ晩春の草、樹々、花。――ゆうゆうとこの悪漢が散歩しているのは、ほら穴の奥より、ここのほうがずっと気持ちがいいからにちがいありませんが、それにもまして、いまは朋子をわが手にとらえ、あとは白状させれば、金塊はすっかり自分のものになったも同然の安心感から、こうしてのうのうとおちつきはらっているのでしょう。

が、――いちど怪盗がむこうをむいて小便をしているあいだに、空中からさッと白い影がほら穴のおくへすべりこんでいったのを、さすがの怪盗も気がつかなかったのです。

そして、しばらくして、怪人がふたたびまっ暗なほら穴のなかを二十歩ほど歩いたとき――彼のよこ腹をかすめて、さっと、外へとびぬけていったもの――。

「なんだ、蝙蝠か――」

ちょっとびっくりして、彼はいまいましげに舌うちしましたが、――黒い蝙蝠どころか、……いまやほら穴の入口から青い大空へ矢のようにまいあがったのは、純白の鳩一羽！

おお、見るがいい、そのうす赤い小さな脚にむすびつけられている一枚の紙きれ。春の太陽のしたに必死に、かれんに羽ばたきつつ、みるみる東へ、東へ――真一文字にかけさってゆくのでした。

飛べ！　飛べ！　飛べ！　大空の白き伝令！

諸君は鳩という小さな鳥のはやさをごぞんじでしょうか。それは一分間に一キロとびます。そして、一回も翼をやすめず、一気に八百キロをとびつづけることができるのです。

しかし、その鳩は――いったいどこへゆこうというのでしょう？　救いをもとむべき石けん売りの三吉は、すでに白虎の源太に殺されているのではないでしょうか？　いや、それよりも、鳩がとびつづけるまに、いたましくも朋子の生命《いのち》の火はもえつきてしまうのではありますまいか？

あやういかな、美少女の運命！——そうなのです。一日一夜、その小さなからだをせめさいなんだ悪鬼は、その翌日、ついにおそろしいさいごの決意をしたのです。

「朋子！」

ぞっとするようなものすごい声でした。

「てめえは、おれが金塊の秘密を知りてえばかりに、その秘密をてめえが白状するまでは、けっして殺すようなことはねえだろうとタカをくくっているんだな！　ようしッ、もうこうなったら、やぶれかぶれ、たとえてめえが口をわらなくったって、なぶり殺しにしてくれる！　二度と生きてかえさねえしょうこに——見ろ！　おれの正体を！」

怪人はベリッと覆面をはぎました。もえゆらぐ蠟燭のほのおに照らしだされたその顔は——おお、なんという思いがけぬ人間！

「——伊賀……伊賀伴蔵！」

少女のくちびるから、かすかな叫びがあがって、彼女はヨロッとなりました。

「そうだ。下男の伊賀伴蔵だ。ほんとうの魔猿団は、おれに殺された暗闇の辰よ！」

仮面をとったおそろしい下男はどくどくしく、歯をむきだします。

「きくがいい、おれは中国で貴志少将の従卒をしていた。それで純金ののべ板七十六本を、この信州の山おくへはこびこんだことは知っていたが、その場所がどこだか知らなかった。それを知りたいばっかりに、終戦後、おまえの家に下男となってはいりこんだのよ。機会をねらっているうちに、あの魔猿団の一員、暗闇の辰がかぎつけて、中国大使館員李待鼎とか名のって、のりこんできやがった。きゃつの帰るとちゅう、覆面の怪人があらわれて辰を射ち殺してしまったのを、おれは見たといったが、ウフフ、見たわけよ！　覆面の怪人は、ほかでもない、このおれさまだったのだからな！」

身の毛もよだつ高笑いが、ほら穴いっぱいにひびいて、

「これで埋蔵金の秘密をかぎつけたやつは、ひとり始末したというわけよ。ところが少将、それであわてだして、てめえを東京の中国大使館へ使者に立てやがった。それをおっかけるためおれはいかにも窓ガラスごしに、魔猿団に短剣を投げつけられたような芝居をしたが、なに、ほんとうは廊下で、このおれが遠い窓ガラスに石ころを投げつけ、同時にそばの壁に短剣をつき立てたというわけさ！　はたしてその脅迫状を見て少将は、あわてておれにてめえをおっかけるように命令してくれた。――が、おれがおっかけたのは、てめえを守ってやるためじゃあねえ、てめえの中国大使館ゆきをじゃまするためだ！　しかし、ちょいと考えなおしてみりゃ、たとえそれをじゃましたって、少将自身、埋蔵金の場所を知っているんじゃなんにもならねえから、そこで出がけに、少将にも一発お見まいして、これも始末をつけてしまった。――」

　朋子は両こぶしをワナワナとふるわせたまま、息もつまったようなうめきをもらします。

「汽車のなか、東京の町、おれはたえずてめえをさらってやろうとつけねらっていたが、いろいろ邪魔がはいりやがって……とうとうさいごの夜、てめえを道玄坂にさそいだし、白虎の源太という馬鹿野郎にけとばされたのをいい機会に、うまくホテルにつれこんだら、ちくしょう、またあの憎らしい、小僧がとびだしてきやがった」

　伴蔵はぎりぎりと歯ぎしりりして、

「しかし、もうこんどこそは、ぶじに家に帰すわけにはぜったいにゆかねえ。とちゅうでどんなことがあっても、てめえをさらって、おれも姿をくらまさなきゃあならねえ。そこで、また魔猿団を利用して、いかにもおれがさらわれたように見せかけたが、なに、あのときは、長い紐をふたえにしてホテルの窓にひっかけ、それをつたっておれだけが、あっというまに三階から裏通りへすべりおりたのよ！　二重にした紐は、下りてからその一方をひけば、スルスルとぬけおちてくる！――それからあとのことは、てめえ、からだの痛さでようく知っているはずだ！」

伊賀伴蔵は、両眼を炎のように兇悪にもえただらせ、グイッとピストルをとりあげました。

「さあ、この正体を見せた以上は、おれもタダではすまさねえぞ。どうしても白状しなきゃ、この場でてめえを射ち殺して、埋蔵金は永遠の秘密にしてくれる！　さあ、いうか、いわないか、あと三分間――」

朋子は歯をくいしばって、立ちすくんでいます。

「二分――死ぬかッ」

生命をきざむ一秒……また一秒。――

「あと一分！」

小騎士の勝ちだ！

「手をあげろ」

息づまるようなほら

穴の空気をつらぬいて、そのいっしゅん、すさまじい声がひびきわたります。

さっと、全身をかたくして手をあげたのは――朋子か、あらず！　いがいにも血と黄金にうえる兇漢、伊賀伴蔵でした。

手をあげろ！　といま叫んだのは、いつのまにしのびこんできたのか、背後にぬっくと立っている大きな影だったのです。

「やい、ピストルを地面に投げろ！　投げねえと射つぞ！」

伴蔵はさしあげた両うでの一方のはしから、ポロリとピストルをおとして、おどろきのうめきを発します。

「ウーム、きさまは、いったいだれだ！」

うしろに立って、銃口をむけている黒い影は答えました。

「白虎の源太」

「なにッ――」

さすがの悪漢も、これにはきもをつぶして思わずふりむきました。

「源太――さてはうらぎったなッ」

「うらぎりゃしねえよ。親分」

からかうような、小馬鹿にしたような返事でした。

「親分は三吉をさらって料理しろといったね。――ところが、残念なことに、おれのさらったのは、三吉じゃなかったよ。料理のしようがねえ」

「なんだと？」

がくぜんと目をむきだして、伴蔵はなんともいえない不安と恐怖の視線を少女にむけました。

「あははは！　あはははは！」

少女はとつぜん笑いだしました。なんという痛快きわまる高笑い。かた手がさっとあがると、べリッと頭のおかっぱをむしりとりました。

「あッ、かつら！」

見よ、そこに目をかがやかして、りんぜんと立っているのは、思いがけなくも、快少年石川三吉でした！

「おい、オタンチン！　ききやがれ、あの晩、おいらたちが道玄坂のある家で、戦闘準備したのを知らないかッ。おいらはこのかつらをかぶり、お嬢さんは髪をまきあげて、鉢巻をまいてごまかし、ふたりで服をとりかえっこしたんだ。万一、あんな風にさらわれてもいいようにと。——そいつにまんまとひっかかりやがった！　ザマ見やがれ、このボケ茄子めヒョーロク玉の、大まぬけ野郎！」

　りんりんとひびきわたる侠少年のたんかです。いや、三吉のいい心持そうなこと……。

「ちくしょうッ、よくもまあ、あきれかえるほど遠慮もなくひとをなぐりやがった！　すこしは女の子にエチケット（礼儀）ということを知りやがれ！　お嬢さんのふりをしなきゃなんねえから、しんぼうしてやったが、兄貴、おいら、つくづくもう女の子のまねはコリゴリしたぜ！」

「白虎の源太！」

　その時、伊賀伴蔵は怒りにしゃがれた叫びをあげました。

「てめえはこの三吉と商売がたきのはずじゃねえのか！」

「はは……三公とおれとは、商売仲間だよ」

「なにッ？」

「ああ、あのけんかをおめえは見ていたのか。あれはな、あれはね、おれが三公の石けんを安い安いッてんでぶんなぐると、お客はみんなほんとに安いと思って買っちゃうだろ？　ヘッ、キレイナール石けん、正体は魔猿団よりもおっかねえぞ。石けん三分に泥七分だあ。この田舎者のタゴサクめ、東京はゆだんもすきもならねえところだってことを、これを機会によくきもにたたきこんでおきやがれ！」

　伴蔵は二の句もつげないようすです。

「おまえにピストルをつきつけられたときにゃ、おれも閉口したっけが、なんでえ、命令が三公をさらえってんで、安心したよ。ところがさらってみたら、思いがけねえ、おれにいつか意見したあのりこうなお嬢ちゃんじゃあねえか、こいつあいけねえてんで——」

「どうした？」

「ヘッヘッ、親分とやくそくしたんとはちがうからね。しかたがねえから、すぐにお嬢さんの叔父さんとかいうおうちへ帰しちゃったよ——」

それを聞く伴蔵の顔ったらありません。血ばしった目、わななくくちびる、すさまじい歯ぎしり——それも道理、自分が汗みずくになって、三吉をいれたトランクをぶらさげて逃げまわっているあいだに、かんじんの朋子は、ちゃんと予定どおりに、中国大使館へ出頭していたではありませんか！

「だが——だが、源太、どうしてこの場所を知った？」

そういいながら、伊賀伴蔵はなぜか片目をつむりました。

「おお、それよ——それは……いってえ三公は、どこへゆきやがったと、夜もねむらず心配していたおれのとこに、昨日のおひる——三公の鳩がとんできやがった。足に紙きれつけて——〝飯田大平街道、貴志という家から二里、古い防空壕のなか、助けてくれえ、三吉〟と書いてね、ヘッヘッヘッ」

「ちくしょう！」

とつぜん、ものすごい叫び声をあげた伊賀伴蔵、かた手なぐりにないだのは、トランクの上にもえていた一本の蠟燭です。パッとほのおがゆらいで火が消えたしゅんかん、「あっ——」と、絶叫してとびつく三吉。ダーン！　とピストルのひきがねをひいた白虎の源太。いずれも空をうって、真の闇のなかを、いきなり伴蔵は、たたッと入口のほうへはしりだしました。走りながら、さっ

き閉じていた眼をカッとひらいて、こんどは反対の目をつむっています。

　諸君、諸君は明るいところから急に暗いところへかわったとき、眼がなれるまでに何分かの時間がいることをごぞんじでしょう。悪ちえのたけた伴蔵は、それを利用したのでした。あらかじめかた目をつむって、暗闇にならしておいたのです。

「しまったッ」

　悲痛なさけびをあげて追いかけてくる源太と三吉をあとに、伊賀伴蔵は飛鳥《ひちょう》のようにほら穴からとびだしました。

黄金山脈

　しんかんと静まりかえった山の空気をふるわせて、七八台の大八車が、稲妻形におれまがった大平街道をのぼってきました。

　それをとりかこむ十数人のひとびと、人夫や武装警官、それにまじる数人のりっぱな紳士たちが、声だかにかわしあっている言葉は、どうやら中国語のようです。そのなかに貴志朋子も歩いています。これは、朋子の知らせによって、いよいよ七十六個の大金塊をほりかえすために、木曾山脈のなかのその場所へ急ぐひとびとでした。

　父からうけた重大な使命はついに果されようとしているのです。心もおどる旅のはずでした。けれど——朋子はしずんでいました。青白い頬には、いつしか涙がながれています。

ああ——その金塊をめぐって、朋子はなんという犠牲をはらわされたことでしょう！　彼女はきのう飯田市にもどるなり、むごたらしいお父さまの死体を発見したばかりでした。下手人は魔猿団のほかにだれが考えられましょう。

にくんでも、にくんでも憎みたりぬ兇盗魔猿団！　悲しみによろめく朋子の足をかって、秘宝ねむる大山脈のかなたへ急がせているのは、父への誓いと、そして魔猿団への怒りの笑《わらい》でした。

と、ふいにだれかが叫び声をあげたようです。朋子ははっと顔をあげて、思わずさけびました。

「ああ——伴蔵！　伴蔵……生きててくれたのね！」

東京のホテルの三階から、こつぜんと魔手にさらわれた下男が、こんなところからとびだしてこようとは！　思いがけない出来ごとのために、朋子は夢みるような気持でした。

つぎのしゅんかん、よろこびの声をあげて、伴蔵のほうへかけだしました。

伊賀伴蔵は立ちどまり、ポカンと口をあけ、そっとうしろをふりむきました。まだ白虎の源太と三吉の姿は見えませんが、すぐに追いついてくることでしょう。

それで万事休す

でした。

「お嬢さま！」彼は笑いました。その笑いが悪魔の笑いであることを、なにもしらぬ朋子がどうして気づきましょう。ああ、伴蔵はおそろしい決心をしたのでした。今はこれまで、朋子を道づれに地獄谷の底へとびこんでやろうと、覚悟をきめたのです。

「おおッ、お嬢さまッ」

せいいっぱいの笑いを浮かべて両腕をひろげる伴蔵、なにもしらず夢中でとびこんでゆく朋子――それはまるで、兇悪な網へ羽ばたきつつ舞いこんでゆく美しい小鳥のようです――

危《あやう》し、朋子！

そのしゅんかん、どこか遠くで銃声がこだましました。はっとして、タタラをふんで朋子が立ちどまる。――そのせつな、目のまえの伊賀伴蔵の肩が、ガクッと大きく波うったようです。おッどうかしたの、伴蔵！　いや、彼はやっぱり笑っています。目をほそめ、口をキューッとつりあげ、おいでおいでをするようにうなずいています。

吸いこまれるように、朋子がまた動こうとするとたん、

「あぶないーーッ」

と、どこか遠いところからの絶叫、どうじに伴蔵の口からタタラタラッと真っ赤な血があふれだしました。笑った顔がぞッと身の毛もよだつ恐ろしい表情にかわる――つぎのしゅんかん、獣《けだもの》のようなうなり声をあげヨロヨロッとなったかと思うと千じんの断崖から谷間へ――

「あーッ」

と、朋子が顔をおおうよりはやく、伊賀伴蔵のからだは、もんどりうって断崖の岩々にはねあがりはねあがり、谿谷《けいこく》の底へおちてゆきました。

がくぜんとして身がまえる一行の人々のまえに、そのときむこうからバラバラッと走ってきたのは、白虎の源太と三吉少年。

「ああ、うまく命中してくれやがった。お嬢さんッ、お父さまを殺したのはあいつですよ！　いや、覆面の怪人は魔猿団じゃない、その正体は伊賀伴蔵だったんですよッ」

息せききって三吉はいままでのことを話します。

朋子の顔いろといったらありません。これがほんとうに信じられるでしょうか。でも、信じられないといえば、三吉がこの山の中から現われてきたことだった――いいえ！　しかし三吉はげんに目の前にいます。しかも、泥まみれの服のさけめからのぞいているむごたらしい鞭のあと！

「悪魔！」

朋子はワナワナとふるえながら、谷底のほうをのぞきこみました。殺されたお父さまのことを思いだしたのです。

が――その次に、彼女の蒼ざめたくちびるからもれたつぶやきは、なんだったでしょう？

「かわいそうに……伴蔵！」

それは、悪漢伊賀のさいごを哀れに思う言葉というよりあんな罪までおかして黄金をほしがった、そのいやしい虫ケラのような心をあわれんだ、天使の言葉だったのです。

「ありがとう！　ありがとう！」

ツカツカと進みでてきた中国大使館の紳士のひとりは感謝にふるえる両手を、朋子と三吉の肩にのせました。

「これほどの犠牲、これほどの苦難をおかして、中国の宝を中国にかえすため、勇敢にたたかって下さった、日本の少年、少女、わたくしたちは、永遠に忘れないでしょう！」

「かわいそうなのは、お嬢さんだよ……」

三吉は、黄金のことなどてんで頭にないといった眼で、心配そうに朋子のほうを見ています。

「でも、お嬢さん、おいらだって、お父さんもお母さんもねえんだぜ。だけど、だけど、だけど……」

言葉につまった三吉をふりかえって、朋子は思わずほほえみました。

　三吉の姿といったら、かつらは捨てて丸坊主、それなのにボロボロながら女学生のセーラー服をきた、まるで出来そこないのチンドン屋みたいなかっこうだったのです。

（だけど……だけど……だけど）そのつぎは言葉にならなくても、三吉の明るい、勇ましい顔が、いきいきと希望をものがたっているではありませんか。

「ありがとう！　三吉さん、……

朋子、もう泣かないわ！」
　しっかりと手をにぎりあったふたりの頭上をかすめて、サッと舞いおりてきた白い鳩、殊勲の小さな護衛兵はフンワリと三吉の肩にとまって、グルル、グルル、とうれしげにのどを鳴らします。
「さあ、ゆこう！」
　勇ましく大八車がうごきはじめました。さんさんたる日の光をあびて、黄金《こがね》色に燃えあがる大山脈の果てへ、雲のかなたへ——。

軟骨人間

挿絵　黒須喜代治

1

末弘千吉《すえひろせんきち》は戦災孤児で、この春まで新宿で靴みがきをやっていた少年である。或る日腹痛で苦しんでいた彼を助けて、自分の家へつれてきて、学校へまでやってくれたのが、荊木歓喜《いばらぎかんき》という変な名前の先生である。

歓喜先生はお医者さんだけれど、小さな家で、看護婦さんもひとりもいない。先生ひとりで裏町の貧しい人々ばかり診察して癒してやっているが、薬代だって、払える人だけから貰っているから、大変な貧乏だ。

肥った大きな身体をして、モジャモジャ頭で、頬ぺた三日月みたいな傷痕があって、その上びっこだから、ちょっと見ると怖いけれど、心はとても優しく親切な人だ。よく怒るけれど、千吉みたいな少年は一度も叱ったことはない。千吉はすぐ大好きになって、敬服して、それにこの先生が奥さんもなければ女中もやとっていないので、ひとりでゴトゴト御飯など炊いている姿を見ると気の毒でたまらないから、出来るだけそんな仕事は手伝ってあげている。

「おまえは勉強しろ」と先生は怖い顔をする。

「もう勉強はしました」

「じゃあ野球でもしにゆけ」

「野球もしてきました」

　そしてふたりは、アッハッハハハハと大声で笑い合うのである。

　中西先生が来て変な話をしていってから、十日ばかりたった八月の或る真夜中だった。急病人がかつぎこまれてきたが、どうしても要る薬が足りない。大変貧乏な病人だったから、病院へもゆけないし、もう動かすのも危険である。

「千吉、すまんが、代々木の中西先生のところへいって借りてきてくれ」

　と、歓喜先生からたのまれて末弘千吉は、近くの知合いから自転車を借りてとび出した。もう電車もない時刻だったからだ。

　青い明るい月夜を代々木までは一走りだった。

　中西先生の家を叩き起して用件をいうと、先生はびっくりして、それは一刻も早い方がいい、といって運転手を起し、頼まれた薬を自家用車で持ってゆかせてしまった。
　それで千吉は、いくぶんノンビリした気持になって、月夜の町を自転車で帰途についた。ふと、小便がしたくなって、或る石塀の下でやりながら、なにげなくヒョイと門標を見あげると「黒沢

孫四郎」とある。おや？　このあいだ中西先生が話していた「黒沢」ってこの家かしら？

　キョロキョロしていると、突然そのとき家の奥の方で、ワッとものすごい悲鳴が聞えた。二分ばかりすると横の路地から一陣の風のように黒い大きな影がとび出した。家の裏の方から塀を廻ってきたらしい、すぐに家のなかがガヤガヤ騒がしくなった。

　何か起ったのだ！　千吉はブルブルッとふるえあがった。

　今逃げてきた黒い影——大きな男は、みるみる往来の向うへ走ってゆく。千吉はちょっとためらったが、すぐ自転車にのってもう然と追い出した。

　妖しい男は、右手にトランクをさげたまま、一散に逃げてゆく。月明下の追撃戦だ。はじめ、自転車はアスファルトを滑るように走って音をたてないので、妖しい男は気がつかなかったらしいが、振返って追撃者を見るとあわてて明治神宮の森の中へ逃げこんでしまった。

　千吉は自転車を捨てると、足音を忍ばせて森の中へ入っていった。うす気味悪かったけれど、妖しい男を逃がすことは出来ないと思った。十分ほどソロソロ歩き廻っていると、ふと向うの闇の中で、何か低い人声が聞えた。千吉は樹蔭に身をひそめた。

　真っ暗な茂みのなかで、怪人は何か食べているらしい音をたてていた。しばらくすると、

「水はねえかな？」

　と呟やいて、黒い人影が梢をもれる月光のなかに姿を現わした。そのかっこうはたしかにさっきの妖しい男にちがいなかった。

　が、さすがに勇敢な千吉も、思わずゾーッとし

たのはその男が水を探しながら向うへ行ってしまってからも、やはりさっきの茂みのなかで、ペチャペチャ何かを食べているような音がつづいていたからである。しかも、それは確かに犬や猫ではなく、人間が食べている音のようだった。

それ以上近づくと、靴と砂利がなるので千吉は身動きができなかった。それどころか、(じゃあ、さっきのトランクには、誰か入っていたのだろうか?)

こんな考えが頭に浮かぶと、千吉は怖ろしさに身の毛がよだって、ジリジリあとずさると、いきなりとうとう兎みたいに逃げ出してしまった。――なぜなら、さっき見たそのトランクは、その大きさからいって、千吉のような少年でさえ入れない――もう少し小さな子供なら平べったくなれば入るかも知れないが、そうすると足を伸ばさなくてはならない、併しそのトランクの長さは――そんなことのできるはずもない長さで、まあ言ってみれば大きな座蒲団を二つに折りたたんだような人間ででもなければ、入れそうにないトランクだったからである。

新宿のバラックに帰ってから、千吉は歓喜先生にこの奇怪な冒険を報告した。先生は変な顔をして聞いていたが、急にウームとうなって、眼を見開いて叫んだ。

「それは恐ろしい事件だ!――千吉、いって見よう!」

歓喜先生は、うしろに千吉を乗せて、自転車で代々木へむかって飛び出した。

黒沢家を訪れると、果して大変な騒動だった。二階の一室で、主人の孫四郎が殺されていたのである。ワッという悲鳴に家人が駈けつけて、扉を叩き破って入ってみると、孫四郎は部屋のまんなかの机の傍に、重いもので殴られたように頭から血を流して死んでいたというのである。

が、犯人は?――出ていったとすると、あの鉄格子が十センチ足らずの間隔ではめこまれた窓よりほかにはない。が、そんなことのできる人間がこの世にあるものだろうか?

歓喜先生は突然ツカツカと部屋の隅へいって、

小さい白木の箱をとりあげた。開いてみると、三十センチばかりの燦然と輝く仏像が現われた。冠の外側にやはり仏様の小さな顔がグルリと彫刻してある。

「九面観音像――黄金製だ！」

と、先生が叫んで振返った。

「こんなもの、どこから手に入れられたのじゃな？」

家人の一人が、首をかしげて答えた。

「さあ……主人がこの六月、富山県方面の旅行から持って帰りましたものですが、どこから買ってきたのか存じません」

2

犯人はきっと孫四郎氏を殺しに入って来たのではなく、この黄金の九面観音像を盗むのが目的だったのだろう。それが、孫四郎氏に発見されてこの惨劇になったものにちがいない、と歓喜先生は言った。


で、まだ黄金仏がここにある以上、もう一ぺん忍びこんでくるに相違ない――しかし外で警戒していると、犯人は用心して入ってこないし、部屋の中で番をしていると、そんな恐ろしい奴だからまた殺されてしまうかも知れない――と先生は言って、不思議な考えを持ち出した。

それは廊下に出る扉《ドア》に、奇妙な鏡をはめこむのである。が、その鏡は普通のものと違って、ガラスを二枚合わせて、その間に薄く水銀が塗ってあるので部屋の中に電燈をつけて置けば、光が反射して普通の壁鏡のように見えるけれど、暗い廊下からのぞきこむと、全くガラス窓みたいに筒抜けになかが見透せるもので、警視庁の留置場にはこの仕掛けがしてある。

先生は家人と相談して、千吉といっしょにその家に泊りこみ、毎晩交替で見張りをした。

恐ろしい殺人事件から一週間たった或る夜の二時頃だった。ちょうど番に当っていた千吉は、次に先生を起す時間近くになって、ふと睡魔に襲われてコクリコクリやり出した。変な物音に、はっと眼を開いて、例の不思議な鏡をのぞきこむと――今まで誰ひとりもいなかった明るい部屋の中に、おお、人がいる！

　ああ意外、美しい少女だ。年は千吉と同じくらいであろうか――が、どこから忽然と現われたのだろうか？　しかも歩いているのではない、彼女は這っているのだ。ウネウネと這っているのだ。手も足も蛇みたいに柔らかく、グニャグニャくねりながら――次第にあの部屋の隅の白木の箱の方へ近づいてゆく。一這いするたびに、身体が畳に、バタン、バタンと気味悪い音をたてている。

「先生！　先生！」

　と顔色を変えて千吉は、小声で先生をゆり起した。ムクリとはね起きた先生も一目のぞきこむと思わず、

「ウーム」

　と恐ろしそうな叫びを洩らした。

　その叫びが余り高かったので、はっと感づいたのであろう。白木の箱に手をかけようとしていた

不思議な美少女は、急に身体をうねらせながら、窓の方へ逃げていった。
「あっ」と先生と千吉はま

た叫んだ。

見よ！　少女は鉄格子に頭を押しつけた。すると頭がゴム鞠みたいにくびれて、細い隙間からツイと外へ出てしまった。みるみる身体がくびれつつ、内から外へ、ヌルリとはみ出してゆく。

たちまち窓の外の大樟がザーッと鳴って、何者かが少女を抱きとめると、下へとび降りてゆくようすである。

あっけにとられていた歓喜先生と千吉は、急に身をひるがえして階段を駈けおりると、外へとび出した。果して向うを、トランクをぶら下げた男が魔物のように走ってゆく。

「待てえ！」

ふたりは自転車で追っかけた。

もう逃げられないと覚悟したものか、男は振向いて猛然とむかってきた。凄まじい格闘が歓喜先生との間に始まった。その間に千吉は放り出されたトランクをパチンとあけた。すると、なかから――驚くべしまるで折りたたまれた小さな絹蒲団みたいに、ピッチリ隙間もなく入っていた美しい少女が、おびえた瞳を一杯に見開いてウネウネと現われたのである！

するとそれを見た男は、急に抵抗をやめて、ガックリ地面の上に両手をついた。ポロポロ涙をこぼしながらいった。

「わしは富山県の或る寺の下男でございます。この六月、寺の宝の九面観音像を盗まれてしまいました。盗んでいったのは寺に泊めてやったあの黒沢孫四郎でございます！　それは寺の宝ばかりでなく、村の宝でございますから、それがわかると大変なことになりますので、和尚様は死ぬほどお苦しみになりました。それで下男のこのわしが、このお嬢様をつれて奪い返しに来たのでございます。このお嬢様は、あのような細い隙間からでも自由に出入りできる不思議な身体を持っていられるのでございます！」

「孫四郎を殺したのは、このお嬢さんかね？」

「いえ、いえ、そうではございません！　あれは、窓の鉄格子からスルスルぬけ出すお嬢様の姿に、あの男がびっくりして、恐ろしさのあまり気が遠くなって、倒れるはずみに机の角に頭をぶッつけて死んでしまったのでございます！」

3

「あの二人はきっと大した罪にはならんだろう──警察も同情してくれるよ。──黄金仏はそっと寺へ返されたし、あの下男は涙をこぼして喜んでいたよ」

と、事件のあとで歓喜先生がいった。

「先生、しかし、変な女の子でしたね。ぼくはあんな不思議な身体が世の中にあるとは思わなかったなあ」

と、千吉は眼をパチクリさせて考えこんだ。

「うん、わしも始めて見たよ。だが──あれに似た病気はたしかにある。骨軟化症といってな。骨がゴムみたいになってしまうんだ。ほら、鼻や耳はほかのところと違って、グニャグニャ動くだろう。これはなかの骨が軟骨といって柔かいせいだが、この病気にかかると身体じゅうの骨が、みんな耳や鼻の骨みたいになってしまうんだ。……」

「その病気って、どうしてかかるんです」

「足や腕の骨が硬いのは、その骨に石灰が含まれているからだが、営養物のなかのカルシウムや燐《リン》が腸から吸収されなくなると骨の石灰分のお補いがつかなくなって軟骨化してくるのだ。今のところ、この骨軟化症はビタミンDの不足から、カルシウムや燐の吸収が悪くなるせいじゃないかと考えられているんじゃがね」

「ビタミンDの不足ですね」

「そうだ。ビタミンDはな、卵の黄味や肝油、バタ、干椎茸、それから野菜や、果物にも含まれておる。

――千吉、お前、肝油が大きらいじゃったな?」

「ええ、だって、あんな臭いもの――」

「あの女の子みたいになっていいのか? 野球ができんぞ」

歓喜先生はカラカラと笑った。

「あんな章魚《たこ》みたいにグニャグニャになっちゃ困るなあ」

と、千吉はつぶやいたが、あの女の子の姿を思い出してなんだか、ちょっとあんな蛇みたいに柔かな身体になってみたいような、へんな気がした。

古墳怪盗団

挿絵　黒須喜代治

1

二千年ほど前、天皇様や皇后様が亡くなられると、そのお墓は丘を築き、樹々を植え、堀をめぐらして、世にも荘大豪華なものとする習慣であったことは、読者諸君も御存知であろう。

　そんな古い大きな御陵《みささぎ》が今でも沢山残っているのは、当時都のあった大和とか紀州附近だが、その紀州の山奥の平城《ひらぎ》村と呼ぶ村に、終戦後の或る春、不思議な出来事が起った。というのは、明治時代、この村の生れで大阪方面に出て大変な富豪になった人があるのだが、その人が老後故郷に帰ってきて村はずれに大きな邸をつくり、悠々余生をすごしたのが、その人が死ぬと一家も没落して、その邸もあまり山奥なので買手がなく、荒れに荒れてまるで化物屋敷みたいになっていたのが、その春のいつごろからか、夜になるとぽつと窓や隙間に灯がともるようになったのである。

　ひるま、ついぞ人の出入りする姿を見た者もいないのに、夜ふけになると、酒に酔い痴《し》れた歌声やら手拍子やら聞える。とても三人や五人の声ではない。村人達は気味悪いことに思って近づこうともしなかったが、この化物屋敷に新しく住んだ得体の知れぬ男達は、平城村の人々に向っては何もしなかった。

彼らはいったい何者だろう?

村人達が近づかなかったのは賢明だった。その男達は実は京阪神を荒し廻った、『黒十字組』と呼ぶ兇悪な大強盗団の一味だったのである。強盗ばかりではない。朝鮮、台湾、中国をも股にかけた密輪団の一味で、それらの悪事でしこたま手に入れた物資を夜の間にこの屋敷に運びこみ分配したり売り買いしたりしてそこを秘密の根拠地としていたのだった。

そのころ、日本は敗戦後のめちゃめちゃな混乱状態で、警察の力は大都会だけで手一杯のありさまだったが、しかしこの悪者の一団は万一のため絶えず屋敷の内外に見張りを置き、いざという場合にそなえて、密輸入したピストルやダイナマイトや機関銃さえも用意していたのである。

さて、その恐ろしい屋敷の門の前に、或る美しい春の夜明がた、一人のボロボロの服を着た、肥った、頰に三日月形の傷のある男が、血だらけになって転がっていた。

「どうした、どうした」

と、それを発見した屋敷の一人がびっくりして抱きあげると、血まみれの男は息絶え絶えに、

「怖ろしい……怖ろしい……」

恐怖に眼のつりあがったその顔は見知らぬ顔なので、屋敷の男は耳に口をあてて尋ねた。

「いってえお前《めえ》は誰だい? この村の者かい?」

「青十字組の者で……」

その返事に、助けた男はびッくり仰天した。

「青十字組」といえば、黒十字組と同様、京阪神を荒し廻っている兇賊の一団だ。彼はあわてて血だらけの不思議な男を屋敷のなかに運びこんだ。

その男は一時間以上も、ただこんこんと眠っていたが、やがてボンヤリ腑抜けみたいな眼をひらいたので、黒十字組の首領の赤巻大蔵《だいぞう》がその男の身体をグイグイゆさぶりながら大声で叫んだ。

「おい! どうした。しっかりしろ! 青十字組の奴らがどうしてこんな山奥をウロついているんだ? そして、どうしてそんなに血だらけになっ

たんだよ？」

そう聞かれて、その血まみれの男が、ガタガタふるえながら話し出したことは、実に世にも奇怪な恐ろしい物語りだった。……

以下はその男の話である。

2

おれは青十字組の輩下の柏木官吉《かしわぎかんきち》という者です。

御存知のように近ごろ警察が大変きびしくなって、さっぱり商売がむずかしくなったので、一味の連中もすっかり閉口していたところへ、或る日首領がこんなことを言い出したのです。この山奥の平城村ってところには、神功皇后の御陵がある。あいつを掘り出したら、きっと金銀宝物が山ほどあるにちげえねえ。どうだ、みんなしてあの御陵を掘り返しにゆこうじゃねえか——って。

そこで、昨夜のこと、青十字組の連中がみんな鍬《くわ》や鶴嘴《つるはし》を持ってやってきて、あの皇后様のお墓を掘りはじめたのです。

何時間もかかって、鍬先に青い火花が散ったかと思うと、やっと地底の石門《せきもん》を掘りあてました。

さてこそ、とみながこの門を開けようとしましたが動かばこそ、そこで首領が腹を立てて鶴嘴でガーンとその石門をなぐりつけると、不思議なことに門はひとりでにしずしずと開いてきたではありませんか。

すると同時に、どこからか、三本、五本、銀線のように矢が飛んできて、あっというまに五六人バタバタと胸を刺されて倒れてしまいました。それから矢の飛んでくることまるで雨のよう、みんなヒシと地面にしがみついているばかりでしたが、やがて矢だねが尽きたと見えて、はたと音《いん》が絶えたので、一同必死の思いで石門のなかへ飛びこみました。

ところが、なかには人影はおろか猫の子一匹おりません。ただ石の壁に月光があたって、唐草のような彫物が朧ろに浮かんでいるばかりです。ぬき足さし足、進んでゆくと、またもや二番目の石

門が待ちかまえていました。

これをひき開けると、ああ恐ろしい、なかから黄金《きん》の鎧をつけた武者が十人余り、刀をふりかざして飛び出してきました。ギャッと叫んで逃げかかったとたん、武者達はどうしたものかみなユラユラと石畳の上に倒れてしまいました。ガチャーンと転がった刀を見ると、これは日本刀ではなく朝鮮風の変てこな刀、おそるおそる近づいてみると、こわ如何に、武者と見えたのはみんな木造りの人形ばかりです。……

と、そのときです、どこからともなく、すすり泣くような神楽笛が聞えてきましたので、みなまたもやゾーッと立ちすくんでしまい、なかには「お、お頭、ここは死霊《しりょう》が住んでいるのです。に、逃げましょうよ」と悲鳴をあげた奴さえありましたが、首領は恐ろしく大胆な男なので、

「なに、みんなうまく考えたカラクリじゃよ。第一の門をあければ矢が飛んでくるように――第二の門をあけると鎧人形が出てくるように――そしてあの神楽笛の音は、あそこの第三の石の門の穴に風が吹きこんで、ひとりでに鳴り出したまでさ。それにちげえねえよ」

と笑いながら、また鶴嘴でハッシと第三の門をたたくと、その門はしずかに開いて、その向うに世にも妖しい不思議な光景が現われました。……

三十畳敷ばかりの石で造られた大広間です。右の壁にも、円天井にも、いっぱいに猟師や船や猿や鹿や蜘蛛の彫物が彫りこまれ、その壁の下に、何十人と黒い人影が坐っているのです。その姿は、黄金《こがね》の鎧をつけたり、鉾や旗を持ったり、女は長い黒髪に美しいかんざしをさして耳には金の環を垂らしています。……それはみんなあの神功皇后様の頃の上古《じょうこ》の服装でした。

「やい、手前達《てめえ》、怖がることはねえ！」

と、首領は手をあげて叫びました。

「みんな木乃伊《ミイラ》じゃ。よく見るがいい、人間のひぼしだよ！」

そう言われて一同がほっと胸をなで下ろして正面を見ると――ああ何という素晴らしさでしょう。そこに大きな一つの石の棺《かん》が祭られていて、その上に光る石や輝く珠が幾千幾万となく盛られてあるではありませんか！

今から考えても、まるで酒に酔っぱらって見た妖しい夢のようです。

琥珀《こはく》の丸玉、蛍のような碧玉《へきぎょく》、透きとおる水晶、炎にもまがう赤い珊瑚《さんご》、黄金の壺、赤ギヤマンの盃……みな夢中になって袋につめたりポケットにねじこんだりしていると、突然首領が叫びました。

「待て待て、この棺のなかに大変な宝物《ほうもつ》があるにちげえねえぞ」

と蛇みたいに眼をひからせて、その石の棺の蓋に手をかけてパックリそれを開きました。――

たちまち燦然《さんぜん》と眼を射る金？ 銀？ 宝石？ いえいえ、なかにあったのは雪のような珠《たま》裳《も》を身につけたひとりの女です。その胸に黄金の太刀をのせたまま、ふッさりと眼をとじて眠るがごとく、美しいとも神々しいともたとえ

ようもない姿でした。

「ああ……神功皇后さま！」

と、さすがの首領が一間《いっけん》ばかりも飛び退《さが》ったとたん、背後の壁際から、誰かすッくと立ちあがった者があります。はっとしてふりかえると——なんと木乃伊でも死人でもありません！　まさしく麻の冠をつけ、真っ白な髯を生やした一人の老人、その眼は松明《たいまつ》みたいにランランと燃えて、

「下郎《げろう》、推参《すいさん》なりッ、退《すざ》りおろう！」

と、雷鳴のように叱りつけたではありませんか。

わっと悲鳴をあげたまま、おれ達は無我夢中で逃げ出しました。石の門のところまで逃げてくると、その門の上から白銀《しろがね》の鼠が一匹、音もなく飛び下りて、石に小さな孔がポックリ残りましたが、たちまちこの孔から黄金の砂がヒョウヒョウとつむじ風のように吹き出して、もう眼も見えなければ息もつまりそうです。一同が這い廻り、転がり廻っている間に、黄金の砂はみるみる足から膝をうずめてゆきます。盲滅法にふりまわす鍬や鶴嘴でみな同志討ちをし、そのおかげでおれもこんな血だらけになる始末、それでも、このおれ一人やっと石の門の外へ逃げ出したかと思うと、門はまたひとりでにしずしずと閉って、あとの連中はみんな御陵のなかに閉じこめられてしまいました。……

おれは丘から半狂乱で逃げ下りて、この屋敷の門の前まできたら、とうとう気を失ってしまったのです。——

ああ、今の今もあの「下郎、退りおろう！」とどなりつけた身の毛もよだつ声は、この耳に残っています。あの白い髯の老人こそ、話に聞いた武内宿禰《たけのうちすくね》なのでしょうか？……

3

さて、この兇盗青十字組の輩下の柏木官吉という男の、奇怪千万な物語りに、黒十字組の悪漢達も、ウームと唸ったきり腕ぐみをして考えこんだ。

やがて首領の赤巻大蔵が膝をたたいて大声で叫んだ。

「なるほど！　そりゃうめえ話だな。おい、おれ達もいって見よう。大丈夫だよ！　みんなそれは御陵にしかけられた細工だよ。何千年か前に、御陵を築いた人達が、後に御陵をあばかれないように企んだカラクリだよ。だが、第一の門の矢も射尽しただろう。第二の門の武者人形も倒れたっきり動きやしめえ。黄金の砂も、もうきっと吹き尽くして、あたり一面砂金の原ッぱになっちまったにきまっている。武内宿禰なんて、この柏木という臆病者が恐ろしさのあまり見た夢にちげえねえ。ちょうど枯尾花を幽霊と見るようなものさ。――御陵にそんな宝があるのなら、密輸や強盗などより、もっとうめえ話だ。さあ、手前達、夜になったら出かけるから、みんなその用意をしろい！」

その夜である。黒十字組の悪漢十三人は、柏木官吉を案内にたてて、村から忍び出て神功皇后様の御陵へ出かけていった。


丘の上にのぼって見ると、いかにも地面を深く掘り下げて、大きな石や小さな石がゴロゴロ投げ出されているのは、昨夜青十字組の連中がやった仕事であろう。そして大きな穴の底に石の門がボンヤリ浮かんで見える。

「なるほど、ほんとじゃ。これが例の第一の門か！」

ドヤドヤと飛び下りて一人がその門をウーンとひきあけ、一同はなかへ入りこんだ。慾望に舌なめずりし、ワイワイ騒ぎながらだんだん奥へ入ってゆく。

――と、そのとき、表の方で、ガチャーンと大きな音がとどろいて、石の門がしまった様子。ギョッとなって皆立ちどまり、「なんだ、なんだ」とおどろいて駈けもどってゆくと、このとき早く閉じた門の外へは物凄い音をたてて石がぶつかっている。

「あっ――柏木って奴がいねえぞ！」

と首領の赤巻大蔵が飛び上って絶叫した。

いかにも門の外で、せっせと石をころがしているのは、あの青十字組の輩下と称する柏木官吉だ。みるみる石は門の外へつみあげられてゆく。なかでは呼べど叫べど門は開かばこそ。

「こらっ、柏木、何をする！　門をあけろ、この門をあけてくれえ！」

「ワッハッハッハッハッハッ」

と柏木官吉は月光のなかに高笑いして手を打って叫んだ。

「やい、黒十字組の悪党ども、みごとにこっちの計略

にひッかかったな。聞くがいい、おれは青十字組の手下でもなんでもない。荊木歓喜《いばらきかんき》という男だよ――」
正体を現わした歓喜先生の傍に何処からともなく駈けよって来た小さな影は弟子の末弘千吉《すえひろせんきち》少年だ。
「先日、大阪の警察署でお前達の悪事の数々を聞いたが、お前達をみんなつかまえるには警察官もだいぶ血を流さずにはすむまいという話だったから、おれが一役買って、よろしい、無《む》手勝流《てかつりゅう》でそッくりつかまえ

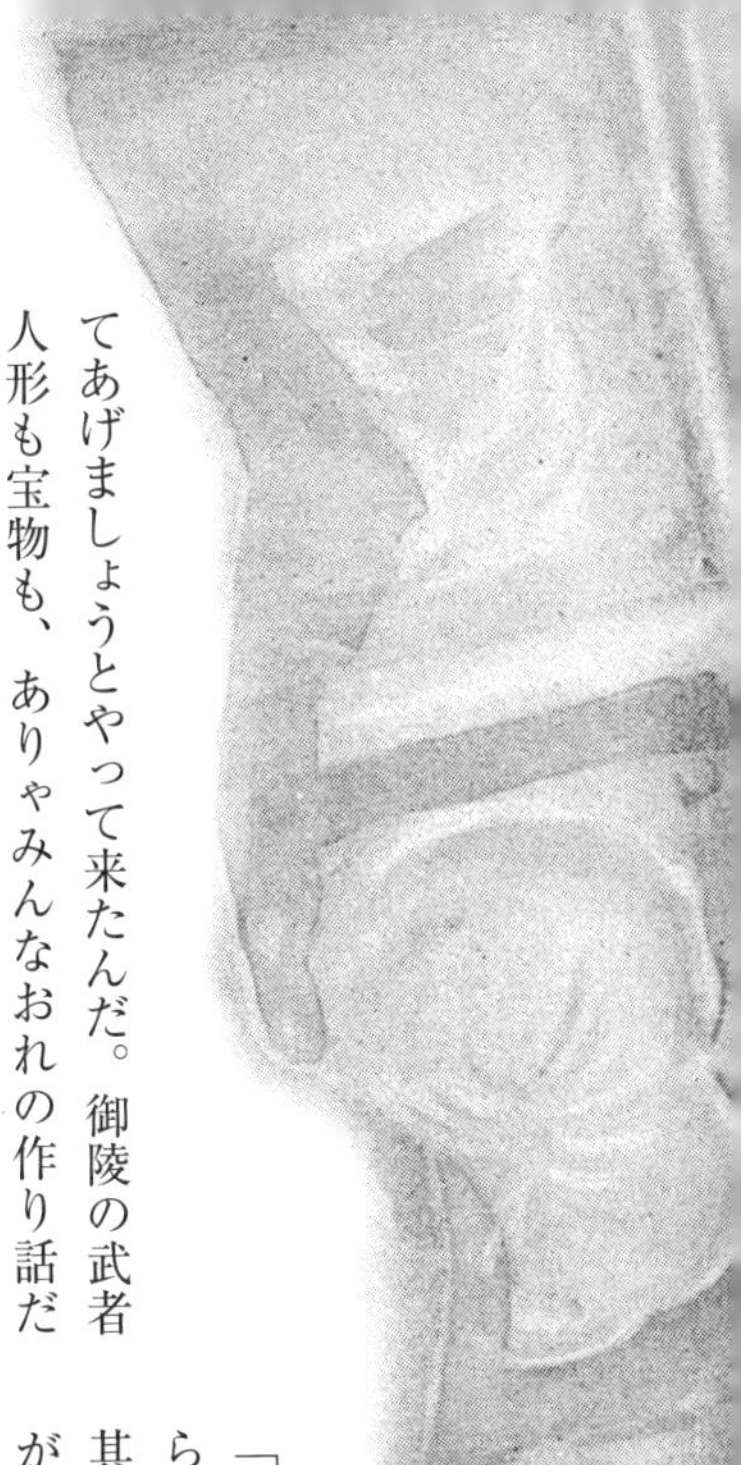

てあげましょうとやって来たんだ。御陵の武者人形も宝物も、ありゃみんなおれの作り話だよ！　おれが血だらけになっていたのは、牛の血を身体じゅうに塗りつけていたまでのことさ」

　千吉も石を転がしながら痛快そうに笑い出した。歓喜先生は大得意でしゃべりつづける。

「アハハ、それなのに慾深の悪党どもめ、慾につられてマンまとおびきこまれて、いい気味じゃ！　其処で四五日、今までの悪事をとッくり反省しながら御陵の蜘蛛とでも話をしていろ。腹がへッて、ヘトヘトになって身動きも出来なくなった頃、警官隊が悠々とお前達を縛りにやってくるはずじゃ。ワッハッハッハッハッ」

「先生、先生はほんとに頭がいいなあ！」

と千吉は心から感心して叫んだ。

　石の門の向うでは、見事に一網打尽の運命にあって、怒りと驚きと絶望のために喉がつまって、獣のようにどなりつづけていた黒十字組の悪漢達はしんとしてしまった。腹をかかえて笑いながら、せッせと石を門の外へ積みあげている歓喜先生と千吉少年の大小ふたつの影を、円い春の月が微笑んで見下ろしていた。…………

空を飛ぶ悪魔

挿絵　黒須喜代治

1

旅をする荊木歓喜《いばらぎかんき》先生といっしょに、末弘千吉《すえひろせんきち》少年が、山陰地方の或る寂しい漁村に入ったのは、冬のはじめのことだった。

歓喜先生はすぐに知り合いのお寺の和尚さんを訪ねた。朱雀寺《しゆじやくじ》というお寺で、嶮しい山の中腹にある。

夕飯がすむと、千吉はお寺の庭へ出てみた。

庭の南側は三十メートル以上もある崖の上にまた石垣をつみかさねて、はるか下に村の家々の屋根が、暗い夕暮の光の底にひかっている。西側はそれに増す大断崖、広い河が満々とその崖の裾を洗っている。河の向うの丘の上には、小さな工場らしい建物がポッンとひとつ建っているばかり、その木の塀には大きく『コロナ糊』とペンキで書いてある。

荒涼たる風景。庭の隅――断崖の突端にある鐘楼の傍で千吉が眺めていると、白い雪がチラチラ降りはじめた。

「ううッ、さむいや――」

首をちぢめてお寺に入ってくると、白い髯の和尚さんは、いつのまにやってきたのか四十くらいの客と碁を打っており、歓喜先生は碁を打ちながらそれを眺めていた。

「コロナさん、コロナさん」

と、和尚さんがそのお客を呼ぶので、千吉はへんに思ったが、話をきいていると、そのお客はあの丘の上の工場の主人で、本名は由利というのだが、コロナ糊を製造しているので、和尚さんがそう呼んでいるのだとわかった。

「コロナ糊って、なんですな」

と、歓喜先生がたずねたら、その工場主は、

「この村の近海から採れる或る種の海藻を加工してつくるもので、ふつう糊をつくるのに必要な澱《でん》粉《ぷん》をちっとも利用しないから、食糧不足の今の日本にとって実に都合のいい発明です」といばった。

コロナさんと代って、こんどは歓喜先生が和尚さんと碁を打ち出した。煙草を吹かしながら見ていたコロナさんは急に顔をあげて、
「今、何時ごろですかな」
「ちょうど九時ですな――千吉、もうお前はおやすみ」
と歓喜先生にいわれて、千吉が挨拶して起ちあがると、同じようにコロナさんも起ちあがった。

「いや、昨晩酒をのみすぎたせいですかな。すこし頭がいたい。しばらく庭を散歩してきましょう――雪もやんだようですから」

コロナさんが出てゆくと、和尚さんが溜息をつきながら歓喜先生にいった。

「いや、あの人も最近は、夜も眠られないほど苦労があるのじゃよ」

「ほ――なぜかね？」

「はじめあの河向うの工場を建てたときにはな、例の海藻から採る糊の発明者、鬼頭技師と共同でやっていたのじゃが、この夏からふたり喧嘩して別れてしまい、鬼頭技師の方では別にまた工場をつくって、目下死物狂いの競争をしているわけじゃが、このままでゆけば、どっちも共倒れになろうという評判じゃて」

千吉は、自分にあてがわれた寝室にかえって蒲団をしいた。それから台所へいっていつもの習慣どおりパンツひとつになって勇しく冷水摩擦をやりはじめた。

十分ばかりたって、ふと、まだあのコロナさんは庭を散歩しているのかな、と思い、窓をそっとあけてみると、細い三日月に蒼白く照らされた雪を踏んで、鐘楼の方から白い息を吐きながらコロナさんが戻ってくる姿が見えた。

三人の大人達は、その夜真夜中まで碁を打っていたらしい。夜中に千吉がふと眼をさますと、時計が十二時を知らせる音が聞え、そしてカン高いコロナさんの笑い声が聞えた。

――だが、この和《なご》やかなお寺とずっと離れた河向うの丘の上では、この夜、世にも奇怪な惨劇が起っていたのである。

2

その丘の上にはコロナさんの工場があり、裏庭の突端の崖の下には河が流れていた。その庭のまんなかの枯木に、ひとりの男がブランと首を吊っていたのである。

いちばんはじめに発見したのは工場主のコロナさんだった。その夜二時ごろ朱雀寺の碁打《ごうち》からもどってきて、朝になってやっと気がついたのである。赤い朝のひかりに、枯木にぶら下がった屍体の顔を鬼頭技師と認めて、コロナの由利さんはびっくり仰天し、あわてて駐在所へとんで来た。

駐在の片桐巡査はすぐに村医者を呼びにいったが、医者は昨夜から隣村の急病患者を診《み》にいっていていないという。そこでコロナさんは、朱雀寺に泊っている荊木歓喜先生がお医者であることを思い出し、先生を呼びに走って来た。

歓喜先生が千吉をつれて山を下り、村路をまわり、橋をわたってその丘の上についたのは朝の七時だった。

「千吉、お前は屍骸を見ない方がいい。ここで待っていろよ」

千吉は眼をパチパチさせた。見たくてしかたがないし、また見るのが怖かった。

「見たいのかい？　フ、フ、よろしい、なあ千吉、人間どんなに困っても首を吊るような弱虫になっちゃいかんぞ。首吊りの姿なんてどんなに浅ましいものか、それを知りたいなら屍骸を見てもいい。――なるべく見ない方がいいがな」

「ぼく――見ます」

と千吉は歯をくいしばっていった。

死んだ鬼頭技師は丘の下からまっすぐにのぼって来たものと見えて、その足跡がひとすじ雪の上にはっきり残っていた。問題の木の下のあたりには、その足跡がいくぶん乱れていたが、そこで首を吊ったのだから、もちろん帰りの足跡はどこにもなかった。

ところが歓喜先生は、木からおろした屍体をじっと見つめ、瞼《まぶた》をちょいとひッくり返したあとで、突然おどろくべき言葉を発したのであった。

「これは首を吊ったのじゃないね。誰か他人に絞め殺されてからこの木にぶら下げられたのだ」

「えッ」とお巡りさんはとびあがった。「そりゃまた何故です？」

「普通の人は、人間首を吊ろうと或いは絞め殺した屍骸を木にぶら下げようと、身体の状況は同じことだと考えるかも知れん」

と、歓喜先生はいった。

「しかし、それはちがうのだ。首吊りの場合は、全身の重みが縄にかかって頸の或る方向にくいこむために、頭へゆく動脈の血はことごとく圧迫されて顔は真っ青になる。ところが、他人に絞め殺された場合は、どんなに力を入れても椎骨《ついこつ》動脈というやつが絞めきれないので、頭にぐうっと血がのぼって、この屍骸みたいに顔が紫色になるものだ。そして瞼の裏に出血して、赤い血のポチポチが出来るのじゃ」

「だって、だって——若《も》し誰かがこの鬼頭技師を殺してここに運んだとするなら、その犯人はどこへいったのです？」

片桐巡査は息せききって叫んだ。

「なるほど、ここへ来た足跡はたしかに一人分あります。しかし、逃げた足跡はどこにもないじゃありませんか？　ここからあの工場までは十メートルあります。崖の河までも六、七メートルはあります。その距離を足跡ひとつつけないで逃げ去るなんてことは、とても出来ませんぜ。それともあなたは、犯人が天空へ飛び去ったとでもおっしゃるのですか？」

「ウーム、なるほどこれは不思議じゃな……」

と歓喜先生は腕ぐみをして考えこんだ。

千吉も狐につままれたような顔になった。ほんとうだ。広い丘の上には、今朝駈けつけて来た人々の足跡の外には、ただ一人やって来た足跡ばかりだ。

ああ、片桐巡査のいうように、恐ろしい人殺しの犯人、コーモリみたいな黒い翼でも持っていて、フワフワと空中へ消失してしまったのだろうか？

3

「では、それはそれとして、この鬼頭技師はいつ死んだのでしょう?」

と巡査はいった。

歓喜先生はしばらく屍体の手や足を動かしたり、じっと眺めたりしたあとで、指を折って勘定していたが、

「さよう、その時刻は、昨夜の九時から十時ごろまでの間でしょうね」

それなら、和尚さんや歓喜先生やコロナ糊の由利さんが、河の向うの朱雀寺で、夢中になって碁を打っていた時刻だ。

千吉は、口から紫色の舌を出した屍骸がやはり辛抱できないほど気味わるくなり、胸がムカムカしてきたので、崖の方へ逃げ出した。しばらくすると、歓喜先生も煙草をくわえたまま、しきりに考えこみながらやって来た。

「先生、どうしてあの人の死んだ時間がわかるのですか?」

と千吉はたずねた。

「それか。お前は、人が死んだら身体が硬くなって、関節がなかなか簡単に動かなくなることを知ってるかい? あれを『死後硬直』というのじゃがな。死ぬと、筋肉のなかに乳酸というものが生じて来て、筋肉が縮んでしまうからなのだ。死んで一、二時間たつと先ず下顎が硬くなる。五時間くらいで腕が硬くなる。八時間あまりで足が硬くなる。身体じゅうが硬くなるには十一、二時間くらいかかるのだ。鬼頭技師は身体じゅうが硬くなっていた。だから、逆に計算して、昨夜の九時から十時ごろまでといったのじゃよ」

「はあ……」

「それからもうひとつ。生きてるときは心臓が血を勢いよく駆り出してくれてるが、死ぬとこの心臓というポンプがなくなるから、身体の血はただ重力のために下にさがってくる。この沈下した血は皮膚の外からも紫色に見えるものでこれを昔から「死斑」と呼んでいる。だからあの木にぶら下

がった屍体も、手の先や足の先に紫色の屍斑ができておった。ところでこの屍斑は、屍体の姿勢を変えると、また重力によって動いてゆくものだ。併《しか》しな、それも死んでから八時間くらいまでのことで、それ以上時間がたつと、もう沈下した血が血管の外へ滲《し》みついてしまうので、もういくら姿勢を変えてみても屍斑の位置は移動しない。あの屍体がそうじゃ。木からおろして地面に横たえても、やっぱりはじめぶら下げられていたとき出来ていた屍斑はそのまま……この点からも、鬼頭技師の殺された時間は大体わかる」

「殺されたって――先生、犯人はどこへ？」

「それじゃ。それがわからんのじゃよ。天狗飛切の術でも知っている奴でなければ――」

歓喜先生がモジャモジャ頭をかきむしったとき、河の向うの朱雀寺で、ゴーン、ゴーン、と美しい鐘の音《ね》が鳴りはじめた。高い鐘楼でいっしんに撞《つ》いている和尚さんの姿が見える。勢いよく動く小さな撞木をボンヤリ仰いでいた千吉は突然はっと顔を先生の方へふりむけた。

「先生、先生！」

はずんだ声だった。

「人間が羽根なんかなくっても遠くへ飛べる方法があるじゃありませんか！」

「なんだって？――それは、どうするんじゃ？」

「ブランコです。ブランコにのって飛ぶんですよ！」

「ブランコ？」

「ええ、たとえば、あの河向うの山の中腹にある朱雀寺からでも、いっぺんにここに飛んでくる方法があるんです。あの庭の隅の鐘楼の柱に長い綱を結びつけて、南側の崖ぞいに東の方へいっぱいに張ります。その端に身体を結んで飛び降りると、崖に沿ってブーンと西の方へ飛べるじゃありませんか？」

「ウーム、なるほど、なるほど！」

「崖の高さは三十メートル以上。それだけの大ブランコなら、河の上を飛んできてこの丘の上に大丈夫着陸できますよ。そして帰るときまた綱に身体を結びつけて河の上を飛んでゆく。それから綱

をよじのぼれば、ちゃんともとの鐘楼のところへ着きますよ！」歓喜先生の眼がキラッとひかってふりむいた。と同時にコロナ糊の由利さんは、ギョクンとした顔でこちらを見つめていた。
「千吉」とひくい声で歓喜先生がささやいた。
「由利さんは、昨日の夜、ちょっと庭へ出ていったことがあったな——」
「ええ、九時過ぎ、十五分間ほど……そして先生！」

千吉は昂奮と恐ろしさのあまり思わずカン高い声をあげた。

「ぼく、寝る前、台所の窓から見たら、あの人鐘楼の方からもどってくるところでしたよ！」

そのとたん、ぱっとコロナの由利さんは逃げ出そうとした。

「つかまえろ！　その男が真犯人だ！」

突然の歓喜先生の叫びに、びっくりしながらも片桐巡査は豹《ひょう》のようにとびかかっていった。雪のなかの二三分の格闘ののち、ねじ伏せられた由利さんの傍につッ立って、歓喜先生はいった。

「この男が、商売がたきの鬼頭技師をここに八時ごろおびき出したのだ。そしてそのころ、自分はあの朱雀寺にいっていて、ほんのしばらくのあいだに鐘楼から大ブランコにのってここへ飛んで来たのだ。人殺しの時刻自分が朱雀寺にいたということを和尚さんに証明してもらおうと思い、また足跡を消して鬼頭技師が首を吊ったように見せかけようと思い――なんという途方もない悪智慧だろう！　だが、正義はそんなカラクリに眼つぶしは喰わされん。どうだ、それにまちがいあるまい！」

犯人は雪と泥と涙にまみれた顔でガクンガクンとうなずいた。歓喜先生はうれしそうに大きな声で笑っていった。

「お巡りさん、その恐ろしいトリックを見事見破った名探偵は、わしの弟子のこの末弘千吉という少年じゃ。どうか町の署長さんにそういって、うんと褒美をもらってやって下さい！」

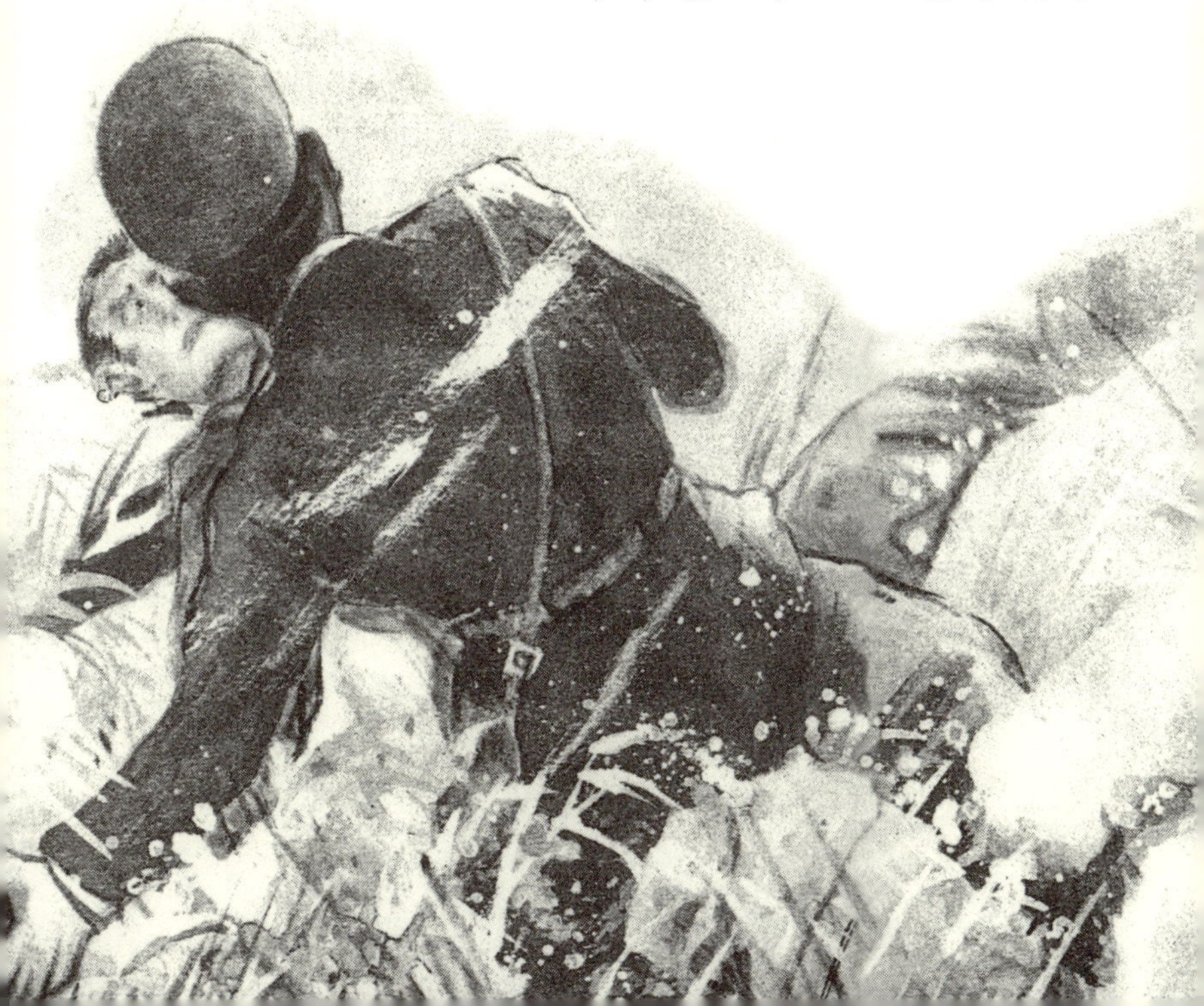

天使の復讐

挿絵　土村正寿

小さな姉妹《きょうだい》

どこかで鶯《うぐいす》がないているほかは、山はシーンとしています。はるか下の崖をけずった山路は、白くうねうねと帯のようにつづいていますが、そこをとおる旅人の姿もありません。

うごいているのは、ひろい海のような青空をながれる、ちぎれ雲だけでした。

「ハトちゃん、春だわねえ」

鮎子《あゆこ》は草の上にチョコナンとすわっている妹のハトヨに、やさしくごはんをたべさせながら、思わずそう話しかけましたが、すぐ気がついて、クックッ笑いだしました。ハトヨはまだやっと二つなのです。春も秋もわかるはずがありません。

「パイ、パイ」

急にハトヨはごはんにいやいやをして、小さな手で鮎子の胸をたたきました。パイとは、オッパイのことなのです。けれど、ことし十四の鮎子にオッパイの出るわけはないのです。

「はいはい、パイパイね、ハトちゃん、はい」

鮎子はあわててかんから出した粉ミルクをとかしながら、涙ぐんでいました。（ああ、おかあさん……）そう胸のなかで呼びかけるだけで、鮎子の眼には涙がうかびます。かわいそうなハトヨ……。そしてあたしも、さびしい、さびしい。

……

　鮎子たちのおかあさんも、おとうさんも、去年一つ目の綱吉《つなきち》という悪漢に殺されてしまったのです。この男は、信州一帯の町や村の家々を襲って、まるで虫けらみたいに人を殺し金をうばってまわった鬼のような強盗でした。――が、暮にとうとうつかまえられて、いまは静岡の監獄にいれられているはずです。

　それ以来、鮎子は、この山の上の、むかし森林伐採事務所だった小屋をかりて、すぐ下の畑をたがやしながら、妹のハトヨとくらしているのでした。なれぬ仕事のために、やわらかい手にはマメができて、ズキズキといたむ夜、オッパイ、オッパイとおかあさんをよぶ小さな妹を抱きしめて、鮎子はなんど泣いたことでしょう。

　そんな時、はらわたもちぎれるほど、にくらしいのは、あの一つ目の綱吉という強盗でした。

「チョウチョ、チョウチョ」

おなかいっぱいミルクをのんだハトヨは、こんどは小さな腕をあげて空にふっています。姉のかなしみを知らぬ、無邪気なあかるい声でした。

「ああ、蝶々ね、ようしっ、ねえさんがとってあげてよ」

　涙をぬぐって笑顔になると、鮎子はわざとわっと大声をあげてたちあがりました。

　そのときです。山の向うの飯田市の方からはるばるとうねってくる山路を、何人ともしれぬ警官の群がいそいでやってくるのを鮎子がみたのは。

「おやっ、なんだろ?」

　この海抜千五百メートルという山をき

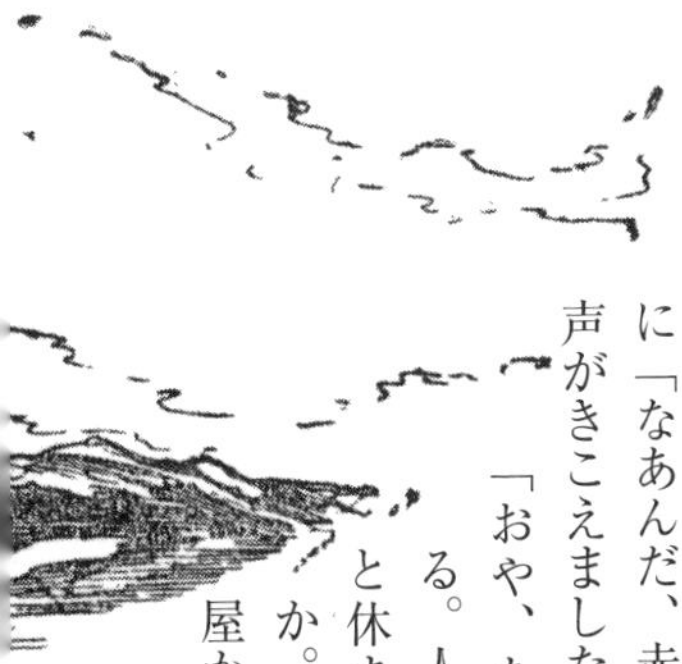

りひらいてつくった街道は鮎子の生れた飯田市と、三留野《みとの》という町をつなぐものですが、ふだんは、そう旅する人もありません。ましてあんなにおおぜいのお巡りさんがやってくるのは、今までに見たこともなかったのです。

　びっくりして崖の方へあるきだした姉のようすに、とりのこされた赤ん坊は、わっとばかりに泣きだしました。

「ああねえさんが悪かったわね。おお、よちよち」

　鮎子がまごついて、かけもどろうとしたとき、ずっと下の山路までやってきた警官のなかから「あっ、なんだ！」というさけびがきこえ、すぐに「なあんだ、赤ん坊の泣き声か」と笑う声がきこえました。

「おや、あんなところに小屋がある。人がいるらしいよ。ちょっと休ませてもらおうじゃないか。なあに、この路はあの小屋からもすぐ見えるのだからだいじょうぶだ。蟻一匹もみのがすことじゃない」

　そういうと、お巡りさんたちは、ドヤドヤと小屋の方へ上ってきました。みんな帽子のアゴヒモをしめ、腰のピストルもものものしいいでたちです。

「娘さん、ちょっと一服させてもらいますよ。――おや、おとうさんや、おかあさんは？」

　ひげをはやしたいかつい顔のお巡りさんがニコニコして、そう話しかけてきました。鮎子はびっくりして、目を見ひらいたまま、棒立ちになっていましたが急に首を横にふりました。

「いいえ、あの……ここは、あたしと、この妹だけが住んでいるんです」

「えっ……？」

　その警官は、あっけにとられたようすで、鮎子とハトヨを見あげ、見おろし、また小屋のふきんをぐるぐる見まわしていましたが、急に顔色をかえてさけびました。

「そりゃあぶない！　娘さん、今このへんに一

つ目の綱吉という悪漢がうろうろしているんだぜ！」

百貫めの大石

「まあ！　一つ目の綱吉が！」

　鮎子はサッと顔色をかえてたちすくみました。手が、膝が、ガクガクふるえます。目がひかりました。

「まあ、一つ目の綱吉がこのへんにいるんですって？　でも、あの男はいま静岡の刑務所にいるはずじゃあないんですか！」

「おや、あんたは一つ目の綱吉を知ってるのか？」

　お巡りさんは、おどろいて問いかけました。

「忘れてよいものですか。あの男は、あたしのおとうさんとおかあさんを去年殺した悪魔ですもの！　だから……だから……あたしは、それ以来この妹とたったふたりで、この山のなかであの畑をたがやして……」

　たまりかねて鮎子は両手を顔におしあて、くやしさにすすり泣いていました。足もとで、ハトヨはきょとんとした愛くるしい目をあげて、むせび泣く姉を見ていましたが、赤ん坊ながらかなしくなったとみえ、

「ネエタン……ネエタン……」

　と、小さなこぶしをふって可憐によぶのでした。

「ウーム、そうだったのか！」

　お巡りさんたちは暗然とした目で、この小さな姉妹を見まもりました。やがて、ひげの警官が唇をかみしめながら、

「そりゃ、かわいそうに。……だがな、娘さん、その一つ目の綱吉は、十日ほどまえ、静岡の刑務所を脱獄してしまったのだよ。おまけに警官のピストルまで奪って。――そしてまた、人を殺したり、物をとったり、あばれまわっている。ところが、けさ、この山のむこうの三留野の町から、この街道をこちらにやってくるという情報がはいった。それでむこうからも武装警官隊が綱吉を追っ

かけてくるし、またわれわれもこちらから出かけて、はさみ討ちにしようという計画なのだ。もう逃しはせん。きゃつはもうふくろのねずみだ。きっとつかまえてみせるよ」

「お巡りさん、あたしにもピストルをもたせて……」

急に鮎子はさけびだしていました。涙の目が、怒りの火にもえて、まるで狂人のようにきらきらかがやいていました。

「あたしにも、あの男をうたせてください。おねがいです。あたしにも、おとうさんとおかあさんの仇を……」

「そういうわけにはゆかんのだ」

お巡りさんはあわてて首をふりました。目は同情の涙にぬれていますが、こまったような顔色です。

「それどころじゃない。あの男じしんピストルをもっているうえに、五人力といわれた怪力の持主だ。そのうえ人を殺すくらい何ともおもわぬ鬼のような奴だ。万一のことがあったら大変だ。われわれは今すぐここを出発するが、あなたもすぐここを出て、飯田市の方へもどんなさい。危いから……ね、ね」

四方から一生懸命なだめられ、いいきかされて、鮎子がやっとうなずいたのは、それからしばらくたってからでした。

ここにいるのは鮎子だけではありません。赤ん坊もいるのです。じぶんの危険はいいとして、もしハトヨに恐しいことでもおこったら？——鮎子はそう考えたのでした。

「アッポ、アッポ」

無心のハトヨが、たくさんのお巡りさんたちをめずらしがりうれしがって、しきりに手をふるのも、みなの涙をさそうのでした。アッポとはシャッポ、つまりお巡りさんの帽子のことなのです。

「ちくしょうっ」

ひとりの若い、りりしげな警官が、ぐいと目をこすって崖の上の大石を蹴とばしました。

「一つ目の鬼め！　きっと仇はうってやるぞ！」

ぐっ、ぐっ、と二、三度その石を押してみましたが、石はビクともしません。途方もなく大きな石でした。おそらく百貫め（約三百七十五キロ）は十分あるでしょう。

「いや、すごい石がころがっているね。娘さん、あれはまたどうして？」

「あれは、いつかの雪どけで裏山がくずれたときに出てきたものでしょう。ちょうどあそこに材木がたくさん積んであるので、そこでとまったんだと思います」

「なるほど、材木が下じきになってるね」

「人夫の人たちが七、八人もかかったんだけどビクともしないので、事務所の人もあきらめて、ほうっていっちまったんです」

「そうか。そうだろうね。……いや、おじゃましました」

　お巡りさんたちは、おじぎしてピストルをゆすりあげました。

「さあ出かけよう。……娘さん、きっと仇はうってあげるからいいか、すぐここをひきあげるんですよ！　いいかね？」

　鮎子は唇をかんで、こっくりしました。

　そしてお巡りさんたちが勇ましく出かけていったあと、がくりと両膝を地につき、指を胸のまえにくんで青空にいのるのでした。

（神さま、どうぞ、どうぞ一つ目の綱吉をお罰しください。……）

一つ目の綱吉

　が、すぐに鮎子はわれにかえりました。ほんとうにお巡りさんたちのいったように、しばらくのあいだでも、今すぐここを逃げなければなりません。

　鮎子は下の畑に鍬《くわ》や鎌などが置きすてたままになっているのを思い出し、そそくさと赤ん坊を帯でそばの桃の木につなぎました。

「ハトちゃん、ハトちゃん、こわいこわい鬼がくるのよ。おねえさんといっしょに逃げるんだから、ちょっと待ってね」

　そういって、鮎子は下の畑へかけおりていきました。ハトヨを桃の木につないだのは、おぶっていては、物がはこべませんし、放っておけば這いだして崖から落ちてしまうからです。

鮎子は畑にころがっている鍬をひろいあげようとして、急にじっとうずくまってしまいました。

何ということでしょう。――鮎子はその時、背なかに、まるでつき刺さるような何者かの視線を感じたのです。……まるで蛇のような恐ろしい目が、じーっと自分を見つめているのを。

鮎子はジリジリとふりかえりました。そしてドキン！　として立ちすくんでしまったのです。ああ、いるのです。青い雑木林の中に、誰かがボンヤリと、黒い影となって立っているのです。

「ヒッ、ヒッ、ヒッ、ヒッ」

その影はのろのろと森の中から出てきました。髪はボウボウの六尺ちかい大男。しかし、ああ、その目は！　一方はつぶれ、一方は血ばしりながら、ランランとひかっているのでした。

「ふふん、お巡りたち、いっちまったらしいな。ばかな野郎どもだ」
春の日に大あくびしながら、その一つ目はなおぶきみにじっと鮎子をにらんでいます。
一つ目の綱吉！

まさに、そうでした。(あーっ)と鮎子は悲鳴をあげようとし、しかし声がひと息も出ないのです。よろめき、とびさがろうとしても、からだが金しばりにあったようにうごかないのでした。

「やい、娘っ」

綱吉は、黄色い歯をむき出して笑いました。

「てめえ、いま聞いてりゃ、おれをピストルでうち殺してえって? けっ、ふざけたことを! どうやらてめえの親はふたりとも、このおれさまの手にかかってあの世へいったらしいな。ついでだから、おめえもここでくびり殺してやろうか?」

鮎子はぱっとからだをしずめると、足もとの鎌をひろいあげました。とたんに綱吉の手がいなずまのようにうごいて、ピタリとつきつけたのはピストルです。

「なまいきな! やるつもりかっ」

ぐっと前へ進み出てくる綱吉に追われて、鮎子はジリジリとうしろへあとずさります。

「そらそら、うしろはもう崖の壁だぞ。ウーム、どこを射ってやろうか、頭か、鼻か、それとも腹か……」

身の毛もよだつような残忍な声です。鮎子の背には崖がつきあたりました。

「ヒッ、ヒッ、ヒッ、ヒッ、ヒッ」

ぶきみな声で銃口をあげた綱吉は、次の瞬間、どうしたのかびくっととびのきました。

「……お巡りさんだわ！」

鮎子はあえぎました。ああ……そうです。まさに、いちど立ち去ったお巡りさんたちが、バラバラと靴音をみだして駈けもどってきたのです。息をきらして話しあう声もきこえます。

「つまり、やり過ごされたわけですな。あいつどこへかくれていたものだろう？」

「いや、たしかにこの近くです。三留野の方からたしかにこちらへやってきたんだから――」

これは、反対側から追跡してきた警官隊のひとりの声でしょう。はさみ討ちにしようという両隊が、まんなかでぶつかってあわてて、綱吉をさがしにもどって来たものにちがいありません。

崖の下の路をとおりすぎていく靴音に、鮎子はたすけを呼ぼうとしました。

「声をあげるな！」

綱吉はひくくさけびました。自分は草の中に蛇のように伏して、銃口をピタリと鮎子の胸にむけています。

「声をあげると、射つぞ。そして、崖の上にかけのぼって、子供を射ち殺す。ふたりとも、地獄の道づれとしてやる！」

鮎子は唇をわななかせてだまってしまいました。ああ、ハトヨ……ハトヨが殺されてはたまらない。……

しかし、しかし、そのあいだにも、警官隊は何も知らず走りすぎていくではありませんか。……

石を投げるもの

「ネエタン……ネエタン……」

崖の上で、かわいい声をあげて、ハトヨが呼んでいました。下の畑へおりていったきり、なかなか上ってこない姉をよんでいるのです。

「ネエタン……ネエタン……」

だんだんその声がしゃくりあげていって、ハトヨはとうとうワーッと泣きだしてしまいました。

「なんだ、いやに赤ん坊が泣いているが――」

と、下ではお巡りさんたちが、ふしんそうに立ちどまったようすです。一つ目の綱吉はあわてました。

「だまらせろ。だまらせないと――」

おしころすような、すさまじい声でした。鮎子は恐ろしさと、くやしさにワナワナとふるえました。自分がここで歌をうたってやるとハトヨは安心してだまるのです。

けれど親の仇をみすみす目の前に見ながら、それを助けてやるために歌をうたえるものでしょうか？

「だまらせろ！」

死にもの狂いの綱吉の命令でした。鮎子は目をつぶり、悲しいふるえる声で歌いはじめました。

「神坂越えくりゃ　あけびの口へ
ツルベおとしの　日がのぞく……」

そのとたんです。頭上に、ゴーッとものすごい音がとどろきわたってきたのは。……

「ワーッ」

綱吉は、おそろしい悲鳴をあげました。上をちらっとみた彼の目は、そのせつな、頭上に真一文字に落ちかかってくる真っ黒な怪物をみとめたのです。

それは巨大な石でした！

声もたてず崖の下にしがみついた鮎子の目の前で、綱吉は血の虹をひいて天空へふきとばされ、断崖の底の方へおちていき、そ

のあとから土けむりをまわしながら、その石が追っかけていきました。

そして、桃の花びらが、ヒラヒラとしずかに散ってきました。……

「やっ、あの音はなんだ？」

肝をつぶして警官たちがかけのぼってきた時あまりの恐ろしさに鮎子は半分気をうしなってボンヤリ立ちすくんでいました。が次の瞬間、

「ハトちゃん！　ハトちゃん！」

と気がくるったように呼びながら崖の上の小屋の方へかけあがってきました。

ハトヨの姿がみえません。

「ハトちゃん」

鮎子は、桃の木につながれた一本の帯が材木のかげにきえてそれがさも、おもしろそうにビクンビクンと動いているのを見いだしました。かけよってみると、帯は材木のすきまに入りこんで、小さな、小さな穴のようになっているその底へ、ハトヨはちょこなんと坐りこんで、ひとりでニコニコ笑っているのでした。

そして、材木のはしにのしかかっていたあの大石も、忽然とどこかへ姿をけしていたのです。

「おういっ、一つ目の綱吉だ。一つ目の綱がいるぞうっ」

はるか谷の底から呼ぶ声がしました。大音響を追っかけて下へかけおりていったお巡りさんの声です。

「なにっ、綱吉が?」
「いるが、大石におしつぶされて、蛙みたいにペチャンコになってるよ――」
お巡りさんたちは、あっけにとられて、赤ん坊と材木を見くらべました。

「あの石だ。あの大石が落ちたんだ」

ひとりが、やっとうめきました。

「が、あの百貫めの大石がどうして動き出したんだろう？」

考えこんでいたひとりのお巡りさんが、急にハタと膝をたたいてさけびだしました。

「わかった！　そりゃ、テコですよ。テコの原理ですよ！」

「テコの原理？」

「ええ、ごらんなさい。このつみ重ねられた材木のはしの方へあの大石がのっかっていたんでしょう。そのまた他のはしに、この二貫めほどの赤ん坊がちょこんとのったんです。そこでテコの原理で、百貫めの大石がググッとうきあがり、ころがり出し綱吉の頭の上へ、まっしぐらに落ちていったんです！」

鮎子は、むちゅうでハトヨを抱きしめていました。泣きながら……頰ずりしながら。

……赤ん坊はくすぐったがって、キャッキャッと笑っています。

ひげのお巡りさんは、青い青い春の空をあおいで、ふかい調子でつぶやきました。

「それじゃあ、一つ目の綱吉を殺したのは、天の神さまだね。……」

さばくのひみつ

挿絵　いせだくにひこ

火の神のつたえ

いまから六十年ばかりむかし、イランの国が、まだペルシアとよばれていたころのことです。やけつくような大さばくを、ふたりの旅びとが、あるいていました。

ひとりは、白いひげをはやしたイギリス人で、ダルシーという探検家、もうひとりはリザカンという頭にターバンをまいたペルシアの少年でした。

ダルシー老人が、このペルシアの国のすみずみまで、旅をはじめてから、もう何十年になるでしょう。ウシの頭をほった石の柱だけのこった古代の宮殿のあとや、川がゆうれいのようにきえてしまう大きなさばくや、こおりつくような岩山を、歯をくいしばって、あるきまわっているのでした。

ダルシーがさがしているのは、石油でした。ペルシアには、大むかし、火の神が、何百年も白い石のほのおをもやしていたといういいつたえがあります。それは石油だったのでしょう。ダルシーは、かたくそれを信じ、「もし石油がでたら、ぜんぶ、ダルシーの自由にまかす」というペルシア

皇帝のひみつのかきものをもっています。

だが、ダルシーはむなしく年をとり、ながいくろうをしたのに、石油はまだみつからないのです。

「あっ、とうぞくだっ」

ふいに、リザカン少年がさけびました。

ああ、さばくのはてから、ラクダにのり、頭にターバンをまいたぬすびとの一隊が、すなけむりをけたてて、おそいかかってきます。

おお石油がでた

ああ、おびただしいとうぞくのむれが、すなをけたてて、やってきます。

「だめだ」

ダルシー老人とリザカン少年とは、顔を見あわせて、かくごをきめました。

そのときです。とつぜん大たつまきがおこり、とうぞくたちは、ラクダもろとも大空へふきあげられてしまいました。

たきのように、ふりそそぐすなの下に、つっぷしたリザカンが、「あっ先生、石油！」と、くんくん、はなをならして、さけびました。

「おお、石油だ。やっぱり、火の神のいいつたえは、うそではなかったのだ」

ダルシー老人は、おどりあがりました。二人はなみだをながして、だきあいました。

でも、やがてダルシーは、くらい顔をしまし

た。

「おきき、リザカンよ。この石油はペルシアの血だ。ペルシア人のものだ。いま、人びとは、まずしいけれど、しあわせにくらしている。もし、この皇帝の密書が、血まなこになって、石油をさがしている世界の強国の手にはいったらどんなにおそろしいことか……」

ああ、しかし、皇帝の密書がどうしてもれたのか、ダルシーのところへ、イギリスの金持ちがおしかけました。

ひとりの頭のはげた鼻めがねをかけた男は、六百万ポンドで買おうというのでした。

「もし、あなたがそれを手ばなさないなら、きっと、おそろしいことが、おこりますぞ」

と、うすきみのわるい笑いをうかべました。

ピストルもった男

「ダルシーのおいぼれめは、何千万ポンドだしても、ペルシア皇帝のひみつのかきものを、売るのはいやだといっています」

イギリス海軍省のおくのへやで、しょんぼりとたって、報告したのは、はなめがねをかけた大金持ち。実は、イギリスのすごいスパイで、レェリイという男でした。

「君はイギリスの海軍が、身うごきできなくなってもいいのか。おびただしい石油の権利をのがしてなるものか。もういちどいけ。どんな手をつかっても、皇帝のかきものをとってこい」

テーブルをたたいてしかりつけたのは、チャーチル海軍大臣でした。レェリイはあわてて、へやをとびだしてしまいました。

いまや、ダルシー老人は、ひみつのかきものをふところにしたまま、ペルシアから、消えようとしていました。だが、とちゅうで船のなかや、たちよる港で、いつも、じぶんをつけねらっているぶきみな目を感じました。ホテルにとまって外出すると、きまって、へやに何ものかが、しのびこみ、さがしまわったあとがありました。

ある夜、アレキサンドリアの人通りのない町をリザカン少年をつれて歩いていると、前の方から四、五人のふくめんの男が、あらわれました。ふりかえると、うしろにも、ピストルをもった男が三、四人にげ道をふさいでいます。

「手をあげろ。たいせつなかきものを、きさまはそこにもっているはずだ」

見つからぬ手紙

両手をあげたダルシー老人のからだにとびかかって、ぬすびとたちは、洋服から下着、かみの毛のなかまでも、ひみつのてがみをさがしまわりました。が、どこにもないのです。「あっ、警官がきた」

とリザカン少年がさけびました。かれらはくやしそうにしたうちして、あわててにげさりました。

「あははは」とリザカン少年は、おなかをかかえて笑いました。そして、くつをそっとぬぎまし

た。

いつのまにか、そのひみつのてがみは、かれのくつのなかに、うつっていたのでした。

「まさか、おまえのくつのそこにあろうとは、あいつらも考えつかなかったのじゃろう。ばかなやつらだ」と、ダルシー老人も笑いました。

エジプトのカイロのホテルにとまったときは、もうにげるみちはないとあきらめました。

「イギリスのひみつをよその国に売ろうとしているうたがいがあるからへやをしらべる」といういいがかりをつけて、たくさんのイギリスの憲兵がホテルをとりまいて、シラミつぶしにしらべました。隊長は変装したレェリイ。

二人は、はだかにされ、憲兵は机のひきだし、絵の額のうら、じゅうたんの下、だんろのなかまで、アリ一ぴきのがさないほどしらべました。でも、たいせつなてがみは、発見されません。だが、それはたしかにへやのなかにあったのです、憲兵のはなのさきに。それにしても、ひみつのてがみは、どこにいったのでしょう。

あっピストル男

憲兵隊が立ちさってしまうと、ダルシーとリザカンは、おなかをかかえて笑いました。たいせつなひみつのてがみは、へやのまんなかの大テーブルの上に、封筒から、半分、顔をのぞかせて、おいてあったのです。

ダルシー老人と、イギリス人のスパイとの手にあせ

をにぎるちえくらべでした。

でも、ダルシー老人はすっかり考えこんでしまいました。このひみつのてがみがあるからこそ、こんなさわぎがおこるのです。そのうち、じぶんたちのいのちさえ、あぶなくなるかも知れません。

その心配はあたりました。船がリスボン港についたとき、とつぜん二人のうしろで大声でさけんだものがいます。「あぶないっ」

ふりかえると物かげから、ぴたりとピストルのぶきみな口がこちらをのぞいています。「あっ、先生っ」リザカン少年がダルシーをかばおうとしたとたん、いきなり黒いかげがピストルでねらっていた男をつきとばしました。

「わあっ」

ずどおん！　ピストルは空をうち、その男は船から海へ落ちていきました。

リザカンはいいました。

「先生、あれは、あのてがみを六百万ポンドで買おうといってきた鼻めがねの男のようです。いっしょうけんめいに港へおよいでにげていきます」あぶないところをすくってくれた黒いかげが近づいてきました。

「ごぶじで、たいへんよかったですね」

やさしい顔をした牧師でした。

さいごのわな

船がイギリスにちかづくにつれて、ダルシー老人とリザカン少年は、じぶんたちをすくってくれ

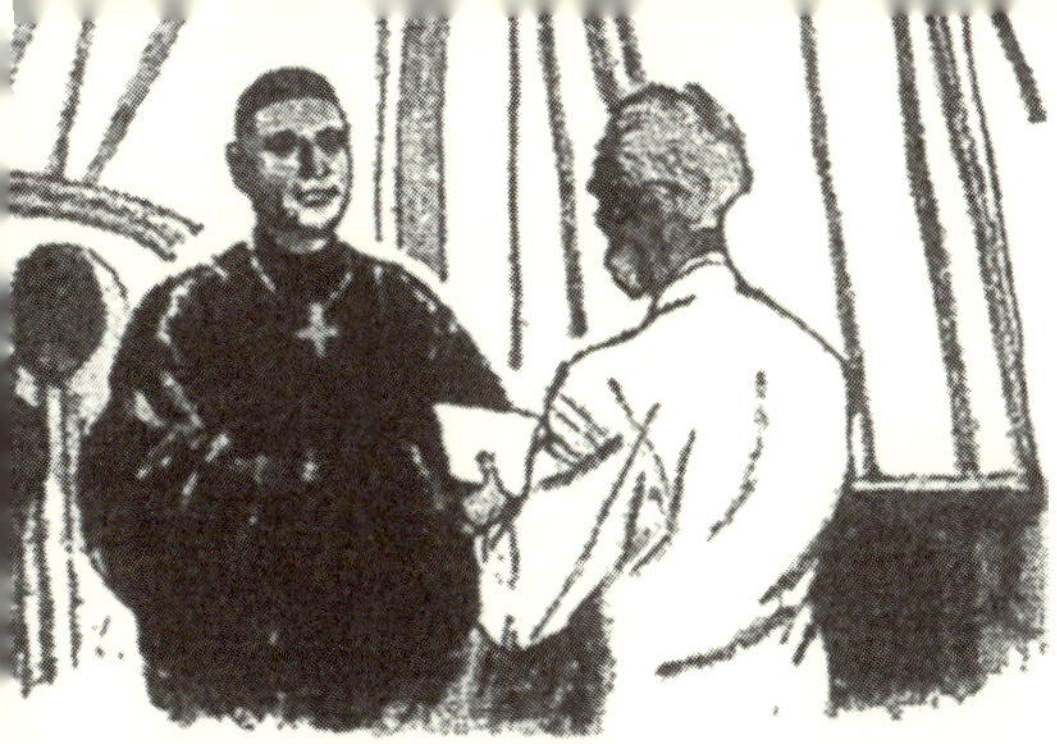

た、その牧師と、すっかりしたしくなりました。

ダルシーはこれまでのことをうちあけて、牧師に相談しました。

「いっそ、わたしは、このてがみをやぶりすてて、大西洋の波にまかせたほうが、よいと思うのですが」

牧師はいうのです。

「ダルシーさん。それより、そのてがみを教会へささげて、神さまのお役にたてられてはどうでしょうか」

「おお、それには気がつきませんでした。ぜひとも。これはあなたにおわたしします」

こうして、皇帝のてがみは、牧師の手にわたりました。

牧師は白い歯をみせておじぎしました。

「ありがとう。ダルシーさん。わたくしは、イギリスのスパイのレェリイです。このあいだ、リスボンであなたをねらったのは、わたくしの部下でした」

「あっ」

ダルシーとリザカン少年はさけんだきり、ことばもありません。ああなんというひどいはかりごとか。

「まてっ」

リザカンがさけびました。

そのとき、牧師すがたのレェリイのそでからぱっと一羽のハトがまいたちました。皇帝のてがみは、いつのまにかハトのあしにむすびつけられて、ハトはイギリスをめざして、まっしぐらにとんでいくのでした。

こうしてペルシア——いま

のイランはその石油のけんりをながくイギリスにうばわれてしまったのです。

この話はこれでおわりましたが、イギリスはその後アングロ・イラニアン石油会社をつくって、イランの石油をひとりじめし、イランの政治をうごかしていました。ところが一九五一年、イランは「イランの石油はイランのものだ」と、石油国有化法を議会でとおしました。

モサデグ前首相らの政府はアングロ・イラニアン会社の石油をとるせつびをとりかえし、一九五二年にはイギリスとの国のまじわりをたちました。

イランは石油の国有にせいこうしましたが、さいきんは暴動がおこって、モサデグ首相がおわれるなど、国内はみだれています。

窓の紅文字

挿絵　深尾徹哉

怪人青頭巾

　啓太郎はこんど中学に入ったというお祝いに、医者をしているおじさんの家によばれて、たいへんなごちそうをしてもらったうえ、ごほうびにまえから、ほしい、ほしい、ほしいとおもっていた双眼鏡までもらいました。

　おじさんの家を出たのが、もう夕方でしたから、啓太郎が電車にのって、家の近くの停留所におりたときは、もうとっぷりと日がくれていました。

　大通りから横路に入って、原子病の研究で有名な芦刈《あしかり》博士邸のながい土塀にそってゆくと、啓太郎の家はそのむこう側です。

（あしたから、おもしろいな。この双眼鏡で、まず何を見てやろうかな。そうそう、博士の庭の木にある、鳶《とび》の巣でも見てやろう……）

　そんなことをかんがえて、にこにこ笑いながらあるいていた啓太郎は、とつぜん、

「あれーっ」

　という、女のひめいを耳にしました。遠いながら、たしかに土塀のむこう側、博士邸のなかです。

ぎょっとしてたちどまった啓太郎の五メートルほど前に、土塀の上に、ばりばりとはいあがって、ひょいとのぞいたものがあります。

「あっ」

啓太郎はびっくりしました。土塀のうえにすっくとたったのは、ながい、とがった頭巾《ずきん》をつけた人間の姿だったのです。おぼろな街燈のひかりに、それは芋虫のようにぶきみな青い色をしていました。

青頭巾は、眼だけあいた小さな孔から、ちらっと啓太郎の方をみると、ぽーんと路上にとびおりて、反対の方向へ風のように、にげ出しました。

「どろぼうーっ」

邸内から、また女のさけびがきこえます。

「あやしい奴だ、待てっ」

啓太郎は猟犬のようにおいかけました。ながい土塀にそって、怪人はみるみる遠ざかってゆきます。

むちゅうになって追跡して、塀のかどをまがったとたん、啓太郎はなにかにつまずいて、ばたりところがってしまいました。

「なんだっ？」

むっとしたようにさけんで、たちあがったのは、背広をきて眼鏡をかけた若い男です。しかし、啓太郎がぶつかったのはその人ではなくて、その人の足もとに横たわっている、もうひとりのふとった男でした。くるしそうにうなっています。

「あっ、すみません」

啓太郎は、ひざっ小僧をさすりながらおきあがりました。

「いま、ここへ青い頭巾をつけた、あやしい男がにげてきませんでしたか」

「うん、へんな奴が、ぼくたちの上をとびこえて、あっちへはしっていったようだが――それがどうしたの？」

と、その眼鏡をかけた男は、啓太郎が少年だとみて、あらげた声をひくくします。

そこへ、ばたばたとうしろからはしってきたのは、若い女のひとでした。これは啓太郎もしっている、芦刈博士の助手の典子《のりこ》嬢です。息をきらせて、

「泥棒です。泥棒がこっちへにげてきませんでした？」

では、さっきのひめいはこの典子嬢でしょう。

きっと門の方からまわって走ってきたのにちがいありません。

「あっ、典子さん、その男はいまむこうへにげていってしまいましたが、あれは泥棒だったのですか」

と、その眼鏡の男はいいました。

「あら、佐藤さんですか。こんなところで、なにをしていらっしゃるんですの？」

「いや、ここまできたら、この人がたおれているんです。顔を見ると、科学出版の石挽《いしびき》さんじゃありませんか」

「まあ、ほんとに石挽さんだわ。どうしたんでしょう」

あとでわかったことですが、眼鏡の男は佐藤理学士といって、大学でやはり芦刈博士の助手をしている人であり、たおれていたのは、ふだんから博士邸へ出入している石挽という出版社員で、みんな典子嬢の知り合いだったのです。

「それで、泥棒って、なにか盗まれたんですか？」

「いえ、あたしが研究室にいると、なにかへんな音がしたのでふりかえってみると、庭むきの窓ガラスから、青い覆面をした男がじっとのぞきこんでいたので、びっくりして追いかけてきたんですの」

「青い覆面？」

佐藤理学士は、けげんな顔をして首をかしげました。

「たしかにそうですか？　さっき、ぼくたちの上を嵐のようにとびすぎてにげていった奴があるので、ぼくがふりむいてみたら、奴はもうむこうの露路にきえていったんですが、そのときあそこの街燈にてらし出されたのは、たしかに長い髪の毛の頭でしたよ——」

ぼんやりたっていた啓太郎が、きょろきょろしてあたりをみまわすと、佐藤理学士と石挽氏のすぐそばに、青いきれがおちています。

「あっ、青い頭巾がここにおちていますよ！」

啓太郎は、あわててそれをひろいあげました。

「えっ、ここに——ふうむ！　そうか、それならあいつが、ぼくたちをとびこえるとき、この頭巾がぬげたんだな！」

と、佐藤理学士がうなりました。

頭巾をわたすと、啓太郎の手にふと長い髪の毛が一本くっつきました。いまの怪人の髪の毛に、ちがいありません。

「それで、この石挽さんはどうしてたおれているのかしら？」

「なあに、また酔っぱらっているんですよ。大酒のみだから、まったくこまった人だ……」

ふたりでうんうんと石挽氏のからだをかついでゆく姿を見送ってから、啓太郎はやっと家の方へあるきだしました。

（青頭巾をつけた泥棒って、へんな泥棒だな。ほんとに泥棒だったのかしら？）

恐しき舞踏会

芦刈博士は、原子病の研究で有名な学者で、なんでもさいきん、原子病をなおすX九〇九号とかいうすばらしい薬を発見したとか、発明したそうだとかいう話を、啓太郎もお父さんから聞いていました。

あれは、ふつうのありふれた泥棒だったのだろうか？　啓太郎は、なんとなく胸さわぎがしてなりませんでした。

ところが、ついに啓太郎のこの不安は、事実となってあらわれたのです。芦刈博士邸におそろしい事件がおこってしまったのです。

それは、いよいよ中学の入学式がある二日前の夜のことでした。家《うち》でお祝いの赤飯をたべて、啓太郎ははやくねてしまったのですが、お父さんはお酒をおいしがって、しまいには二階へあがって、桜を見ながら、夜おそくまでひとり盃《さかずき》をかたむけていたのです。

桜といっても、啓太郎の家の桜ではありません。二階から、ひろい、芦刈博士の庭が見えるので、その庭の桜がちょうど春の満月に、夢のように、うかんでみえるのでした。

「博士のおうちもお祝いがあるらしいな。……ああ、博士の誕生日か、となりの田岡探偵が、きのうそんなことをいってたっけ……」

と、お父さんは、お酒でいいきもちの頭でかんがえていました。田岡探偵というのは、もうはげ頭ですが、むかし博士

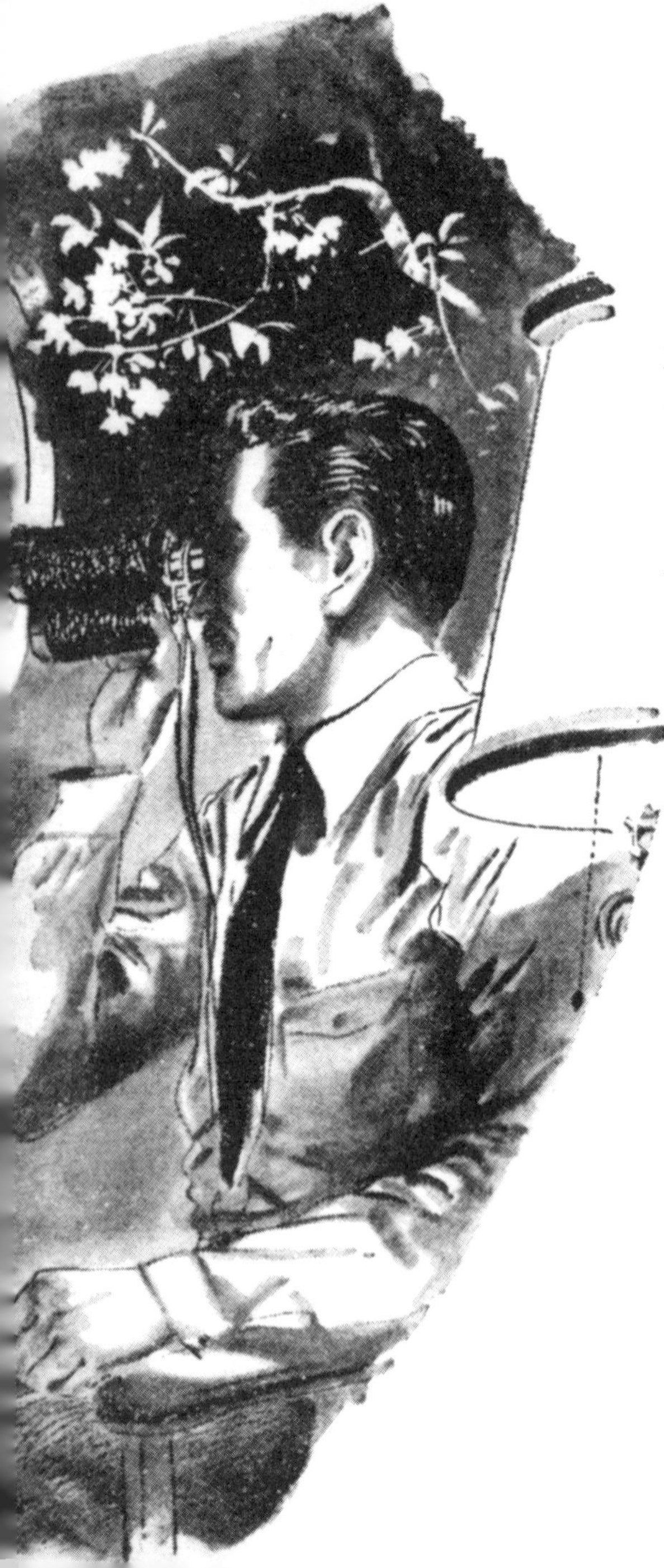

の弟子だったそうで、いつも博士の研究を守護している、私立探偵だったのです。
博士のおうちもお祝いがあるらしい、とお父さんがみたのは、庭のむこうの博士邸の大広間で、舞踏会があるらしく、夕方から、窓ににぎやかにおどっている影がみえ

るからでした。

「うん、これは啓太郎がいいものをもらってきた。これで見物させていただこう」

と、お父さんはお酒をのみながら、ときどき双眼鏡で、その大広間の窓の方をながめました。あまりいいことではないのですが、お父さんは酔っぱらっていたので、そんな子供みたいなことをしたのでしょう。

するとそのうち、広間からずっとはなれた部屋に、ぱっと電燈がつきました。たしかそこは、博士の研究室のはずでした。

「うん、典子嬢だな」

と、お父さんは双眼鏡でのぞいてつぶやきました。窓にうつったのは、パーマネントの若い娘の影だったのです。

　そしてお父さんは、恐ろしい光景をみてしまいました。

　なにか書類をみているらしい典子嬢のうしろに、ぼうっともうひとつ、とがった頭巾をつけた男の影があらわれて、そろそろちかづいてゆくと、いきなり棒のようなもので典子嬢をなぐりつけたのです。

「あっ」

　お父さんは、双眼鏡をおとしてしまいました。

　広間の方では、なにもしらない人びとが、まだはなやかにおどりつづけています。

　ふたたびお父さんが、双眼鏡を眼にあててみると、その研究室の窓にはなんの影もありませんでした。典子嬢はたおれてしまったのでしょうし、犯人はにげてしまったにちがいありません。

「おや？」

　お父さんは、ぐっと双眼鏡を眼にくいこませました。

　窓に、髪をふりみだした典子嬢の影が、またはいあがってきたのです。ふるえる腕に、なにかほそい棒をもっています。

　それは、あとでかんがえると紅棒《べにぼう》でした。そして彼女は、さいごの力をこめて、窓ガラスになにか字をかいたのです。が、かいたかと思うと、典子嬢はまたよろめいて、窓に

ぶつかり、その窓ガラスをがちゃがちゃんとこわしてしまいました。

「たいへんだ！」

そのまま、窓から上半身たらして、だらりとうごかなくなってしまった典子嬢の姿をみて、お父さんはとびあがりました。

そして、ころがるように博士邸へとんでゆきました。
——朝がきました。啓太郎が眼をさましたと

き、お父さんはまだいませんでした。いちどかえってきたそうですが、また朝はやく芦刈博士邸へよばれていったのです。

啓太郎は、青い顔をしたお母さんから、昨夜博士邸におこった恐ろしい事件についてききました。

「なんでもその犯人は、博士の研究書類をもっていったそうだよ……」

「それで、典子さんはどうなったの？　お母さん」

「生命《いのち》はあるらしいんだけれど、頭をぶたれて、ものがいえないんだってさ。なおるかなおらないか、お医者さんもわからないといってるそうよ。可哀そうに……」

「犯人はつかまらないの？」

「ええ。典子さんはそんな風なんだし、お父さんはせっかくうちの二階から、お前の双眼鏡で、典子さんがたしかに窓ガラスに二字の犯人の名前を紅棒でかいたのをみていらしたくせに、びっくりしたため、どうしてもその名がおもい出せないいんだって。……だから、けさ、また呼ばれていったのよ」

「おもい出せないって？……そんなことがあるもんか」

「あるもんかって、そのときお酒をのんでいらしたんだし、人間には、おもい出せそうで、どうしてもおもい出せないことが、よくあるじゃあないの」

とはいうものの、お母さんもいらだたしそうでした。

「典子さんが、犯人の名前をかいたっていうと、犯人は典子さんのしってる男なんだね」

「ええ、外から入ったものじゃないことは、はっきりわかっているんだって。きのうの舞踏会に、運よく署長さんも、探偵の田岡さんもまねかれていってらしたそうで、その事件がおこったとき、大部分のお客さまがおどっていらっしゃったこともわかっているのよ」

「広間にいなかった人は？」

「探偵の田岡さんは、庭を散歩していらしたそうだけど、これはべつとして広間にいなかった人の名は、石挽という出版社の人、佐藤理学士、それから堀江という化学工業の社長さんだって。——この三人よ」

「ふうん」

啓太郎は、かんがえこみました。

しばらくしてから、啓太郎はじぶんの部屋にもどって、机のなかから一本の長い髪の毛をとり出してながめました。先夜、青頭巾がおとしていった髪の毛です。

「お母さん、ぼくちょっと出かけてくるよ」

啓太郎が家を出ていったのは、それからまもなくのことでした。

「あら、なんの用？」

「犯人をしらべあげるんだ。えへん」

啓太郎は、そっくりかえりました。啓太郎はいったい、なにをかんがえついたのでしょう？

意外な真犯人

読者諸君、犯人がわかりましたか。

恐ろしい犯人は、いままでに出てきた名前のうちにあるのです。

しかも、啓太郎のお父さんは、被害者の典子嬢が窓に紅文字をかいたのをみているのです。だのに、それがどうしてもおもい出せないというのです。……しかし、おもい出せそうでいながら、どうしてもおもい出せないことは、諸君も学校の試験のときなど、よくあるでしょう。

それを、ねむっていた啓太郎がしらべようというのです。

犯人は、誰でしょう。こないだ、啓太郎がおっかけたとき、石挽氏と佐藤理学士のうえを青頭巾がとびこえてにげたというのですから、犯人はこのふたりではない——といいたいところですが、しかし、佐藤理学士のいったことは、ほんとうではないかもしれません。

青い頭巾は、ふたりのそばにおちていたではありませんか。石挽氏がそこへそれをぬぎすてて、急に酔っぱらったふりをしてたおれたのかもしれませんし、また石挽氏がほんとうにたおれているところへ、佐藤理学士がきて、青頭巾をぬぎすてて、かいほうしているまねをしていたのかもしれないではありませんか。しかし、啓太郎はどこへ何をしに出かけていったのでしょう？

　啓太郎がどこからかもどってきて、芦刈博士邸へ入っていったのは、石挽氏と佐藤理学士と堀江社長と、啓太郎のお父さんをかこんで、まだ警察署長と芦刈博士と田岡探偵が、むずかしい顔でかんがえているときでした。

「わしは、あのとき、たしかに便所にいっておったのです」

　と、堀江社長が、ながい髪の毛をなであげながら、うったえています。

「ぼくは、書庫に入っていたのですよ」

　と、佐藤理学士はむっとした顔でいいます。

「わたしは、ベランダで月をみていたのです」

　と、これは石挽氏です。

「みんな、かってなことばかりいっている。……このなかの誰か、おもい出せないのですか？」

　いらいらしたように、田岡探偵が禿頭をふりふり、啓太郎のお父さんをふりかえりました。

「ええ、ざんねんですが……ああ、酒をのんでいたのが悪かった。どうしても思い出せません……」

　と、お父さんは頭をかきむしって、なさけなさそうな顔で、おじぎするのでした。

　芦刈博士も、くらい表情で、

「ああ、あのX九〇九号は、人類をすくう神のような薬です。が、それだけに、つかいようによっては、悪魔ともなる恐ろしい薬にもなるのです。もしあれが、悪人の手に入ったら……」

　と、恐怖に、からだをふるわせるのでした。

「いいえ！　ぼくがそれをとりもどしてあげますよ！」

　啓太郎はさけびました。大人たちは啓太郎の姿をはじめてみて、口をあんぐりあけました。なかでも、とびあがって、あわてたのはお父さんです。

「これ、啓太郎、いつのまにこんなところに入ってきた?」

「お父さん、ぼくはお父さんのわすれた名前を思い出させてあげますよ」

啓太郎は、へいきでにこにこ笑いました。

「な、なに、お前がどうして、そ、それは誰だ? どこにいる?」

「ここにいます」

「も、もしやそれは堀江社長じゃないか?」

と、田岡探偵がのり出しました。

「こないだ、この佐藤さんと石挽氏のうえをとびこえていった怪人は、長い髪をしていたというが、それがほんとうなら、堀江社長のほかにはないとわしはにらんでおるんだ」

「ちがいます」

啓太郎は首をふりました。

「お父さんはうちの二階でみていたのでしょう。典子さんは、こちらの研究室のなかから窓ガラスに字をかいたのでしょう。そのガラス窓はすぐ、こわれてしまったのに、お父さんはどうしてそれが、ある人の名前だとわかったのですか?」

「ど、どうしてって、とにかく、たしかに人の名だったとして、おぼえているんだ」

「それで、犯人の名がわかるんです。逆に——裏側からみて、すぐに人の名だとわかる文字——それは、佐藤や石挽や、堀江じゃありません。そんな字は、反対側からみれば、なにがなんだかさっぱりわからないはずです」

啓太郎は、署長さんの腕をおしました。

「つかまえて下さい! それは田岡さんです! 田岡という文字なら、裏からみてもおなじことですから、すぐわかります! 田岡さんが、庭を散歩していたというのは、うそにきまっています! 犯人は田岡探偵です!」

まるで、機関銃のようなはげしい啓太郎の声でした。

禿頭の田岡探偵はとびあがり、眼をむき出し、口から泡をふきながら、

「な、なにをいう。犯人は髪の毛のながい男だぞ。ばかなことをいっちゃいかん！」

「いえ、ぼくのひろった髪の毛を、きょう医者のおじさんにしらべてもらいにいったところが、あれはかつらの髪の毛だとわかりました。あなたは、青頭巾の下にまたかつらをかぶっていたのです！」

にげ出そうとした田岡探偵の肩に、署長の大きな手がかかると、ガチャッと手錠がは

まりました。ああ、なんという意外な犯人だったでしょう!

「そのポケットをさぐると、きっと研究書類と青い頭巾がでてくるに、ちがいありませんよ」

と、啓太郎は笑うと、お父さんの腕をひっぱっていうのでした。

「さあ、あしたはぼくの入学式ですよ。お父さん、かえって、ぼくに勉強をおしえてね、ね……頭のいいお父さん――」

緑の髑髏紳士

挿絵　岩田浩昌

吹雪の夜のふしぎな事件

　東京にはめずらしく、吹雪の夜でした。七郎少年は人通りもない郊外の道を、頭巾をまぶかにして雪をふせぎながら、電車の駅のある方角へ、いそぎ足であるいていました。

　七郎は、有名な名探偵篝龍介《かがりりゅうすけ》の助手をやっているのですが、龍介が印度の或る大事件の解決を依頼されて、その日の午後日本を出発していったので、あとの始末がいそがしく、こんなにおそくなったのです。


「おや？」

　七郎はふと足をとめました。前の方に自動車が一台とまっています。が、七郎がながめたのは、その車の方ではありません。

　一本道の左側はひろいひろい野原で、そこには暗い夜空から無数の白い蛾のように、粉雪がうずまいてふっていました。その雪と闇のむこうの空中に、ぼうっと青白いへんなものがうかんでいるのです。

　鬼火のようですが、鬼火ではありません。その青白いひかりは、ぼんやりと何かのかたちをみせているのでした。

「あっ――髑髏《どくろ》だ！」

七郎は立ちすくみました。

まさしくそれは宙にうかぶ髑髏の顔だったのです。と、みるまに、その闇にひかる顔は、すうっとながれるように、地上四五尺の上をうごいて、吹雪のかなたへきえてゆきました。

「あれはいったい何だったろう？」

ほんとうに、何だったでしょう。七郎がいままで見たこともない奇怪な出来事でした。

七郎はばたばたと自動車の方へかけ出しました。車のなかをのぞきこんでみると、ひとりの少女が窓に顔をこすりつけたまま、妖怪のきえた野原の方をじっと見つめています。

「どうしたんです？」

七郎が声をかけると、少女は恐怖の眼をいっぱいに見ひらいてこちらをながめましたが、つぎの瞬間、ぐたぐたと崩おれてしまいました。

「あっ、たいへんだ」

七郎はあわてて車のなかへとびこんで、少女をだきあげてかいほうしました。少女はすぐに気がつきました。いままでの恐怖に気がはりつめていたところへ、ふいに七郎に声をかけられて、びっくりのあまり気をうしなったのでしょう。

「お兄さま！　お兄さま！」

と、少女はふいに身もだえしてさけび出しました。車の外へとび出そうとするのです。

「えっ、お兄さま？　お兄さんがいるんですか？」

「ええ、さっきひとりで野原の方へいったんです」

「何をしに？」

「お兄さまがこの車を運転してここまできたら、あの野原の上に、ふらふらと、青くひかる変なものがみえたのよ。なんだろう？　といって車をとめて、お兄さまがそれをたしかめに出ていったの。あたし、ここからみていたら、そのひかるものは……」

「髑髏の顔でしたね」

七郎はそうさけぶと、車の外へとび出しました。吹雪はなおうずまいていますが、懐中電燈を

つけると、少女の兄があるいていった足あとはまだありありと野原にのこっています。ぶるぶるとふるえながら、
少女もあとについてきました。

「髑髏……髑髏……あれが髑髏紳士かしら？」

「えっ、髑髏紳士！」

と、七郎はさけびました。

ああ、その名もおそろしい髑髏紳士！　それこそこの数年来、東京の大富豪や博物館や美術館を荒らし、その神出鬼没ぶりには警視庁はむろんのこと、名探偵篝龍介さえもただ腕をこまねいて見のがしているよりほかはない怪盗だったのです。神業にちかいほど変装が上手なので、百の顔をもつといわれているくらいですから、それもむりではありません。

「あたしたち、髑髏紳士にねらわれているんです」

「どうして？」

「きのう、髑髏紳士からお兄さまに脅迫状がきたんですの。うちにある美術品を、ちかいうちにもらいにゆくからって――お兄さまは柔道三段だから笑っていらしたんですけれど、みんな心配して、こんや、これから名探偵の篝龍介さんのところへ御相談にゆく途中だったんですの」

「なんだって！　篝先生のところへ！」

七郎はびっくりして、まじまじと少女の顔をみつめました。

「きみは何という名前なの！」

「雪小路《ゆきこうじ》鮎子《あゆこ》――兄さんは藤麿《ふじまろ》」

「雪小路藤磨……たしかもと子爵さんだったのじゃない？」

「えっ、そうよ」

「雪小路子爵……ああ、あの黄金堂《おうごんどう》をもっている人、それじゃ髑髏紳士がねらうのもあたりまえだ！」

七郎は胸がどきどきしてきました。雪小路子爵兄妹は、篝先生のところへ救いをもとめにやってきたのです。しかし、篝探偵はきょう日本から印度へ出かけていったあとでした。

いや、それよりも、そのとちゅう、この雪の野

原にうかんでいた青い髑髏はなんだったでしょう！　それを追っていった雪小路藤麿氏はどうしたのでしょうか。

「あっ……足あとが、きえている」

ふいに七郎はたちどまりました。なるほど、自動車のところからあるいてきた雪小路元子爵の足あとは、雪の原っぱのまんなかあたりで、ぽつんときえているのです。

「きえている？」

鮎子はごくりと唾をのんで、地面をのぞきこみました。

「きえています」

七郎はうなるようにこたえます。ぞーっと背なかがさむくなったのは、うずまく吹雪のせいばかりではありません。

ひろい雪の野原のまんなかで、ふっときえている足あと、それをどうかんがえたらいいでしょうか。あたりに川もなければ一本の木もありません。

「すると、お兄さまは？――」

鮎子は顔をまっさおにして、あたりを見まわしました。

雪小路子爵はそこで地面にもぐりこんだのでしょうか。空中にとび去ってしまったのでしょうか。いやいや、そんなはずはありません。けれど、足あとがそれっきり見あたらないことは事実なのです。彼は蠟燭のようにとけてしまったとしかかんがえられません。

七郎は悪夢でもみているような気持でした。

「それにしても、あの青くひかる髑髏はなんだったろう？」

少年探偵のり出す

「お兄さまあ！」

吹雪のなかで、鮎子のおそろしそうな、かなしそうな呼び声がひびきわたりました。

ふたりは、右にはしり、左にはしって、雪小路子爵の姿をさがしまわりました。いつしか鮎子はすすり泣いています。

「あっ……もしかすると……」

とつぜん、七郎は顔をふりあげました。七郎は、そこから二三百メートルもはなれたところにある或る屋敷をおもい出したのです。

それはこのふきんの人々から、化物屋敷とよばれている家でした。

いまから三十年もまえにたてられたそうですが、たてた人がきちがいだったとあとでわかったということで、玄関もなければ、一階には窓もないというへんてこな家です。戦争後の家不足で、だれか二三人住んだこともあるそうですが、みんな自殺したり、気がちがったりしたといううわさがあって、いまでは瓦もくだけ、壁もおちた無人屋敷です。

「もしかすると……あそこかもしれない……」

と、七郎はその家の方をにらんでつぶやきました。りくつもなにもありません。髑髏紳士と化物屋敷、というふたつの気味わるい名前が、ふっと七郎の頭のなかでむすびついたのです。

「いってみよう！」

吹雪をついて、ふたりははしり出しました。

そして化物屋敷の門を入ってゆくと――はたし

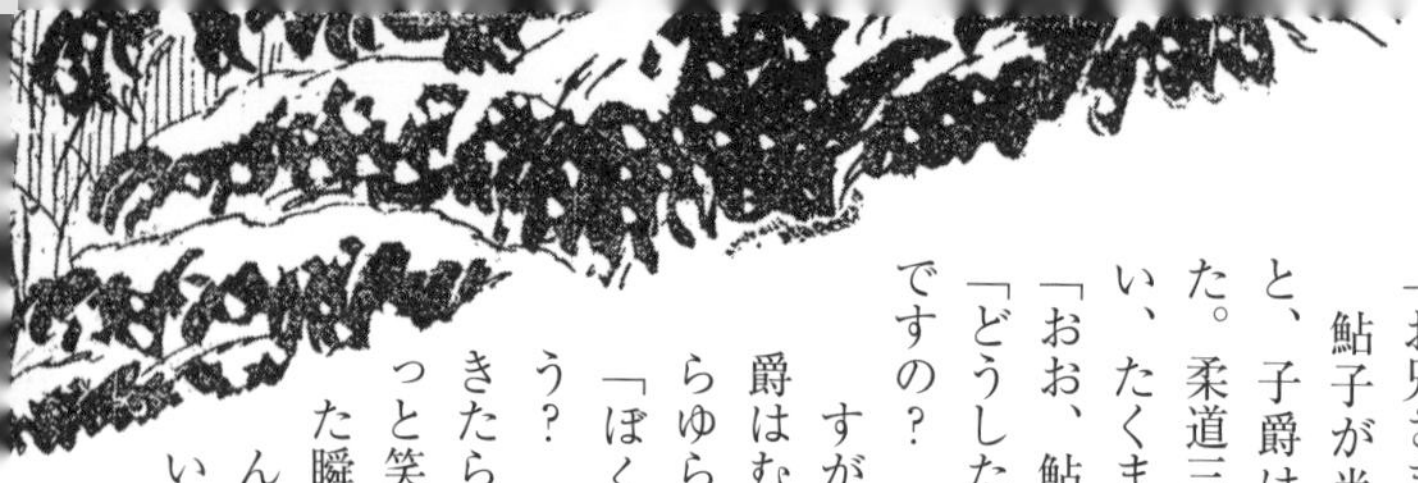

て軒の下に、雪小路子爵がたおれていたのです。

「お兄さま、お兄さまっ」

鮎子が半狂乱になってゆりうごかすと、子爵はぼんやりと眼をひらきました。柔道三段というだけあって、まだ若い、たくましき青年です。

「おお、鮎子！」

「どうしたんですの？　何がおこったんですの？　急にいなくなって――」

すがりついた妹を抱いたまま、子爵はむくりとおきあがって、頭をゆらゆらふりました。

「ぼくはいったいどうしたんだろう？　原っぱのまんなかあたりまできたら、あの青くひかる髑髏がにやっと笑って、僕があっとたちどまった瞬間、気をうしなってしまったんだ。そのとき、ぐいっと冷たい腕でこの胴をつかまえられた

ような気がしたが、それは大蛇のようにものすごい力だった。……」

「あの髑髏はいったい何なの？」

「わからない。それより、ここはどこだね？」

「あの原っぱのまんなかから、二三百メートルもはなれた無人屋敷の前なんです」

と、七郎がいいました。

そういいながら、きょろきょろあたりをみまわしましたが、ここへは七郎と鮎子がかけつけてきた足あとしか見あたらないのです。雪小路子爵もそのことにきがついて、ぎょっとしたようでした。

「すると、ぼくは、その距離をどうしてここへはこばれてきたのだろう？」

雪小路子爵はあおざめて立ちあがりました。その背なかをふっと見た七郎が、急にはっとして懐中電燈のひかりをさしむけました。

「あっ、なんか変な紙が背なかにくっついていますよ」

「えっ」

子爵の背には、大きな紙がピンでぬいつけられていました。みると、毒々しいまっかな字でこうかいてあったのです。


子爵。おれさまのふしぎな業がわかったか。おれは空中をとび、地中をはしることも自由自在なのだ。だから、篝へボ探偵などに救いをもとめたってだめだぞ。おれはかならず三月三日に黄金堂を盗んでみせる。じたばたせずに、おとなしくその夜を待つがいい。ゆめゆめおれさまの力をうたがうな。

髑髏紳士

そして、その署名の下に、べったりと緑のぶきみな髑髏のしるしがつけてあったのです。

「あっ、ぼくたちが篝探偵のところへゆくことを、どうして知っていたのだろう？」

と、雪小路子爵はふるえあがってあたりを見まわしました。

「篝先生はいられません」

と、七郎はかなしそうにいいました。

「篝探偵はいないって？」

「ええ、きょう、印度へ招かれて御出発になったんです」

「きみは誰？」

「篝先生の助手で、五十嵐七郎っていうんです」

雪小路元子爵と鮎子は、ぼんやりと七郎の顔をみまもりました。がっかりしたようすです。やがて子爵は、背なかからとったその紙をもういちど読みなおして、首をひねりまわしました。

「三月三日というと、まだ一ト月もあるが……」

「先生が帰られるのは四月の半ばごろの予定なんです」

「いや、それよりも、三月三日の夜に黄金堂を盗むってここにかいてあるし、きのうきた脅迫状にもそうかいてあったが、黄金堂というのは、ちょいとつまんでもってゆけるような品物じゃないんだぜ。小さいとはいえ、ひとつの建物だ。それを一夜のあいだに、どうして盗むなんてことができるんだろう？」

まったく、想像もつかない犯罪です。

しかし、いままでの髑髏紳士のうでまえからみると――いやいや、たったいま、柔道三段のこの子爵を、ひろい雪の野原からさらいあげて、いかなる方法によったものか、この化物屋敷のまえにはこんできたその神魔のような力からみると、どんな驚天動地のことをやるかわからない怪盗といわなければなりません。

とつぜん、七郎はこぶしをにぎりしめ、顔をあげてさけんでいました。

「篝先生のかわりに、このぼくをつかって下さい！　ぼくが全力をあげて、きっと髑髏紳士の手から黄金堂をまもってみせます！」

黄金堂にしのびよる魔手

黄金堂というのは、雪小路子爵の邸のなかにある有名な国宝的な建物でした。

いまから八九百年もまえに、武蔵国をおさめていた江戸一族がつくったといわれるもので、そのなかにたくさんの古い古い仏像や美しい絵やめずらしい美術品がおさめられていますが、建物じしんも、わずか六メートル四方のものながら、壁のうちもそとも黒うるしをぬったうえ、金箔をはり、なかの四本の柱には十二光仏をえがき、螺鈿《らでん》と黄金をちりばめて、あの名高い平泉の金色堂《こんじきどう》とならび称される尊い建物でした。

いままで、髑髏紳士がねらわなかったのがふしぎなくらいですが、しかしさすがの大盗賊も建物を盗むということはちょっと思案にくれたにちがいありません。けれど、いまや髑髏紳士はだいたんふてきな挑戦状をなげつけてきたのです。盗むといったら盗む、その言葉をけっしてうらぎらない恐ろしい方法をかんがえついたにちがいありません。

七郎はその夜から雪小路家にのりこむことになりました。はたしてこの少年探偵がぶじにこの怪盗をふせぐことができるでしょうか。

一週間もたたないうちに、髑髏紳士の、人をばかにした予告がまたなげつけられました。

その日、雪小路子爵は、応接室で、画商の小栗《おぐり》典蔵《のりぞう》という男と話していました。小栗典蔵というのは、頭のつるつるにはげた、眼の小さい、いかにも人のよさそうな男です。

コーヒーをもって入っていった、妹の鮎子が、ふいに茶碗をとりおとしました。

「どうしたんだ、鮎子！」

「あれ、あれ……お兄さまっ」

鮎子はがたがたふるえながら、一方の壁をゆびさしました。そちらをふりかえって、子爵も小栗もぎょっとしていました。そこには、一枚の紙がピンでとめられて、まっかな字でこうかいてあったのです。

「あと、二十五日だ。御用心。　髑髏紳士」

そして、その下にまたあの髑髏の緑の紋章がべったりとえがいてあるのです。

知らせをきいて、七郎がとびこんできました。

「ふたりがこの部屋に入ってこられたとき、あんな紙きれはなかったんですね？」

「あんなものがあったら、とっくに気がついているよ」

と、小栗典蔵は眼をまるくします。

「それから、誰も外から入ってはこなかったんですね？」

「あたしが、ちょっと入りましたが――」

といったのは、ちょうど隣の控室で待っていたという那《な》須《す》啓吉《けいきち》という男でした。まるで狐のような顔をした男ですが、これも長年子爵邸に出入している美術品のブローカーでした。

「ですが、あたしゃタバコのもうと思ってライターをつけたら、油がきれていることがわかったので、火をいただきに入っただけなんで……あんな紙っきれには気がつきませんでしたね」

七郎は、小栗と那須の顔を見くらべながら、だまりこんでしまいました。もしかすると、このふたりのどちらかが髑髏紳士の変装したものではないでしょうか。――しかし、その証拠はありません。

髑髏紳士のぶきみな挑戦状がきたのは、それからまた五日たった夜のことでした。

こんどは小栗も那須もいない夜のことです。そのかわり、戦争中軍隊でいっしょだったという秋《あき》月《づき》虫《むし》之《の》助《すけ》という元中尉がそのひるまたずねてきて、二階にとまっていました。これは爆弾のために顔じゅうひきつれたみにくい男です。

雪小路子爵は、階下の寝室にねむっていました。ところが朝になってみると、ふとんのえりのところに、また、れいのおそろしい予告の紙がぬいつけてあったのです。

「あと二十日だ。わはははは。　髑髏紳士」
そしてまたあの緑の髑髏の印章！　ああ、これはいったいなんという魔法のようなしわざでしょう。
「昨晩ここへ入られたときには、こんなものはみえなかったんですね？」

と、七郎は子爵にたずねました。

「ねる前、ここに秋月君がやってきて、しばらく思い出ばなしをやっていたが……」

「おれは、そんなものはしらんぞ」

と、秋月元中尉は、みにくい顔をおどろきのためにぶるぶるふるわせて手をふるのでした。

「そう、秋月君が二階へあがっていったあとでも

たしかこんなものはみえなかった。それからぼくはねたのだが、窓もドアも内側から鍵がかけてある。ほかの人間が入れるわけはない。……」

七郎は両手を胸のまえにくんで、遠い空へさけび出したいようでした。

「印度にいらっしゃる篝先生！　これはいったいどうしたことでしょう？　どうぞぼくに智慧をさずけて下さい！」

刻々とせまってくる影なき髑髏紳士の足おとが、空中からきこえてくるようなおそろしさです。さすがの雪小路子爵も、かさなるふしぎな出来事に、眼を恐怖にとび出すほど見ひらいてその紙片をみつめたまま、たちすくんで、頭をかきむしりました。

「恐ろしい……恐ろしい……ぼくは気がちがいそうだ！」

魔煙の空に笑う声

大東京をふるえあがらせる神出鬼没の怪盗髑髏紳士は、ついに雪小路元子爵の邸にある国宝的な黄金堂に目をつけました。しかも三月三日という期限まできって、それをうばう日をしらせてきたのです。

少年探偵五十嵐七郎は雪小路邸にのりこみましたが、髑髏紳士はそれをあざわらうように子爵と画商小栗典蔵が対談している応接室の壁に「あと二十五日だ」というはり紙をのこしていったのでした。

それればかりではありません。つぎには、ぜんぶ鍵をかけていた寝室に、朝、雪小路元子爵が眼をさましてみると、ふとんの襟にまた「あと二十日だ」とかいた紙きれがぬいつけてあったのです。

怪奇はそれからまた五日めにあらわれました。

「子爵、あの画商の小栗典蔵というひとは、みもとがたしかな男なんですか」

「うん、あれはぼくのおやじの代から出入している、人のいい、信用できる男だよ」

その晩、七郎は二階の部屋で、子爵と話をしていたのです。

「あたし、あのひとだいすきよ。お酒のむと、へんな声してお祭りマンボなんかうたうの。そりゃあおかしいわ」

と、そばから、子爵の妹の鮎子はくつくつ思い出し笑いをします。子爵は、ふしんそうに、

「しかし七郎君、きみはなぜそんなことをたずねるの、きみは、まさか……」

七郎は額に手をあてたままかんがえぶかそうにいうのでした。

「髑髏紳士は、どんな人物にもばけるんです。変装術の大家なんです。……だから、この家にしょっちゅう出入りしている人間は、いちおうだれでもうたがってみる必要があるんです」

鮎子がおそろしそうなためいきをついて、おもわず椅子からたちあがりました。

「まさか、いくらなんでもあの小栗さんが……」

そのとき女中が部屋に入ってきました。

「だんなさま、お風呂がわきました」

「ああ、そう、すぐ入るよ」

子爵がたばこをすてて出てゆくと、いれかわりに先夜からとまっている子爵の友人の秋月元中尉が入ってきました。やけどのあとでひきつったおそろしい顔をした男です。

「七郎君、ほんとうに髑髏紳士をつかまえられるかね。黄金堂をもってゆく、なんてかんがえられんことだが、このあいだのふしぎな事件をおもい出すとぼくはだんだん心配になってきた」

「ぼくはまけません。きっとつかまえてみせるつもりです」

七郎がきっぱりといいきったとき、どこかで大声で笑ったものがあります。

「あはは、あっは

っはっはっ。なまいきな小僧め、おせっかいはやめたらどうだ?」

三人はぎょっとしてたちあがりました。

それはなんという、大きなぶきみな笑い声だったでしょう。

「おまえなんかに髑髏紳士の正体がわかってたまるか。ちゃんちゃらおかしいわい。わっはっはっはっはっ」

「まっ、あの声は、空からきこえてくるわ!」

ひめいのように鮎子がさけびました。ああ、そうです。その声は窓の外のこおるような星空からいんいんとふってくるのでした。そのぶきみな笑い声はまたつづきます。

「あと十五日だ、小僧、せいぜい眼を皿のようにして黄金堂をみはってろ。とにかく六メートル四方の建物がなくなるのだ。いくらお前の眼がふしあなだってみえるだろう。用心――用心――わっはっはっはっ」

「あの声は、空中からじゃない!」

耳をすましていた七郎がとびあがりました。

「あれはあのけやきの木のうえからだ」

その声はたしかに庭のけやきの木の上からきこえてくるのでした。そのけやきの木は庭のまんなかにある祠《ほこら》のすぐうしろに、雲つくばかりにそびえていました。もう何百年たったかわからないほどの古木ですがまわりは三メートルくらいもありそうな大木です。

「髑髏紳士はあの木の上にいるんだ!」

七郎はとび出しました。鮎子はおそろしさに身うごきもできないようですが、秋月氏はつづいて追ってきました。

風呂場のそばを、とおりかかると子爵もはだかの上半身を窓からのぞかせて、

「おい、いまの声はなんだ?」

と、ふるえる声でたずねます。

「たのみます。女中さん、町へいって硫黄をうんとかってきて下さい」

七郎は女中にそういって、秋月氏とともにそのけやきのしたにはしりよりました。見あげると葉のない大木のうえに、青いものすごい月がかかっ

ていますが、べつにあやしい姿も影もみえません。
髑髏紳士はにげてしまったのでしょうか？
いいえいいえ、その木の上からはまた大胆ふてきな笑い声がふってきたのです。

「小僧、あがってこい、おれさまの力をみせてやる。お前なんかのみのようにひとひねりだぞ」

七郎はくやしさに歯ぎしりして怒りました。
しばらくすると、女中が硫黄をかってきました。それをけやきの根

もとにつみあげると、七郎は火をつけて、どんどんとそれをもやしはじめました。

おそろしい匂いと煙は、大木にからまりながらもうもうとたちのぼります。まるで月もみえないほどです。あのけむりにがまんできる人間がこの世にあろうとは思われません。

「さあ、どうだ、髑髏紳士、くるしかったら降参しろ！」

と七郎はどなりました。

ところが、頭上からふってきたのは、世にもおかしそうな笑い声でした。

「ほっ、けむりぜめとはかんがえたな、小僧。だが、おれさまは狸じゃないぞ。狸どころか、人間以上の力をもったおれさまだ。たかい硫黄がむだになる。もったいない。よすがいい。わっはっはっはっはっ」

「ちくしょう」

七郎は怒りに眼がくらみそうでした。きっとけやきのうえをあおいでいましたが、急にポケットから短刀を出して、口にくわえたのです。

「あっ、どうするの、七郎さん！」

いつのまにか家からそこへやってきていた鮎子が、びっくりしてとりすがりました。

「あいつと決闘するんだ。あの悪魔の息のねをとめてやるんです！」

「むだだな、小僧。空はさむい。おれはまちくたびれたから、そろそろおいとまするよ。ただ、五日のちの夜を用心しろ。まず手はじめに黄金堂のなかの仏像を、その晩ひとつだけいただいてゆく。しっかり、まもるんだぞ。いいか、小僧、わっはっはっはっ」

ぶきみな笑い声はしだいにきえてゆきます。しかし、満月のかかった木の上からはこうもりの影ひとつもとび去ったようすはありません。

「よしっ」

短刀を口にくわえたまま、祠の屋根にはいのぼると、七郎はさっと下枝にとびつきました。あわてて風呂から出てきた雪小路元子爵が、七郎のからだをつかもうとしましたが、まにあいません。

七郎は、決死の顔で、枝から枝へ、猿のように上へ上へとのぼってゆくのでした。

「さあ、きたぞ髑髏紳士、男らしく勝負しろ！」

七郎はついにてっぺんちかくまでのぼりつきました。……

ところが――ああ、なんというふしぎでしょう。木の上には髑髏紳士の影もなかったのです。

「おや？」

きょろきょろ見まわしても、葉のない枝のどこにかくれようもないたかい空です。どこかよその木にとびうつるにもひろい庭のまんなかにつったっているけやきの大木です。ただつめたい満月のみがわらうようにあたりをてらしていました。

「はてな？――どこへきえたのだろう？」

七郎はぼう然としてしまいました。ああ、なんたる奇怪事、髑髏紳士は、またまたけむりのように空中にかききえてしまったのです。

血だけをのこす妖怪紳士

それから五日目の夜でした。いよいよ髑髏紳士が黄金のとうとい仏像のひとつをぬすむと予言した夜がやってきたのです。

夕方から七郎と雪小路元子爵と秋月氏は、黄金堂の入口にたって、警戒していました。それから、ちょうどその日のひるま商談でやってきた美術ブローカーの那須啓吉という男も、話をきいてやはり番人にくわわりました。

夜もふけるにつけて風がごうっと強まり、みんな唇をむらさきいろにかえています。それはさむさのせいばかりではありません。おそろしさのためです。黄金堂のなかには、ぜったいだれも入っていないことをたしかめてから四人は入口にたちました。子爵は手に弾をこめたピストルをもっていますし那須啓吉は大きな日本刀までぶらさげています。

「何時かね？」

と、秋月氏がふるえる声でたずねました。

「十二時三分まえです」

と、七郎は夜光腕時計をのぞきこんで、ほっとためいきをつきました。あと三分で明日になるの

です。

さすがの髑髏紳士もこの四人の警戒におそれをなしたのでしょうか。

「髑髏紳士も、とうとう約束をやぶって、こんやはこられないようですね」

七郎がそう小声で笑ったときです。――だれか、くつくつと笑う声がきこえて、みんなぎょっとたちすくんでいました。

「ひっ、ひっ、ひっ、おれは約束をやぶらないよ、ひっ、ひっ、ひっ」

とおいような、ちかいような、なんともいえないぶきみな笑い声です。

「おれはここにもうきているよ。では仏像はありがたくもらってゆくよ――ひっ、ひっ、ひっ、ひっ、ひっ」

「あっ、黄金堂のなかだ！」

雪小路子爵は恐怖のさけびをあげました。

ああ、そんなこと、あっていいでしょうか。その黄金堂は入口以外からはぜったいなかに入れないはずで、しかも、ひるまからそのなかにあやしいものは猫の子一匹も入っていないことは四人でたしかめてあるのです。七郎などはねんのため三つの仏像さえも、かんかんと手にたたいてしらべたくらいなのです。

「待て！」

と、子爵は、なにかさけぼうとした七郎の口をおさえました。秋月氏も那須もがたがたふるえています。

「奴はこのなかにいる。どんな武器をもっているかわからない、きみたちはあぶないから、ここで見はっていてくれ――ぼくがまず入ってみる！」

柔道三段のうえピストルをもっているのは、雪小路子爵だけでした。彼は三人をおしとどめておいて、ピストルをつきつけたまま、そろそろと黄金堂のなかへ入ってゆきました。

「曲者！　出てこい！」

子爵の声はぶきみに堂内に反響します。こぶしをにぎりしめている三人をあとに、彼はなかへ入ってゆきました。

「どこにいる――こら――化物め」

「ひっひっひっ。ひっひっひっ。いっひっひっひっひっひ」

ああっ、なんという身の毛もよだつようないやらしい笑い声でしょう。その笑い声がきえていったかと思うと、

「あっ、青い髑髏！」

子爵のものすごいさけびがきこえ、つぎのしゅんかん、だあんとピストルをうつ音がきこえました。

外の三人は、はっと息をのんだまましばらく身うごきもできません。そしてそのピストルの発射音のこだまがきこえたころはじめて、

「うーむ！」

という、くるしそうなうめき声がきこえました。

「やりやがったな、子爵。……よく、おれさまを

射ったな。ようしこん夜はやりそこねた。仏像をちょうだいすることはやめておく。……が、このしかえしはきっとするぞ。子爵……しかえしは、いまにきさまの妹の鮎子をさらってやる。かくごをしろ……」

地の底からわきでるような、くるしそうな声がしだいにきえていってなかはしーんとなりました。

もうがまんができません。七郎たちは、われにかえると、どっと黄金堂のなかにかけこみました。

「子爵！」

懐中電燈をむけると、雪小路子爵はピストルをむけたまま死人のような顔いろでつったったままです。

「だいじょうぶですか、子爵っ」

「ぼくはだいじょうぶだが――」

「髑髏紳士は？」

懐中電燈のひかりはぐるぐると堂内をかけまわりました。と、床の上に池のようにながれているまっかな血のいろが眼にとびこんできました。

「子爵、髑髏紳士はどうしたんですかっ」

「ぼくがここに入ってくると、あいつの声だけきこえてはじめは何もみえなかった、まっくらだった。が、そのうちあの壁のまえに、ぼうっと青い髑髏がうかびあがってきたんだ。そいつをめがけてピストルをうつと、青い髑髏はよろよろっとしたようにみえた。がいま、君たちのきいたような呪いのことばをのこすと、また、その青い髑髏はすうっときえてしまったんだ！」

子爵は恐怖のために気絶しそうでした。

しかし、このおびただしい血は、容易ならぬ量です。堂内いたるところをさがしてみてもピストルの弾のあとがみえないところをみると、弾はたしかに髑髏紳士にあたったにちがいないのです。

しかし、彼はいったいどこにきえたのでしょう。これだけの重傷をおって彼は、どこから、どういう風ににげることができたのでしょうか。

「妖怪だ！」

あちこちの壁や柱をしらべていた秋月氏が、どこにも異常がないことをたしかめて、ぞっと身ぶるいしてつぶやきました。

まさか、髑髏紳士はこの世のものならぬ妖怪といわなければなりません。七郎は背なかに水をあびせられたような気持で、さっききいた悪魔の声をおもい出していました。

（しかえしに、いまにきさまの妹の鮎子をさらってやる。かくごをしろ。……）

ああ、この魔人の呪える予告こそおそろしいではありませんか。少年探偵五十嵐七郎は、ぶじ髑髏紳士の手からあのかわいい、鮎子をまもりおおせることができるでしょうか。

天翔けり去る髑髏紳士

さすがの雪小路元子爵も、すっかりふるえあがってしまいました。

庭のけやきの大木の上から、たしかに髑髏紳士のあざわらう声がきこえたのに、のぼってみるとだれもいない。このふしぎな事実をどう説明したらいいでしょうか。つぎに、黄金堂のなかで、子爵の射ったピストルにあたって、あとにはおびただしい血潮をのこしながら、髑髏紳士は、どこへ、どうしてにげてしまったのでしょう？

しかも、髑髏紳士は復讐に、「妹の鮎子をさらってやる」とおそろしい予言をのこしていったのです。

ふるえあがった子爵は、その夜から鮎子をいっときもそばからはなさないようになりました。

「そうだ、髑髏紳士がぼくや鮎子をねらうのは、黄金堂の宝物があるからだ、あれをどこかへかくせば、あいつもあきらめるだろう」

雪小路子爵はなやみになやんだ末、とうとうそんなことをいい出しました。

翌日から子爵は、黄金堂のなかの宝物をひそかに外へはこびはじめました。しかも髑髏紳士の眼をおそれて、夜なかにはこび出すのです。

「子爵、いったい、ど、どこへはこばれるのです?」

毎夜トラックではこび出す仏像や絵は、みんな国宝級のものですから、画商の小栗典蔵や美術ブローカーの那須などにはよだれのたれるほどおしいものにちがいありません。

「それはいえない」

と、子爵は首をはげしく横にふるのです。

「あの宝物のゆくえは、ぼく以外だれにもしらせられないのだ。なぜなら、髑髏紳士はどこできいているかわからないからね。……はっきりいうとぼくは、髑髏紳士がきみたちのうち誰かに化けているかもしれないとさえうたがっているんだよ」

子爵はきょときょとと、血ばしった眼を小栗や那須や友人の秋月氏にむけるのでした。

「まさか――」

と、みんな首をすくめて顔をみあわせますが、少年探偵五十嵐七郎だけは、まじめな顔でうなずきます。

「いや、じょうだんじゃない。だから、ぼくにうたがわれたくないとおもったら、どうかこの三月三日まで、みんなこの邸にいてくれたまえ。あのトラックのゆくえをつきとめようなんてまねをしないでくれたまえよ」

と、子爵はいうのでした。あの黄金堂の怪奇事件があってから、小栗も那須もずっとこの邸にとまって警戒を命じられていたのです。しかし、恐ろしい髑髏紳士は雪小路子爵と七郎少年の必死の警戒をあざわらうように実にこの世のものともおもわれない手段でおそってきたのです。それは、三月一日の夜のことでした。

「ううっ、冷たい――」

と、小栗典蔵は手をこすりあわせました。

その夜も、子爵がよびよせたトラックが裏門から入ってきて黄金堂の前にとまり、仏像をはこび去る仕事をみんな手つだっていたのです。

トラックがこれらの宝物をどこにはこび去るのか、それは子爵しかしらないことですが、とにかく、その夜で黄金堂のなかはからっぽになるはずでした。

「ふっふっ、さすがの髑髏紳士がせっかく盗みにやってきても、なかがからっぽじゃ、ぎゃふんだろう」

トラックのむこう側で、子爵の笑う声がしました。

「さあ、いってくれ――」

そう命じられてトラックがエンジンをかけたときです。そのエンジンの音にまじって誰かぶきみに笑う声がきこえました。

「ひっひっひっひっひっ」

ああ、あの声です。いやらしい髑髏紳士の笑い声です。

「あっ、髑髏紳士だっ」

七郎がさけんだとき、トラックはなにも気づかず、はしり出しました。そしてそのむこう側に立っている奇怪な姿がみえました。

十メートルばかりはなれていますが、月も星もない墨のような闇のなかに立っているのは、青くひかる骸骨ではありませんか。

「きゃあっ」

と鮎子のひめいがきこえました。

が、鮎子の小さなからだは、青い骸骨の右手にしっかりだきかかえられているのです。骸骨の左手にだらりとたれている外套は、きっと気をうしなった雪小路子爵にちがいありません。

「ひっひっ、髑髏紳士は知っているぞ、おれをごまかそうとしたってだめだ。おれがやるといったことは、きっとやるのだ……!」

髑髏紳士はものすごい声で笑いました。

恐怖のために金しばりになっていたこちらの秋月氏や、小栗や那須のなかから、

「ちくしょう」

と、さけんで勇敢にとび出していったのは七郎です。

が、七郎が二三歩とはしらぬうち、ああ、なん

たる怪奇、青い髑髏紳士は、両手に子爵と鮎子をだきかかえたまま、ふわりと空中にとびあがりました。

「あっ――」仰天してたちすくむ四人の眼のまえで、みよ、青い髑髏紳士は、闇黒の夜空へ、魔王のごとく舞いあがり、飛び去ってゆくのです。

ごうっと鳴る風と、からからと、ひびきわたる笑い声は、まるで地獄の交響楽のよう。その光景のすさまじさは、まさにこの世のこととも思われません。

少年探偵はとく妖術の秘密

夜があけて、雪小路子爵だけが発見されました。

それが、なんと、あの庭のけやきの大木の上にひっかかっていたのです。子爵は気をうしなっていたのですが、かつぎおろされた背なかには、またあの髑髏紳士の手紙がはりつけてあったのでした。

「どうだ、子爵、約束どおり妹の鮎子はさらったぞ。よくもこのあいだおれさまを射ったな。そのしかえしに鮎子をどうしてやろうか。かくごしてまっていろ。……それから黄金堂の宝物をどこかへはこび出してかくしたらしいが、

よくきけおれがほしいといったのは、黄金堂をとるか、黄金堂そのものなのだ。どうして黄金堂をとるか、三月三日をたのしみにまっていろ。わはははは。　　　　髑髏紳士」

息をふきかえした子爵は、恐怖のためもう半狂乱でした。

「ああ、鮎子は……鮎子は……」

と、つぶやきながら、ぐるぐるあるきまわっているかと思うと、

「あっ、髑髏紳士っ」

とさけんで、

空中にピストルを発射したりするのです。

むりもないことですが、秋月氏や小栗や那須はすっかりもてあましたようでした。

その夜がまたあけると、いよいよ三月三日です。警察にもれんらくして、朝から何十人という武装警官がつめかけていました。

ところが、かんじんの七郎少年はどこへいったのでしょう。朝から姿をかきけしてしまいました。

「ぼくが髑髏紳士をとらえてみせる、なんて大きなことをいって、はずかしくなったんですよ。あんな小僧に何ができるもんですか」

と、小栗が舌うちすると、那須啓吉も、

「ひょっとすると、あいつも髑髏紳士の手下だったかもしれない」

とひどいことをいい出すしまつです。

「いや、髑髏紳士がこわくなったんだ、それもむりはない。あいつは化物だ、怪物だ、妖怪だ……」

と、雪小路子爵は狂人《きちがい》のように頭をかきむしってうめきました。

そして、とうとう刻々せまってくる恐怖にたまりかねたかへんなことをいい出しました。黄金堂をこわすというのです。名高い平泉の金色堂とならび称さ

れる黄金堂をばらばらにして、トラックでどこかへはこんですててしまったら、さすがの髑髏紳士も、目的を失って、あきらめてこの邸にたたることを中止してくれるだろう、といい出したのです。

「それは……」

と、みんな息をのみましたが持主の子爵がそういい出せば誰もとめることはできません。その夕方、大きなトラックが二台も庭に入ってきて大勢の大工さんがやってきて、黄金堂をこわす作業にとりかかりました。

いや、とりかかろうとしたときです。また一台の自動車が入ってきて、そのなかからぱっととびおりた人間があります。

「まった、まった、黄金堂をこわすのちょっとまって下さい！」

その姿をみて、秋月氏がさけびました。

「あっ、七郎君じゃないか、どこへいってたんだ」

七郎はにっこり笑って、自動車のなかから、もうひとりの人間をたすけおろしました。

「おお、鮎子っ」

子爵はとびあがりました。それは、顔いろこそ青ざめていますが、一昨夜、髑髏紳士に天空へさらわれていった鮎子だったのです。

「ど、どこへさらわれていたんだ？」

「ぼくが答えましょう。それはいつか子爵が雪の野原からさらわれていった、あの無人屋敷だったんです」

と七郎がすすみ出ました。

「あの無人屋敷？……ど、どうしてそれがわかったんだ」

「ぼくは、万一鮎子ちゃんが髑髏紳士にさらわれたときの用心に、あらかじめ鮎子ちゃんに伝書鳩をあずけておいたのですよ。だから、あの晩、鮎子ちゃんは夜空をさらわれていって、無人屋敷にいれられると、すぐこの伝書鳩でぼくにれんらくしてくれたんです」

七郎の手にはかわいい鳩が一羽だきかかえられていました。

「えっ、鳩？……そ、そして、髑髏紳士はその無人屋敷に住んでいたのかね？」

「いいえ、いませんでした。が、ぼくはあの屋敷でへんなものをみつけましたよ」

「なんだね？」

「まっ黒な軽気球です。しかもそのつりかごに夜光塗料で青い髑髏がかいてあったのです。……さあ、これで一ト月まえの夜、子爵が雪の野原からさらわれた謎がわかったでしょう。軽気球で地上すれすれにとんで、その夜光の髑髏をあやしんでやってきた子爵を、髑髏紳士は空中にさらいあげて、あの無人屋敷にはこんだのです」

「うーむ！」

子爵は思わずうなりました。

「そうか。ぼくはいきなり麻酔薬をかがされたとみえて、さっぱりおぼえがないが……それで、髑髏紳士はどうした？」

驚倒すべき真犯人

「髑髏紳士は或る人間に化て、すぐにこの屋敷へ入りこみました。応接室の壁や寝室にゆうゆうと予告の紙をのこしていったのも、たしかに彼です。しかし、忍術や魔法をつかったわけではありません。あんまりその正体がおもいがけないので、誰もが見やぶることができなかったんです」

七郎はしずかに笑うのでした。

「し、し、しかし、あれはたしかに魔だ。あのけやきの大木の上であざ笑って、しかもきみがのぼっていっても、誰もいなかったのはどういうわけだ？」

と秋月氏がふるえ声でたずねました。

「あのけやきの大木は、しらべてみるとなかがうつろになっているのです。そして、すぐ下の祠のなかとつながって、大木のてっぺんまで内側に縄ばしごがかかっているのを、ぼくは見つけ出しました」

「あっ、それで、そこから髑髏紳士はにげ出したのか?」

「いいえ、だいたい髑髏紳士は木の上などにいなかったのです。あの木の上には、いくら下からみてもたしかに人間の姿はみえませんでしたもの――あの上には、ただ拡声器だけあって、コードが木の空洞のなかをとおり、庭の地面をはって、声の主はとんでもないところから、ゆうゆうとマイクロフォンであざわらっていたんです」

「だ、だれた、それはだれだ?」

と、子爵は、おそろしそうに秋月氏や那須小栗の顔を見まわしました。

「その声の主は、あのときお風呂に入っていました」

「えっ?」

「その人間がかならず髑髏紳士にちがいないということを証明したのは、それから五日めの夜の黄金堂の事件でした。髑髏紳士は、じぶんだけ黄金堂に入り、腹話術をつかって二人の人間がいるようにみせかけ、ピストルの音のように思わせて実は子供のおもちゃにするバクダンという火薬の玉をはれつさせ、あらかじめ試験管かなにかにとっておいた血をあたりいちめんにばらまいて、いかにも髑髏紳士が重傷をおったようにみせかけたのです」

雪小路子爵はまっ青な顔になってよろめきました。

「きみは、誰が髑髏紳士だというのだ?」

「子爵――あなたが髑髏紳士です!」

七郎の声は痛烈でした。なみいる人々はあっけにとられて声もありません。

「ぼくが……ぼくが髑髏紳士? ばかな!」

「ばかなことではありません。そしていかにも髑髏紳士が怒ってこの家にしゅうねんぶかく害をなすようにみせかけ、あなたはふるえあがったようなまねをし、そして恐ろしさのあまり宝物を疎開させるようにおもわせゆうゆうと宝物をトラックであの無人屋敷にはこんでしまったんです」

「ぼ、ぼくが髑髏紳士なら……一昨夜、どうして鮎子をさらったんだ? ぼくもさらわれて、あ

のけやきの木の上にひっかけられたじゃあないか?」

「あれもやっぱり、軽気球です。月も星もない夜だったので、まっ黒な軽気球がみえなかったんです。そしてあなたは夜光塗料で骸骨をかいた黒い布を頭からすっぽりかぶり、片手に鮎子ちゃんを、片手にじぶんの外套をぶらさげて、軽気球でとび去ったのです。そして鮎子ちゃんをあの無人屋敷にとじこめると、またもどってきて、あのけやきの上にのぼって気絶したまねをしていたのでしょう」

　雪小路子爵は肩で息をしながら、七郎をにらみつけています。

「そして、きょうはいよいよ黄金堂をこわして、みんなのみているまえで、ねこそぎ持ち出そうとした。が、そうはゆかないぞ。髑髏紳士、さあ、ぼくの勝ちだ。仮面をとれ!」

「な、なにをしょうこに……」

「しょうこはこれだっ」

　りんぜんたる七郎のさけびとともに、自動車からあらわれたのは、ああ、なんというふしぎさ、これまた雪小路子爵だったではありませんか。

「おまえは、あの吹

雪の夜から子爵といれかわっていたんだ。あの晩から子爵を無人屋敷にとじこめて、おまえが子爵に化《ばけ》て軒の下にたおれていたんだっ」

「ちくしょうっ」

怪盗は両手をあげてしまいました。

「さあお巡りさん、はやくそいつをつかまえて下さい！　こいつが、この数年来東京をあらしまわっていた髑髏紳士なのですよ！」

どっととびかかってゆく警官のむれから七郎は身をひいて、太陽のような笑顔でふりむきました。そこには、ほんとうの雪小路子爵と鮎子が抱きあって、うれし泣きに泣いているのでした。七郎はまだきょとんとしている秋月氏や小栗や那須の方をむいて、胸をそらしていいました。

「どうです、約束どおり、ぼくが髑髏紳士をつかまえたでしょう？」

夜光珠の怪盗

警視総監の鞄

「まだダンス・パーティの夜まで二へんねなくちゃいけないのね。ああ、はやくその日がこないかなあ」

と、いすのうえで足をぶらぶらさせながら、卯美子《うみこ》はためいきをつきました。

「ダンス・パーティといっても、大人ばかりだぜ。いったいだれとおどるのだい?」

と、かべぎわにもたれかかっていた竹千代《たけちよ》がわらいました。卯美子のお父さんは外務大臣で、二日のちに外国のある大官《たいかん》をまねいて、大舞踊会があることになっていたのです。

「あら、あたしダンスより、竹千代さんのお姉さまの首かざりをはやくみたいのよ」

竹千代は卯美子の従兄《いとこ》で、よく卯美子の家にあそびにくるのですが、十日ばかりまえヨーロッパからかえってきた竹千代の姉さんが、若いけれどたいへんりっぱな声楽家で、ある国の皇帝にまねかれて歌をうたったとき、ごほうびにもらってきた首かざりをつけて、そのダンス・パーティにくることになっていたのでした。

「その首かざりの珠、夜でもひかるのですってね。しかも、まるで息をしているように」

と、卯美子はうっとりと胸をだきしめます。

ほんとうに、竹千代の姉さんの伶子《れいこ》がつけてくる首かざりの胸のところにあたる珠は、まるで息づくように夜でもひかるという世にもめずらしい宝石だったのです。

「卯美子ちゃん、ほしい？」

「そりゃ、ほしいけど……あたしなんか、だめよ、そんな首かざりもってたら、あんまりもったいなすぎて、かえって悪いことがおこりそうよ」

卯美子は、ほんとにあこがれと感激のあまりそういったのですが、あとでかんがえると、たしかにその首かざりはたいへんな大そうどうをまきおこしてしまったのです。しかし、竹千代はあははは……と、少年らしくほがらかにわらいました。

「なんだい、あんな首かざり……ほしいなら、卯美子ちゃんにやろうか」

「えっ、竹千代さんが？」

へんな顔をして竹千代の方をみた卯美子は、急にあっと口をあけて棒だちになりました。


もう夕方です。かべのかげのうすぐらいところにたっている竹千代の胸に、いつのまにか、ぼうっと青い宝石がひかってゆれていたのです。

「まっ、たいへん……お姉さまにしかられてよ！」

卯美子は、竹千代がそっとあの夜光珠《やこうじゅ》の首かざりをもってきたのかと思って、ふるえだしました。

「ほら、卯美子ちゃんにやるよ」

竹千代はまだわらいながら、へいきでその首かざりをくびからはずして、ぬっとさしだしました。あかるいところへつきだされたその首かざりをみると——なんのことはない、そこらの町のおもちゃ屋でうっているやすものの首かざりではありませんか。

「あら！」

ひょいと、竹千代が手をくらいところへひっこめると、その首かざりはまた青く、ぼうっとひかりだします。

「それ、いったい、どうしたの」

「あははは、これかい、実はふつうのガラス玉に夜光塗料をぬりつけたのさ。ほら、腕どけいの文字盤などにぬるあの夜光塗料さ」

竹千代はポケットからその夜光塗料をいれた小さなびんをとりだしました。

「まあ、びっくりした。竹千代さんったら、いたずらね！」

ふたりがおなかをかかえてわらっていると、部屋の外を、秘書がいかめしい官服をきたひとりの紳士をあんないしてとおってゆきました。おくの広間に卯美子のお父さまがいるのです。

その紳士は、片手に鞄をかかえて、ひどく心配そうでした。

まもなくもどってきた秘書にきくと、いまやってきたのは警視総監だというのです。

「どんな大事件がおこったのだろう？」

竹千代はいまの総監の心配そうな顔をおもいだし、なんとなく好奇心にかられ、広間のドアの方へやってきました。なかから、こんな声がきこえます。

「では、どうあってもダンス・パーティをひらかれるのですね」

「ええ、それはもう外人客の方へも招待状をだしたあとですから」

と、これは卯美子のお父さんの外務大臣の声です。

「しかし、黒手組《くろてぐみ》があの夜光珠の首かざりをねらってるのですぞ。どうどうと、わたしのとこへそういう警告状をおくってきたのです。せめてあの刈谷伶子嬢がその首かざりをつけてこられることだけは中止していただけないでしょうか」

「いや、そのお客さまたちは、あの夜光珠の首かざりをみるためにもいらっしゃるのですからね」

と、外務大臣はつよい声でいいます。

「第一、そういう怪盗のふてきな警告状をうけていながら、警視総監のあなたがそんな弱音をあげられてはこまるではありませんか。それをふせぐのがあなたのお役目ではありませんか」

「それは、そうです。しかし、なにぶんにも黒手組はおそるべきあいてでして……」

「なんとおっしゃっても、舞踊会は予定どおりひらきます。もし当夜、夜光珠の首かざりが黒手組にうばわれるようなことがあれば、あなたの責任どころではない。日本の警視庁の名おれですよ」

竹千代はぶるぶるっと、ふるえあがってしまいました。とんでもない話をきいてしまったのです。

黒手組！　黒手組！　ああ、なんというおそろしい名前でしょう。それは、この数年東京じゅうをあらしまわっている神出鬼没の怪盗団の名前だったのです。その黒手組が、ぼくの姉さんの首かざりをねらっているとは！

いっこくもはやくうちへかえって、このことを姉さんにしらせなくっちゃいけない。竹千代がそうかんがえたときでした。ろう下のむこうがわからまたあたふたと秘書がやってきました。

「閣下、閣下、蛍がまいりましたよ」

竹千代はまごついて、おもわずそばのつい立のかげにかくれました。

「えっ、蛍がきたか」

と、大臣が部屋からでてきました。

「総監、ちょっとごらんになりませんか、夜分にはなす蛍がきたそうですよ」

「ああ、舞踊会のさいちゅう、灯をけして広間に三万匹の蛍をはなされるとか新聞にでていましたが、やっぱりほんとなのですね」

総監もでてきて、みんなぞろぞろと玄関の方へあるいてゆきます。

「竹千代さあん、竹千代さあん」

むこうでさがしている卯美子の声がきこえます。

竹千代はそのつい立のかげからでるのがきまりわるくなって、はんたいにいままで外務大臣と警視総監が話をしていた広間に入ってしまいました。

みんな玄関の方へでていったようすなので、そろそろとその広間をでようとすると、どこかでへんな声がきこえてました。

くるる……くるる……くるる……

竹千代は、その声が、かべぎわの煖ろのそばのテーブルにおいてあるかばんのなかからでてくることに気がつきました。総監のもってきたかばんです。

「おや？　なんだろ？」

口金をひらいてみると、なんとそのなかにうずくまっていたのは、生きている一羽の鳩ではありませんか。

煙突上の怪人

竹千代はあきれかえってしまいました。警視総監がだいじそうに鳩をかばんにいれてもちあるいているなんて、へんな話です。

しかし、考えてみると、鳩は伝書鳩といってたいせつな連絡につかう鳥ですから、この鳩も警察の用事でつかうつもりのものかもしれません。

竹千代はあわててまたかばんをしめると、部屋をとびだしました。人かげもないろうかをはしって玄関にでると、みんな蛍をけんぶつしていました。こまかいあみをはった大きな箱が三つ。そのなかに草と、きもちがわるくなるほどたくさんの蛍が入っているのです。ぜんぶで三万匹というのですから、たいへんなものにちがいありません。

「まあ、これを舞踊会の夜、広間にはなすの？　どんなに美しいか、どんなにすばらしいか、あたし想像もつかないわ……」

卯美子はその夜のおとぎばなしのような美しい光景をかんがえて、もう息をはずませています。

日はくれかかって、三万匹の蛍は夢のようにひかりはじめました。外務大臣と警視総監はまた家へ入ってゆきました。

うっとりとみとれている卯美子のそばへいって、竹千代は小声でささやきました。

「卯美子ちゃん、警視総監はなんのためだか、鳩をもってきてるよ。ぼく、さっきかばんのなかをみたんだ」

「えっ、鳩？……そう、あたしにくれるのかしら」

卯美子は眼をかがやかせました。卯美子は去年までかわいい鳩をかっていましたが、この春それが死んでしまって、たいへんかなしがっていたのです。

蛍屋が台所の方へまわってゆくと、卯美子も家のなかへ入ってゆきました。つづいて入ろうとした竹千代は、なにげなく家の屋根をみあげて、おもわずあっとさけびました。

ちょうど、広間の上にあたる煖ろ用のえんとつのかげにむろん今は煙はでていませんが、薄暮の空を背景に大きなやもりのようにへばりついている影をみたのです。

「おや？」

と、眼をこらしたしゅんかん、その影はすっときえてしまいました。もう夕ぐれですから、あるいは見まちがいだったかもしれません。

しかし竹千代はたったいまおそろしい黒手組のはなしをきいたばかりですから、なおしばらく、きょろきょろと空の方や、あたりをみまわしていました。

すると、とつぜん、建もののかげからこうもりのようにかけだしてきた影があります。くろいマントをつけ、黒眼鏡、黒マスクをつけた男です。

「あっ、あいつだ！」

竹千代は、ぱっと、そいつをおっかけました。黒マントの怪人はきっと大臣と総監の話を上からきいていたにちがいありません。

怪人は疾風《はやて》のように門の方へはしってゆきました。とちゅうに総監ののってきた自動車がとまっていますし、門のところには守衛がたっているはずです。

「おうい！　そいつをつかまえてくれ！」

と、竹千代はさけびながら、自動車のところまでやってくると、そのさけびにおどろいて門の方から守衛がはしってきました。

「な、なにごとですか」

自動車の運転手もとびだしてきました。

「い、いま、こっちへあやしいやつがにげてきたんです！」

「えっ、あやしいやつ？」

守衛も運転手もびっくりしてあたりをみまわしました。

「どこに」

竹千代は眼をみひらいたまま、口をぽかんとあけてしまいました。夕方とはいえ、日はまだおちつくしたわけではありません。それだのに、たったいまこっちへはしってきた黒マスク、黒マントの怪人のすがたは、煙のようにきえてしまったのです。ねんのため自動車の下をのぞいてみましたが、やっぱりだれもいないのです。

「はてな！　おかしいなあ」

「はっはっ、坊っちゃん、ねぼけなさったのじゃないかな。まだ日もくれないというのに」

運転手と守衛がげらげらわらいだしました。竹千代はまだ眼をこすっています。

さて、一方、お父さまと警視総監のあとについておうちのなかへ入っていった卯美子です。まもなく用談をすませて広間からでてきた警視総監をろう下にむかえると、いっしょけんめいにそのかばんをみていました。こんなかばんのなかに鳩をいれるなんて、かわいそうだわ、とかんがえていたのです。

「お嬢さん、なにが妙で、わたしのかばんをそうみつめていらっしゃる？」

と、総監はけげんな顔でふりかえりました。

「おじさま、そのなかに鳩が入っているのでしょう？」

卯美子はむじゃきにそうといかけました。すると、総監はびっくりしたように卯美子の顔をみて、それから大声でわらいだしました。

「鳩？　と、とんでもない、このなかには警察の方の重要書類がどっさり入っておりますよ」

「だって、さっき従兄の竹千代さんが、そのなかに鳩が一羽入ってるといっていましてよ」

「どうも、わかりませんな。なんなら、書類をみせてあげましょうかな」

警視総監はあるきながら笑顔で、かばんの口金をはずしましたが、とつぜん、わっとさけんでたちどまってしまいました。

「ない、書類がない！」

なかったのは、書類ばかりではありません。鳩一羽、蝶一匹もみあたらなかったのです。いやいや、なかに入っていたのは、ただ一枚の紙きれだけ。――しかもその紙には、黒ぐろと、大きな人間の手形がえがかれていたではありませんか。

「――黒手組！」

だれがさけんだのかわかりません。総監も外務大臣も顔いろをかえてたちすくんでしまいました。

「い、いつのまにやられたのだろう？」

と、ややあって総監がうめきました。

「もし、ぬすまれたとしたら、さっき私たちが、蛍をみにでたるすでしょう。しかし」

と、さすが沈着な大臣もあわてふためいています。

「しかし、この官邸にあやしい者が入ってこられるわけはありません。いたるところに守衛がたっているんですから」

そこへ、玄関の方からばたばたとかけこんできたのは竹千代少年です。

「おじさま！　いまあの広間の上の煙突に、あやしい男がのぼっていましたよ。おりてきたのをぼくおっかけたんですが、どっかへきえてしまいました」

「なに、煙突に？」と、大臣がさけび、

「そいつが黒手組だ！」

と、警視総監もとびあがっていました。

「しかし、あの煙突は人間がとおれるほど太くはないよ。どんなにしたって、あの煙突をとおって広間におりてくるわけにはゆかんよ」と、大臣は首をひねります。

なるほど、それは卯美子もしっています。それなら、どうしてかばんの書類をこのぶきみな紙きれととりかえることができたのでしょう。いったい竹千代のみたというあの鳩はまぼろしだったのでしょうか。

「と、とにかく、きみ、竹千代君というのか、その煙突男というやつはどんなやつだったか、もういちどききたいね。わしのかばんに鳩が入っとったという意味もわからん。ごくろうだが、これから警視庁へきてくれませんか」

と、警視総監は竹千代にいいました。ことばはていねいですが、眼がひかっています。しらないあいだにかばんのなかをのぞいてみたという竹千代をうたがっているのかもしれませんし、いまとなってはまったく竹千代もいいわけのことばもありません。

たいへんなことになったものです。しかし、しかたがありません。それに竹千代もふしぎでたまらないのです。じぶんもできるかぎり警察と協力して、このなぞをとかなくてはなりません。

「ええ、ゆきましょう」

と、竹千代はいさぎよくこたえました。

こうして竹千代は、怪盗団黒手組をあいてに冒険にのりだしていったのです。すぐにおそいかかってきたおそろしい運命もしらずに……

黒手組の地下牢

なんともおそろしい運命は、意外なほどはやく竹千代少年におそいかかってきました。

警視総監と同乗した竹千代は、さっきの鳩や怪人のことをいっしょうけんめいにかんがえていました。どっちもたしかにみまちがえではありません。けれど、鳩も怪人も、幽霊のようにきえてしまったことも事実なのです。警視庁のまえで自動車はとまり、総監はおりてゆきました。つづいて竹千代がおりようとしたときその自動車は、さっとまたはしりだしたのです。

「あっ、どうしたんだっ」

と、竹千代が座席にしりもちをついたとき、運転手はものすごいスピードで車をはしらせながら、バックミラーのなかで、にやっとわらいました。

「小僧」ものすごいわらい声です。

「ちょこまかとうごきやがって、黒手組のじゃまをした罰だとおもえ。これからいいところへつれていってやる」

「あっ……さては、さっき煙突にのぼっていたのはお前だろうっ」

竹千代はやっと気がつきました。さっきの怪人はこの運転手だったのです。竹千代におっかけられて車にとびこむと、黒マスク、黒眼鏡、黒マントをすばやくぬぎすてて、なにくわぬ顔を車からつきだして竹千代をわらったのにちがいありません。

しかし、警視総監の乗用車の運転手にばけこむとは、なんというものすごい黒手組のわるだくみでしょう。

「くそっ」

竹千代が猛然としてその運転手にとびかかろうとしたとき、バック・ミラーのなかの、下品な、兇悪な顔がまたにやっとわらうと、いきなり肩ごしにピストルの銃口がひょいとこちらへむけられて、しゅっと白いけむりがほとばしりだしました。

「ちくしょうっ……ちくしょうっ……」

竹千代は二三ど身もだえしながらそうさけびましたが、たちまち眼がくらくらし、おそろしい眠気につつまれて、ぐたぐたと座席の上にくずおれてしまいました。

ああ、警視庁のまんまえで、警視総監の眼のまえでまんまと竹千代をさらって、黒手組はどこへつれていって、何をしようというのでしょう。このおもいがけぬ危難もしらず、いまごろ卯美子は竹千代からもらったあの夜光塗料をぬった首かざりを手にとって、にこにこ思いだしわらいをしているのかもしれません。

——竹千代が気がついたのは、それからどれほどかたったつめたい床のうえでした。もう一夜すぎたとみえて、まどからよわい朝のひかりがながれていました。

そのまどにはびっしり鉄格子がはまっています。すれすれに地上の草がみえるところから、かんがえると、これは地下室でしょう。ずっとむこうにあれはてた林がしげっているのがみえますから、すくなくとも東京のまんなかではありません。

天井も床も四方のかべも、あつい石です。どこから入ってきたのか、数匹のねずみがちょろちょろはしりまわり、胸にまでかけのぼってきたので竹千代はとびあがりました。

「小僧、気がついたか」

にくにくしそうな声にふりかえると、まどとは、反対がわの鉄格子のむこうから、あの運転手のおそろしい顔がのぞいていました。

「それ、パンと水だ、おじぎをしてたべろ」

格子のうちがわに小さなぼろぼろのパンひときれと、水をいれたおわんがおいてありました。

「なにをわめいても、だれにもきこえないところだが、あんまりさわぐとぶんなぐるぞ」

そのとき、となりでだれか大声でわめく声がきこえました。

「ださんか、ここを――きさまたち、法律をおそれんのか」

だれでしょう？　となりもやはり地下牢になっていて、だれかとじこめられているのでしょうか。その声がだんだんたかくなってゆくと、黒手組の男は大きく舌うちをして、その方へあるいてゆきました。

「こら、うるさい、だまれ！　黒手組にとって法律がなんだ！」

そして、おそろしいむちの音とひめいがきこえてきました。

竹千代は歯をくいしばって、腕をくみました。姉にきなんのみまう舞踏会はあしたにせまっているのです。ところが竹千代は、石かべと鉄格子と、そして、ざんにんな黒手組の監視のもとにあるのです。

「いや、まけるものか。ぼくはここをぬけだしてみせる。きっと、きっと、ここをぬけだして、悪党どもにひとあわふかせてみせるぞ」

竹千代は両腕をくんだまま、小さな銅像のようにじっとかんがえこみました。ああ、けれど、たとえ竹千代がどんな驚天動地の魔法をしっていたとしても、あすの晩までに、この鉄ぺきの地下牢をぬけだすてだてがあるでしょうか？

ねずみはどこからでてきたか

「やい小僧、パンをくわねえのか。なに、くわない？　ふん、うえ死《じに》したっておれはしらねえぞ」

ときどき、牢格子のむこうから眼をのぞかせて、黒手組の運転手があざわらいます。

竹千代は腕ぐみをしたまま、石かべの下にじっとすわって、へんじもしません。鉄格子の窓からさしこむひかりは、よわいながら、しだいにひるになってゆくようでした。時間はこくこくとすぎてゆくのです。

ふと、竹千代は視線をうごかしました。牢のなかを、つっとはしった黒い小さなものがみえたのです。

「おや、鼠だ」

鼠です。それも一匹ではありません。三匹、五匹、七匹——それが、牢になげこまれたひときれのパンのまわりをかけめぐりはじめたのです。ときどき、ちろっ、ちろっと竹千代の方をみますが、竹千代がじっとうごかないので安心したものとみえ、だんだんずうずうしくなって、しまいにはぶきみな音をたててパンをかじりはじめるのでした。

「なんだ」

また運転手が牢格子のあいだからのぞきこんだときには、もう鼠はさっとちって、どこかにいなくなっています。

どこかに、いや、竹千代は鼠がどこにきえたかはっきり見ました。牢の片すみにある直径五センチもない小さな穴です。

それはきっとこの地下室がむかしまだ牢などにつかわれていないころ、そこから水道の管でもでていたあとだったのでしょう。鼠はそこからでてきたのにちがいありません。

「わっはっはっはっ」

と、運転手は大声でわらいました。

「小僧、さっきからいやにその穴をみているようだが、いくら小僧だってその穴をとおってにげだすわけにはゆくまい。そうしようと思えば、おまえがうどんみたいにほそながい身体《からだ》にならなけりゃならん」

竹千代もわらいだしてしまいました。ほがらかな笑い声に、しかし運転手はぎょっとしたようです。

「おや、なにがおかしい。こいつ、へんな小僧だな。こわさのあまり気でもくるったのか」

そのとき、となりの牢で、またしゃがれたさけび声がきこえました。

「こら、悪党、ここをだせ。わしを誰だと思う？　いうことをきかぬと、きさま牢にぶちこむぞ」

「くそっ、やかましい爺いだな。じぶんが牢にぶちこまれているくせに、いばってやがる、ようしっ」

運転手はまたむちをふりふりそっちへとんでゆきました。そして、また誰かをなぐりつけるいたましいむちの音がひびいてきました。ほんとうに、となりの牢になげこまれて、あんなひどいめにあっているのは何者でしょう？

しかし、竹千代はそのすきにパンのそばにおいてある椀をとってその水の大部分をすてると、のこりの水を利用して、くつのくつ墨をその中へけずりおとしはじめました。……いったい竹千代はなにをはじめようというのでしょう？

こんきよくくつ墨をけずりおとすと、かれはくつひものさきのとがった金具で、それをしだいにときまぜてゆくのです。

それから竹千代は、じぶんのシャツの腹のところの白い布をひときれ、びりっとやぶりました。

竹千代はなにをしようというのでしょう？

ああ、わかりました。かれは水にといたくつ墨に、くつひものさきの金具をひたして、それをペンにして布になにやら字をかきはじめたのです。

しかし、それをいったいどういう風にしておくりだそうというのでしょうか。

しばらくすると、竹千代はまたパンをねらってできた鼠をつかまえようとつとめはじめました。鼠はなかなかつかまりません。パンのきれを穴のそばにもっていって、穴からひょいと首をだした鼠を、やっと一匹つかまえたのは、その日もおひるすぎのことです。

「うるさいな、小僧、なにをどたばたさわぎやがるんだ。あんまりじたばたすると、いっそうち殺してしまうぞ」

運転手がかんしゃくをおこしてまたのぞきこん

だとき、竹千代のポケットにはもう一匹の鼠が、ちゅうちゅう鳴きながらねじこまれていました。上衣をとって、そのままるめこむと、もう鼠はにげだすことはできません。

「なんか妙なまねでもしてみろ。たとえ外からおまえをすくいにくるやつがあっても、その気配でもあったら、すぐお前ととなりのやつをうち殺して、おれはにげてしまう」

運転手はにくにくしげに白い歯をむきだします。しかしこの男なら、ほんとに人間の一人や二人殺してもへいきかもしれません。

「なにも、ぼくさわがないよ。食後の運動をしてるだけさ」

と竹千代は笑いました。

が、運転手がむこうへゆくと、かれはうつむいて、いっしんにじぶんのくつ下をあんだほそい糸を一本づつといてゆく仕事にとりかかるのでした。

……日がくれてきました。電燈などあるわけもない地下牢ですから、夕やみのなかに、しだいに竹千代の姿はみえなくなってゆきます。

しかし、ぜったいにげることのできない牢ですから、監視の運転手は安心して、牢の外でいねむりをはじめました。両側にピストルとむちがおいてあることはむろんです。

その夜のあけがたでした。

とつぜん、けたたましいさけび声に運転手はとびおきました。ぱっと懐中電燈をつけて、竹千代の牢をてらしてみますと、少年はやはりかべの下にもたれかかってねむっています。さけびをあげたのは、またとなりの牢の男なのです。

「野郎っ」

運転手はけだもののように怒りくるって、その牢にとびこむと、あばれている男をなげたおし、革おびでぐるぐるしばりあげました。

「なんどぶんなぐっても身にしみねえばか野郎め、ひとの安眠をぼう害しやがって、ええい、どうしてやろうか。ようしっ」

かれはピストルをズボンのポケットからとりだそうとして、さっき廊下にわすれてきたことを思

いだしました。それをとりにひきかえそうとして、ふりむいたとたん、運転手は、

「わっきさまは！」

と、びっくり仰天してたちすくんでしまいました。牢の入口にすっと立って、ぴたりとこちらにピストルをむけている影があったのです。

驚天動地の魔法使い

驚天動地ということばがあります。天もおどろき地もふるえるばかり思いがけない事件のたとえですが、運転手がその影をみたときのようすはまさにそのとおりでした。

「きさま――どうして牢をでた？　小僧！」

ああ、そこにたってピストルをつきつけているのは、なんと牢にとじこめられているはずの竹千代少年だったのです。

「あははははは！」

と、竹千代は大声でわらいました。

「どうして牢をでたかって？……これをみろ」

左手にぶらさげている黒い棒は、窓の鉄格子ではありませんか。それが三本みごとに。竹千代は牢にいれられるまえ、きびしい身体検査をうけて、なにもあやしい刃物などもっていなかったはずでした。

「て、て、その鉄棒は、どうして？」

「これできったんだよ、おどろいたか」

竹千代は鉄棒をなげすてると、ポケットから小さなびんをとりだしました。栓をあけてつきつけられたびんをかいでみて、運転手はあっととびさがりました。

「硝酸だな！」

「そうだよ。これで鉄棒をやききって、さっきこのおじさんがさわいでいるまに、窓から外へでてしまったんだ。そしてお前がここであばれているすきに、外からまわってこの家に入ってきたんだよ。そしたら、うまいことにこのピストルが廊下にのこしてあったというわけさ」

「ちくしょうっ。……しかし、そ、そんなびんをどこにかくしてもっていたんだ？」

「はっはっは、外からさ。遠い町からとりよせたのさ」

「外から？……どうして？」

「鼠だよ。鼠をつかまえたんだ」

　竹千代はおもしろそうに笑い声をたてました。黒手組の運転手はぽかんと口をあけたきりです。

「お椀の水にくつ墨をといてそいつをインクにして、シャツのきれに字をかいて鼠の足にむすびつけたんだよ。それからくつ下をあんだ糸をほぐして、これもその鼠の足にむすびつけたんだ。その鼠をあの穴にはなしてやると、鼠はおどろいて水道管のなかをはしっていって、遠い空地にひらいている下水管のはしからとびだしてしまったんだ。……足に布と糸をむすびつけられた鼠を、どっかの子供がみつけだしてつかまえてくれた。そして、その布にかいてある手紙のとおり、ぼくの従妹《いとこ》の卯美子ちゃんをそこへよんできてくれたってわけさ！」

「ううむ」

「卯美子ちゃんは、下水管のはしからでている糸にもっとじょうぶな糸をむすびつけ、それにまたながい針金をむすびつけて、ぼくが牢のなかからそれをたぐりよせたんだ。そして最後にこの硝酸をいれたびんをたぐりよせて手にいれたんだよ。それから針金のさきに硝酸をつけて、こんやひと晩かかってこのとおり鉄棒をやききってしまったってわけさ！」

「うむ！」

　黒手組の輩下は眼をしろくろさせるばかりです。なんとすばらしい、おどろくべき竹千代少年のちえではありませんか。

「そしてさっきかべごしに、このおじさんにさわいでもらうようにたのんで、お前がここでどたばたしているひまに、鉄格子をはずして外へぬけだしてしまったんだ。どうだ、おどろいたろう？」

「ち、ちくしょうっ」

　運転手はとつぜんとびあがると、けだもののように少年におそいかかりました。

「どっこい！」

　こんどは竹千代はまけません。さっと体《たい》をかわすと、よろめく運転手の鼻をめがけて、ピストルのひきがねをひきました。しゅっというすさまじい音をたててふきだす白煙。——おととい竹千代がこの悪漢にねむらされた魔煙銃です。

「わあっ」

ひめいをあげて運転手はのけぞり、どたんとひっくりかえってしまいました。

「さっおじさん！」

竹千代は、そこにぐるぐるまきになっている人のところへかけよって、その革おびをとくのにかかりました。

「ああ、ありがとうありがとう！　きみはなんというかしこい少年だ！」

その人は腕をさすりながらおきあがって、かんたんの眼で竹千代をみまもりました。

「おじさん、おじさんはどうして黒手組にさらわれたんですか？　あなたはいったいどなたです？」

その人は、あたりを見まわし、名前をなのりました。

その名前をきいて、竹千代はとびあがり、口をあけてまじまじと相手の顔をながめるよりほかはなかったのです。

「えっ——あなたが？」

夜光舞踏会の怪奇

その夜のことです。

よていどおり、外務大臣の邸では、すばらしい舞踏会がひらかれました。

ひろい大ホールに、着かざった日本や外国の紳士や貴婦人が美しい音楽につれておどりつづけていました。むろん、なかでもいちばん注目のまととなったのは、竹千代の姉さんの伶子嬢です。

「あれが夜光珠の首かざりか……」

「みたところ、ふつうの首かざりとおなじじゃありませんか」

「いや、あれが、これから灯をけすと、夜光虫のように青くひかりだすんですって——」

みんなおどりながら、眼をかがやかせて、伶子嬢の胸にゆれている首かざりをながめているのでした。

そのなかで、いちばんするどい眼をそそいでいるのは、警視総監です。かれはかべのはめこみ煖炉《ストーブ》のそばにたって、すぐちかくでおどっている伶子嬢をいっしんに警戒しているようすでした。

いや、警視総監ばかりではありません。各入口にたっている白い制服のボーイたちも、じつはみんな警官の変装したものなのです。こんや夜光の首かざりをぬすみにくるという怪盗黒手組をどんなことがあってもつかまえようとしてまちかまえているのでした。

と、天井から花のようにたれていたシャンデリヤが、ぱっといっせいにきえました。と、どうじに広間の一方から、青いひかりがぼうっとちりみだれながら、いちめんにまいあがりました。

「ああ！」

「なんてきれいなこと！」

客のすべてが、あえぐような声をあげてあおむいたのもむりはありません。いよいよ、その夜のよびものの、三万匹の蛍がはなされたのです。

それはうずまく銀河です。夜光虫の海原《うなばら》です。広間は青いふしぎなひかりでみたされました。蛍はおどる人々の髪に、肩に、腕に、きらきらとまり、ただよい、うずまきました。……まったく、この世のものならぬ、夢かおとぎばなしの舞踏会のようでした。

「さて、夜光の首かざりは？」

みんなわれにかえってみますと、ああ、伶子嬢の姿はおぼろでよくみえませんが、きっとあそこでしょう。舞踏の蛍のひかりのなかに、ひときわ大きく、ぼうっとかがやいている青いひかりがみえるのでした。

「おお、あれが夜光珠の首かざりだ！」

たれかさけんだとたん、その大きな青いひかりがぱっときえました。どうじに、

「きゃーっ」

と、きぬをさくような伶子嬢のひめいがきこえました。

「泥棒！　誰か――あたしの首かざりを――」

その大きな青いひかりは、二ど、三どきらめきながらうごいたようでしたが、蛍のひかりにまぎれて、あれよ、あれよ、といっているうちに、ついにどこかへまったくみえなくなってしまいました。

「灯《あかり》をつけろ、灯を！」

われがねのような声がしました。警視総監のさけびです。あわてて、天井のシャンデリヤがぱっとつきました。

が、あかるくなった舞踏会のなかに、ぼんやりと立っている伶子嬢のくびからは、あの夜光珠の首かざりがけむりのようにかききえてしまっていたのでした。

「だれの手だかわかりません。だれか、いきなりあたしのくびから首かざりをさらっていってしまったんですの……」

と、伶子嬢はまっ青な顔でさけびました。

ああ、ついに黒手組の予告はあたったのです。このげんじゅうな警戒のなかに、黒手組の魔手は、まんまと夜光珠の首かざりをうばいさってしまったのです。……

「よしっ、みんな入口をみはってくれ！　誰も外へださないように！」

警視総監は口をきっと一文字にひきしめて、部下たちに命令をくだすと、お客たちの方をふりかえっておじぎをしました。

「みなさん、まことに失礼でございますが、ただいまごらんのように、世にも大胆ふてきな盗難事件がおこりました。犯人は有名な黒手組にまちがいありません。黒手組がこのなかにまぎれこんでいるのです！」

お客たちはいっせいに恐怖のどよめきをあげました。

「そこで、はなはだ恐縮ですが、職務上、これからみなさまをいちいちほんとうにこんや招待されたお客さまであるか、からだのどこかに夜光珠の首かざりをかくしてはおられないか、しらべさせていただきますが、どうぞおゆるしになって下さい！」

警視総監の命令で、ボーイにばけていた警官たちが、猟犬のように客たちをしらべはじめました。

三十分。……一時間。……

総監の顔いろがしだいに青くなってゆきました。ついにかれは、外務大臣のまえへいって、がっくりと首をたれて報告したのです。

「閣下。このなかにあやしいものは誰ひとりとしてまぎれこんではおりません。どこをさがしても夜光珠の首かざりはみあたりません！」

竹千代の勝だ！

ああ、とうとう黒手組は世にもふしぎな犯罪に成功してしまいました。いったい、その怪盗は姿がみえないのでしょうか。けむりのように入ってきて、夜光珠の首かざりをうばい、まぼろしのようにきえてしまったのでしょうか？

そのときです。広間の入口のひとつで、ボーイ姿の警官がなにかさけびました。ふりかえると、その警官をおしのけて入ってきたものがあります。りりしい少年とかわいい少女でした。

「まあ、竹千代！」

と、伶子嬢がさけび、

「おう、卯美子！」

と、外務大臣がうなりました。入ってきたのは、竹千代と卯美子だったのです。

「まって下さい、みなさん、黒手組はたしかにこのなかにいます！」

と、竹千代は声たかくいいきりました。

「竹千代、いままでどこにいたんだ？　こないだ警視総監と警視庁へいったとき、急にそのまま姿をくらませたそうで、みんな心配していたぞ。……いや、それより、黒手組がどこにいるんだ？」

と、外務大臣がといかけました。

「そこにいます」

「えっ？」

竹千代の指さした人物をみて、客たちはおどろきの声をあげました。

竹千代が黒手組の怪盗だと指さしたのは、なんと、警視総監そのひとではありませんか？

　警視総監は眼をぱちくりさせていましたが、やがて腹をかかえて笑いだしました。

「わっはっはっ、わしが、あの黒手組だってな、なんたるきちがい沙汰じゃ。わしは警視総監だ。わしのほかに警視総監があってたまるか。わっはっはっはっ」

「ところがあるんです。ごらんなさい！」

　竹千代のあいずで、入口から入ってきたもうひとりの人物の姿をみて、客はもちろん、ボーイにばけた警官たちまで、またまた口をぽかんとあけてしまいました。

　これは、夢でもみているのではないでしょうか。そこに入ってきたのは、やっぱり警視総監ではありませんか。……おなじ人間がふたり、むかいあってたっているのです。

「いま入ってこられたのが、ほんとうの警視総監です。ほんとうの警視総監は、三日まえに黒手組にさらわれて、郊外のある地下室にとじこめられていらしたのです」

「そのわしをすくってくれたのが、この竹千代君じゃ」

　と、あとから入ってきた警視総監がいいました。ああ、竹千代の牢のとなりの囚人は、ほんものの警視総監だったのです。

「ちくしょうっ、あのまぬけ運転手め、こいつらをぬけださせるとは、なんというあほうだ！」

　はじめの警視総監は、歯ぎしりしてうなりました。おそろしいむねんの顔にかわっています。が竹千代は声をたてて笑いました。

「あっはっはっ、ほんとうにまぬけですね、あなたの部下は、いまごろあの空屋の地下室にとじこめられて、ぐうぐうねむりつづけていますよ」

　ほんものの警視総監はボーイたちをふりかえって命令しました。

「それ！　首領《しゅりょう》をつかまえろ！」

　あっけにとられていた警官たちが、とびかかっていったのは、つぎのしゅんかんだ。かれの腕に手錠がはまる。

「夜光珠の首かざりは？」

おろおろとした伶子嬢の声に、警官たちの手は、黒手組の首領のからだじゅうをしらべあげてゆきました。

ところがなんということでしょう。あの夜光珠の首かざりはどこにも見あたらないのです。

「ひっ、ひっ、いかにもおれはにせ総監だ。ひっ、ひっ、だが、おれのからだから首かざりがでてこないと、無実の罪をきせたということになるぞ。いいか？」

黒手組の首領はにくにくしげに身体をゆすってあざわらいました。

「首かざりのゆくえは、ぼくがしってる」

と、竹千代はまけずに笑いかえします。

「えっ、どこに？」

「あのかべのはめこみ煖炉《ストーブ》だ。三日前、お前がここに警視総監にばけてやってきたとき、鳩をあのなかにかくしていったろう？　そして煙突から鳩が外へでられるかどうか、あの手下の運転手にしらべさせたろう……そのけっか、お前はさっき姉さんの首かざりをぬすむと、あの煖炉のなかにいれておいた鳩につけて、煙突からとびたたせてしまったのだろう？」

外務大臣はうなりました。三日前のふしぎな事件のなぞがすべてとかれたのです。

「鳩のゆくえをしってるか、小僧！」

と、地だんだをふみながら、黒手組の首領はわめきました。

「あの地下牢のある空屋なんかじゃないぞ、ちがう！　おれの子分たちのたくさんすんでいるべつの場所だ。その家をお前はしるまい？　あっはっはっ、口がさけてもおれは白状しないぞ。ざまみやがれ、おれがつかまったとわかれば、子分たちがあの首かざりをこなごなにぶちくだいてしまうがいいか！　わっはっはっはっはっはっ」

「こなごなにしてもいいよ、黒手組の大将」

竹千代はへいきでくつくつ笑っています。おかしくっておかしくってたまらないといった顔つきです。かえって伶子嬢があわてました。

「なにをいうの、竹千代！　あれをこわされちゃあたしがこまるわ」

「心配しないでいいよ、姉さん。夜光珠の首かざりはここにあるよ！」

そういって、竹千代がポケットからとりだしたのは、ああ、なんと夜光珠の首かざりではありませんか。

「まあ、それは、いったい――」

「ぼくはきょうひるごろ家にもどって、姉さんの首かざりをすりかえておいたんだ。こんや姉さんがとくいになってつけてきたのはこの黒手組の大将が大汗かいてぬすんだ夜光珠の首かざりは、あれは夜光塗料をぬったガラス珠だったんだよ！」

竹千代の笑い声は、どっとあがった感たんのさけびにかきけされてしまいました。

「ちくしょうちくしょう！」

口からあわをふきながら、黒手組の首領が警官たちにひかれていったあと、竹千代はみなによびかけました。

「さあ、みなさん。黒手組の事件はこれでおわりをつげました。どうぞおどって下さい」

卯美子が音楽をならして、竹千代の手をとってささやきました。

「灯をけして三万匹の蛍のひかるのをたのしみたいわ。……そして竹千代さん、あたしもおどっていいかしら？」

ねむり人形座

挿絵　輪島清隆

夏のある朝、明《あきら》が新聞配達をすませて家にかえってくると、となりの知子《ともこ》が、にいさんの平岡さんと出かけてくるのと、ばったりあった。

「やあ、ごくろうさま」

と、平岡さんは白い歯をみせていった。明は自転車をおりて、

「知ちゃん、こんなにはやくどこへいくのさ」

「西公園へおさんぽよ」

と、知子はいった。西公園は、電車で町の西はずれまでいったところにある、むかしし、ろのあった美しい公園だ。

明は、ゆかたをきた平岡さんをみて、

「平岡さん、きょうは非番ですか」

ときいた。平岡さんは、まだわかいし、いつもにこにこしているのでとてもそんなにはみえないが、けい事なのだ。

「ぼくもいっしょにいこうかな。いっていい？」

「いらっしゃいよ、いいわね、にいさん」

明が、いっしょにいきたくなったのは、知子のもっているふしぎな才能のことをおもい出したからだった。小鳥をよぶことがうまいのだ。

知子がかわいいくちびるにひとさしゆびをあてて空をみあげる。そのくちびるから口ぶえのように、小鳥そっくりの音がながれでる。すると、ス

ズメでもヒバリでも、まるで友だちみたいにまいおりてきて、知子のあたまやかたにとまるのだ。むろん、うちの庭でもおなじことだが、小鳥の多い森だと、いっそうみごとでおもしろい。

「そうだな」

と、平岡さんは、しかしちょっとこまったような顔をした。しばらくかんがえていたが、やがてみょうなことをいった。

「むこうが男の子だから、明君にいっしょにいってもらったほうがいいかもしれない」

「だれか、あうひとがあるんですか」

平岡けい事はまわりをみまわした。まだ朝はやいので、路地にひとかげはなかった。

「うん、実はゆうかいされた少年にあいにいくんだがね」

「えっ、ゆうかいされた少年？」

と、明はききかえした。

「いや、もうぶじにかえってきた子なんだ」

と、平岡さんはいった。

「だれがゆうかいしたんですか」

「それがわからないんだ。金持ちのむすこやむすめばかり、この三か月ばかりのあいだ、ずいぶんさらわれて——この町ばかりじゃなく、ちかくのA市やB市にもあるらしいんだが、さっぱりとどけ出てくれないので、けいさつにもよくわからないんだ」

「なぜ、とどけ出ないんでしょう」

「けいさつにとどけると、さらわれた子どもがかえってこないかもしれない。たとえ金をやって、子どもをぶじとりかえしても、あとでとどけるとまたさらわれるかもしれない、と親がこわがるらしいんだ。むりもない話なんだが——」

明はそんな事件をきくのは、はじめてだった。新聞にだって、そんなゆうかい事件のことなど一行もでたことはない。

平岡さんは、ちょっとすごい目で明をみた。

「明君、このことをね、新聞社はむろん、ほかのだれにでもいましゃべってもらってはこまる。現在もまださらわれた子どもたちがいるかもしれないのだから」

「ええ、だれにもいいません」

と、明はうなずいたが、むねがどぎどきしてきた。

「実は、これはしょ長から命じられて、ぼくがひみつのうちにそうさにのり出した事件なんだ。子どものいのちにかかわるので、非常にむずかしい事件だが、けいさつとしてほうっておくわけにはゆかん」

「それで、そのゆうかいされた子が西公園にいるんですか」

「うん、そのひとりが、西公園のそばにすんでいるある金持ちの子だ、ということを最近さぐりあてた。ところが、それについて調べることはおことわりするというけいかいぶりでね。うちのほうで、会ってもくれないし、けいさつのものがゆくことさえこわがってるんだね、それについて、明君、ぜひ協力してくれ」

「ぼくがなにをすればいいんですか?」

と、明はいった。目がきらきらとひかってきた。平岡けい事はいった。

「その子はね。毎朝父親と公園をさんぽするらしいんだ。これからそれをつかまえて、なんとか話をききたいと思うんだが、そういうわけだから、どこまで話してくれるか、実は自信がない。そのうえ、その子はまだ小学校一年なんだ。ぼくがきくより、知子にきいてもらったほうがいいと思ったんだが、君ならいっそううまくやってくれるような気がする。どうかたのむ」

「よし、ぼく、うまくききますよ」

と、明は大きくうなずいた。そして自転車をしまいに家にかけこむと、台所のおかあさんに「ただいま、ぼくちょっと知ちゃんとさんぽしてきます」とさけんで、おかあさんがあきれているあいだに、また外へかけ出した。

三人で電車にのって、西公園前でおりた。

公園は木々もしばふもつゆにぬれて、目がさめるようなみどりだった。朝のひかりに、ふん水がキラキラとひかっていた。人かげはまばらだったが、それでも子どもやイヌをつれてさんぽする人々のすがたがみえた。

「あれだ」

と、平岡さんはつぶやいた。むこうのベンチに、五十くらいの男のひとと、男の子がすわっていた。

「知子、やってくれ」

と、平岡さんにいわれて、知子はくちびるにゆびをあてた。その口から、ピーヨ、カラカラ……と世にも美しい鳥の鳴き声がながれ出した。すると、空からおなじように、ピーヨ、カラカラ……となきながら、五わ、七わ、名もしらぬ小鳥がまいおりてきて、知子のかみやかたにとまった。

むこうでびっくりしたように男の子がたちあがった。明たちはそのほうへちかづいていった。小鳥はまだなんばも、知子の頭上をとびかわしている。少年は走ってきた。

「おい、雪夫、待て」

と、父親がよんだが、少年は目をかがやかせて、三人のそばへやってきた。

「それじゃあ、みんなむこうの森へいってごらん」

と、平岡さんはいって、ひとりでベンチのほうへあるいていった。森へ走ってゆく三人を不安そうに見おくっている父親のそばにすわると、

「心配ありませんよ、ぼっちゃんは」

と、わらいながらいった。

「小牧さん、わたしは先日からたびたびお電話したけい察のものです」

小牧とよばれた少年の父親は、ぎょっとしたよ

うにたちあがった。

「まあ、おすわりなさい」

と、平岡けい事はいった。

「どうしてもぼっちゃんのさらわれた事件についておうかがいしたいと思いましてね。家じゃあ会って下さらないので、こういうところでお目にかかったわけです」

「あの話については何もきかないで下さい。もうあのことはすんだことなのです。子どもはいまでもあの事件をゆめに思い出すらしく、夜なかに泣き出すほどで、わたしたちはなるべくわすれさせるようにしているのです。ともかく四十万円で、子どもはぶじかえってきたのですから……」

「え、四十万円もとられたのですか」

「あ！」

と、小牧氏は口をおさえた。

「この事件についてけい察にしゃべると、また子どもをさらうぞ、といわれているのにうっかりしゃべってしまった！」

「小牧さん」

と、平岡けい事はいっしょうけんめいにいった。

「大じょうぶです。ごらんなさい。ひろいしばふのなかのたったひとつのベンチです。だれもきいているわけはありません。それにゆかたをきた私をだれもけい察の者とはみないでしょう。だれでも子どもをつれてきた父親どうしの世間話と思うにちがいありません」

そして、小牧氏の手をにぎった。

「小牧さん、ご心配はごもっともですが、おなじきょうふにさらされているのはあなたの子どもさんだけではありません。ほかのなん十人という子どもたちのために、どうかけい察に協力して下さい。けい察を信用して下さい」

「それでは、お話ししましょう」

　ながいあいだ、だまっていてから小牧氏はやっと口をきいた。

「こどもは学校のかえりにさらわれたのですがね。家にかえってこないのでさわいでいるとき、庭にふうとうが落ちているのに気がついて、あけてみたら、『こんやの十時に、この公園のふん水の北がわの手すりの下に、三十万円、黒い紙につつんでおいておけ、そしてすぐにそこを立ち去るのだ。けい察にとどけたり、ちかくで見はっていたりすると、子どものいのちはないぞ。この手紙はよんだらすぐにやきすてろ。ねむり人形座』とかいてあったので、はじめて、アッとびっくりしたわけです。いつ、だれがそんな手紙をおいていったのか、まったくわかりません」

　小牧氏の声はふるえていた。

「え、ねむり人形座——」

「むろん、すぐにけい察へ、とおもいました。が、こどもに万一のことがあるとたいへんですから、ともかく三十万円を黒い紙につつんで、長男の大学生をつれて、いわれるとおり、この公園にもってきました。そして金はふん水のそばへおいておきましたが、ふたりであそこの銅像のかげにそっとかくれていたのです。ところが、朝になるまで、金はそのままだったのです」

「あなたたちが、かくれているのに気がついたのですね」

　と、平岡けい事はいった。

「子どものゆうかいということはむずかしくないのですが、犯人はその金をうけとるのがむずかしいのです」

「私たちはドキッとしました。むろん子どもはかえってきません。するとその夜、庭にまたふうとうがなげこんでありました。門にかぎはかけてありますし、そんな心配事のなかですからだれひとりねないで耳をすまして夜をあかし、なんの物音もきかないのに、だれか庭にはいってきたものがあるのです。そのふうとうには『あすの夜もういちど。ただし罰として四十万円。いわれたとおりにしないと、あすは子どもの指をおくるぞ。ねむり人形座』とかいてあって、そしてひとにぎり、かみの毛がはいっていました。むろん、子どものかみの毛なのです。それをみただけで、私たちには、もうつめをはがれ指をきられる子どものすがたが目にみえるようでした。もうたまりません。その夜、私たちは、いわれるとおり四十万円をつつんでおなじところにおいておきました」

　小牧氏は話をつづけた。

「朝になって、そっと公園にきてみると、金のおいてあった場所に、子どもがこんこんとねむっていました。むろん、金はなく、そのかわり、このことをひとにもらすと、子どもをまたさらうぞ、とかいた手紙がおいてありました」

　平岡けい事はうなった。

「それで、子どもさんは、どこにいて、さらったやつはどんなやつか、どういっていましたか」

「それがなにしろ一年生でしょう。まるでゆめみたいなことをいってるのです。銀色のお面をかぶった男がたくさんいたとか、まっくろなイヌがにらんでいたとか、黒いチョウがとびかかってきたとか……」

「え、銀色のお面をかぶった男、黒いイヌ、黒いチョウ……」

「べつにぶたれたり、食事をあたえられなかったりしたことはないようですが、とにかく七つくらいの子どもにはどんなにおそろしかったろうと思われる目にあったらしいのですね。それに、さらわれたときも、つれもどされるときも、そのあいだもほとんどねむらされていたようなので、本人にもゆめと現実の区別がはっきりしないらしい。そんなにばかではないはずの子どもですが、そんな、えたいのしれないことをいって、いまでもおびえているのです」

けい事はくちびるをかみしめた。

「小牧さん、ところでその人さらいからきた手紙はどうかしましたか」

「むこうのいうとおり、みんなやきすてました」

そして小牧氏は青い顔で平岡けい事を見つめた。

「実はね、子どものいうところによると、とじこめられていたへやに、ほかにも男の子がひとり、女の子がひとり、死んだようにねむっていたということです。けい事さん、あなたのおっしゃるように、ほかにもさらわれた子どもたちがいるのです。実にこれは、相当大きぼなゆうかい団です。それだけに、わたしはいよいよおそろしい」

小牧氏は平岡けい事の手をにぎった。

「わたしだってけい察にうったえたかった。しかし、そのあとがおそろしいのです。子どもがまたさらわれてはたいへんですからね。おとなならいちどきけんな目からのがれたら二度目は用心しますが、子どもはふせぎようもありません。ほかに、やはり何十万円かで子どもをとりかえしたおうちがたくさんあるのでしょうが、ちっとも世間の評判にならないところをみると、みんなおなじことをおそれてかくしているのです。けい事さん、どうかわたしのしゃべったことも、ほかに知れないようにして下さい」

平岡けい事はうなずくよりしかたがなかった。

小牧氏は不安そうにたちあがった。

「雪夫が森へいって、だいぶになりますが、だいじょうぶでしょうか？」

そのころ公園のなかでは、明と知子と雪夫があそんでいた。

知子がれいの口ぶえをふくと、何十ぱという小鳥がうれしげに頭上をとびめぐり、知子のかたやうでにとまって、かわいらしいあたまをかしげて見あげる。

知子は小さいころから小鳥がすきだった。カナリヤやジュウシマツなどかってもらったが、そのうち鳥かごから出しても、知子のからだにとまってにげないようになり、だんだん野性のスズメやヒバリまで知子となかまみたいになってしまった。

「ふしぎだなあ、まるで小鳥とお話ができるみたいだなあ」

雪夫は目をかがやかしていた。はじめ病気あがりのようにみえたほおが、いきいきとあからんでいる。

「ぼうや、すこし休もう」

と明はわらいながらいって、雪夫とならんですわった。知子もきた。

「そうだ、ぼうやのことをすこし知りたいな。何年生？　一年生、そう。――学校には休まないでいってる？」

「ぼく、こないだ少し休んじゃった」

と、雪夫ははずかしそうにいった。

「え、学校をやすんだ？　ぼうや、ことしから一年なのに、もうやすんじゃったの。いけないわね」

と、知子がわざといった。

「だって……」

と、雪夫はこまったような顔をした。思っていることがうまくいえないらしい。

「ぼく、知らないとこへいっちゃったんだ」

「知らないとこ？」

「……こわいうちだよ。……お化けがいたよ」

「お化け？　ぼうや、お化けなんかこの世にはいないんだよ」

と、明は雪夫の小さな手をにぎりしめていった。雪夫はおびえた目で空中をじっとみつめて、

「うん、お化けじゃない、銀色のお面かぶってたけどあれ人間だね。五人いたよ」

「五人?」

「それじゃあ、どんな顔してたかわからないのね?」

「それから、黒い大きなイヌが外にすわってたよ。ぼく泣いたら、そのお面かぶった人が、泣くとイヌにくわせるぞっていった。おっかなかったよ」

「ぼうや、そのおうち、どこ? この町のなか?」

「わからない。ぼくねむっちまってたもの。おなじおへやに、男の子と女の子がねていたよ」

「あ、それじゃあ、ほかにもゆうかいされた子どもたちがいるんだな!」

と、思わず明はさけんで口をおさえた。

「それでぼうや、ねむってて、そこにつれられてったことを知らないんだね。どうしてまたねむっちまったのさ?」

「わかんない……」

「それもわからない? ぼうや、へんだなあ」

「ぼく、学校からかえるとちゅう、友だちとわかれて、歯医者さんとこをあるいてたんだ」

「ああ、あの路地だね」

「そしたら、道の上で、急にねむっちまったの」

「道の上で?」

明と知子は顔をみあわせた。

雪夫が路上で急にねむってしまったというのは、そのまえにねむり薬でものまされたのか。それともますい薬でもかがされたというのか?

「ぼうや、給食で何たべた？」

「ううん、土曜だったから、給食はなかった」

「それじゃ、そのまえ、お水か何かのんだ？」

「のまない」

「おかしいな。そのねむくなったとき、ぼうや、ひとりだった？」

「そう」

明と知子は、また顔を見あわせた。相手がたよりない口ぶりの小さな子だけに、いっそうきみのわるい話だ。

雪夫もおそろしそうに、ぼんやりと森にふる青い日光を見つめている。知子のよんだ小鳥もとび去って、しんとした森の中にうごいているのは、ただ二、三びきのチョウだけだった。

そのとき、雪夫の目がふいにぎょっと大きくなった。

「あ、黒いチョウ！　黒いチョウ！」

「なんだって？」

明と知子も目を見はった。雪夫の顔のまえを、一ぴきの黒いチョウがひらひらとかすめとんだ。それがどうしたというのだ？

「あのとき、ぼくにとびかかってきた黒いチョウだ！」

と、雪夫がさけんだ。

ものもいわず明がはねあがり、その黒いチョウをおうと、いきなりぼうしでそのチョウをたたきおとした。——ひろいあげて、

「ぼうや、これ？」

と、ふりむいた。雪夫はいまにも気絶しそうな表情だった。明はもういちど手の上のチョウをみつめた。べつになんでもない、ありふれたチョウ

だ。

「雪夫、どうした？」

公園の方で大声がすると、ころがるように父親の小牧氏がはしってきた。うしろから平岡けい事もかけてきた。

「なんでもない――はずなんだけど……」

と明と知子もあっけにとられている。小牧氏は雪夫をだきしめた。

「だって、子どものこの顔をみたまえ。きみたち何をしたんだ？　それでなくても、この子の神経はまだふつうじゃないんだ。ああ、わたしもいらぬことをしゃべらなければよかった！　もうわたしは何もいわない。けい事さん、もしこの子にまたへんなことが起こったら、それはあなたの責任ですぞ！」

と、小牧氏はいって、雪夫をだきあげて、森の外へ急いで去っていった。

平岡けい事と明と知子は、ぼんやりとそのうしろすがたを見おくった。それから、三人はいま小牧氏や雪夫からきいた話をおたがいに知らせあった。

「すこしはわかってきた」

と、平岡さんはうなずいた。

「ゆうかい団はすくなくとも五人いること、黒いイヌがいっしょにいること、相当大がかりなゆうかい団で、いまもつかまっている子どもがほかにもあるらしいこと、子どもをさらうときも、金をとってかえすときもねむらせておくこと……」

けい事はいかりに声をふるわせた。

「ゆうかいそのものもわるいが、銀仮面をかぶって子どもをおどすやりかた、親のところにかみの毛をきって送るやりかた、じつににくむべきわるいやつらだ」

「きょうはく状が、知らない間に庭にあったというのもふしぎですね」

と、明がうでをくむと、知子もおそろしそうに、

「それより、黒いチョウがどうしたというのかしら？　黒いチョウがとびかかってきて、そのままねむってしまったというようなことをいったけど

……」

「うん、わからないな。すこし事情がわかってきたが、いっそうわからなくなってきた点もある。ゆうかい団が何者か、どこにかくれ家をもってるのか、まったくわからない」

と、けい事はくやしそうにいった。

「もう、ほかにゆうかいされた子どもをさがしてしらべることは、かえってきけんだし、いまの小牧氏のようすからみて、ほかの親も何もしらせてはくれまい。それに現在なお、さらわれている子どものあることがこまる。けい察がうごき出したとわかると、きゃつら、何をするかわからないからな……」

公園から電車の停留所の方へあるきながら、三人はだまりこんでいた。

平岡けい事は、ほんとうにとほうにくれているらしい。しあん顔だった。ひがい者の子どもは、まだ西も東もわからない年ごろだし、その親はかえってその災難をかくそうとする。これ以上、どう糸をたぐって、ゆうかい団をつきとめたらいいのか？

知子もだまっていた。知子には、にいさんのこまっているのがよくわかったし、それにさっき雪夫という子どもからきいた話もこわかった。

だれもいない道の上で、黒いチョウがとびかかってきて、ふいにねむりこんだという雪夫……銀仮面をかぶった五人の男と黒いイヌに見はられて泣いている子ども……かわいそうに、どんなにおそろしかったことだろう。いや、いまのいまも、そのきょうふを味わっている子どもたちがいるのだ！

それを想像しただけで、知子はなみだぐんだ。なんとかしなければいけない。はやくなんとかしなければ。……しかし、知子もどうしていいかわからなかった。

明もだまっていた。思いは知子とおなじだ。にくむべきゆうかい団を一日もはやく見つけ出し、子どもたちをたすけ出さなければならない。……明の血は、わきかえった。

しかし、いったいどうしたら、ゆうかい団をみ

つけることができるのか?　電車にのっているあいだ、明はいっしんにそれをかんがえつづけた。

　それから三日めの朝だった。ふいに明がいなくなった。

　十日ばかりまえから、明は同級生の原田君が、やはり新聞配達をやりたいというので、配達のしかたや、新聞をいれる家をおしえながら、いっしょにまわっていた。その日の朝、のこるところ五、六軒というところで、自転車のブレーキがおかしいから、さきにいって新聞を配達してくれといって自転車からおりた。

　原田君は新聞の配達をすませたが、明が追っかけてくるようすはなかった。それで、さっきわかれたところへもどってみた。明はきえていた!

　そこには明ののっていた自転車だけがのこって、しかも自転車にはカギがかかっていた。

「はてな、どこへいったのかな?」

　きょろきょろと原田君はみまわした。明とわかれてから五分とたっていない。白い朝のひかりのみちたお屋敷町だった。

　原田君は、ふと自転車の荷台の上に一枚の紙きれがのっているのを見つけた。ひろいあげてみると、こうかいてあったのである。

「こんや十時、西公園のふん水の北側の手すりの下に五百円、黒い紙につつんでおいておけ、そしてすぐに立ち去るのだ。けい察にとどけたり、ちかくで見はっていたりすると、明のいのちはないぞ、この手紙はよんだらすぐにやきすてろ。ねむり人形座」

　原田君は、ゆうかい団のことなどぜんぜん知らなかった。だから、はじめ明のいたずらかと思ったが、それにしてもこの紙の文字がおかしい。それは新聞かざっしの活字をきりぬいて紙にはりつけたものだったからだ。

「明君、明君」

それでも大声でよびながらあたりをかけまわってさがしたが、ついに明のすがたがみえないのに、だんだんうすきみわるくなって、ひとりで配達所へかけもどった。

それから大さわぎになった。

けい察からあわてて平岡けい事もかけもどってくる。明のおかあさんは、どうか明をたすけてくれとけい事にすがりついた。

平岡けい事の顔色はかわっていた。

さらわれた明は、いままでのよう児とはちがうし、家もまずしいが、それではこのあいだの公園でのでき事を、ゆうかい団が知ってしかえしに出てきたのか？

「このきょうはく状は、しかしすこしおかしいな。活字をはりつけてあったり、金額も五百円とは……」

小牧氏の子どものみのしろ金は四十万円だったのだ。

「それはうちが貧乏だってことを知ってるからですよ！」

と、おかあさんは泣きながらいった。

いたずらではない。夜になっても明はかえってこなかった。

「今夜、五百円もってこいとかいてはあるが、だれがもってこいとはかいてない。よし、ぼくがもっていってやりましょう」

と、平岡けい事が目をひからせてうなずいた。

「にいさん、だいじょうぶ？」

知子が青い顔でいった。

「ばかな！　おれは柔道五段でピストルのうでは、けい察一だぞ」

「にいさんのことじゃあないわ。にいさんがいっても、明さんのいのちはだいじょうぶかってきいてるの」

平岡けい事はむずかしい顔で、

「おまえはだまっていなさい」

と、妹をしかりつけた。

その夜、平岡けい事は私服で公園に出かけていった。しかし深夜をすぎても、だれもあらわれなかった。けい事はだんだん不安になってきた。

平岡けい事はつゆにぬれ、なんども大きなくしゃみをした。

すると、あけ方になってから「にいさん！　にいさん！」と、自転車にのった知子がけたたましい声で公園にかけこんできた。平岡けい事はとびあがった。

「そのお金をおいて、はやくここからかえって！」

「なんだ、何か起こったのか！」

「たいへん、いま、明さんのおうちの屋根に、明さんのくつが片っぽうだけのっかってるのが見つかったの！」

「えっ、屋根にくつが片っぽう？」

「あたしが気がついたの。心配で心配でねられず、あたしのおへやのまどから明さんのおうちの方ばかりながめてたら、夜明けのひかりに、ふとへんなものがチョコナンとのっかってるのをみつけて――」

「そのくつは、明君のくつか！」

「そうなの。もっとも明さんがさらわれたときはいてたズックぐつとちがって、皮ぐつだけど、大事にしまってあったはずの明のくつにちがいないっておばさんがいってらしたわ。――そして、そ

のくつのなかに、また活字をはった紙が――」

「なに、何とかいてあった?」

「金をもってきたのがけい事ではだめだ。けい事に手を出すなといえ。ねむり人形座、だって――」

平岡けい事は、あっといったきり声が出なかった。知子は声をふるわせていう。

「ほんとうにゆうれいみたいな敵だわ。あたしずっと起きてみてたのよ。いくら夜だって、屋根にのぼった人間があれば、その音だけでもきこえるはずだのに、ぜんぜん気がつかなかったなんて……」

「そ、そんなばかな――」

「だって、ほんとうのことなんだもの!」

「よし、おれが調べてやる、その自転車をかせ」

まだ電車の通らない町を、けい事は知子を自転車のうしろにのせてかけもどった。

あとには五百円をいれた黒いふうとうがのこされた。ゆうかい団「ねむり人形座」の命令にしたがったわけではなく、平岡けい事はすっかりあわててしまったのである。

明の家にかえってしらべてみたが、まったく知子のいうとおりだった。平岡けい事はぼうぜんとして、そのくつをながめたきりだった。

一方、その朝、公園にさんぽにきた人が、ふん水のそばにこんこんとねむっているひとりの少年を見つけ出した。

明だった。むろん、いつのまにかふうとうの金はきえていた。

明はゆり起こされて目をさまし、ふらふらと家にかえってきた。まるで神かくしにあった子どもがかえってきたように、おかあさんはわっと泣いてとりすがったし、知子もうれしさにとびあがったが、平岡けい事はなんともふくざつな表情だった。

さて、それからけい事は、明にいったいどうしたのだとききはじめた。明はまだゆめでもみているようなぼんやりした顔でこたえた。

「いや、きのう自転車のブレーキをなおしているうち、ふいにたまらないほどねむくなっちまって……それっきり、あとのことはおぼえがないんです。……そして気がついてみると、公園にねてたんです……」

「やっぱりそうか――」

と、平岡けい事はうめいた。

「敵が君をそんな目にあわせたとすると、ぼくのこともかぎつけたな」

あくる日の新聞には、明のことが大きく報道された。

「新聞配達の少年さらわる」

「五百円のみのしろ金でぶじかえさる」

「ねむり人形座と名のるかいきょうはく状」

そんな見出しで、明はぶじかえり、五百円というばかばかしいほど安いみのしろ金ですんだものの、それだけに、明がさらわれたとき、何者もちかよらないのに不意にねむくなったということや、すぐちかくに友だちの原田少年がいて、そのころ付近をとおる自動車の音などきかなかったというのに、どうして明をはこんだのかという疑問や、屋根にのっていたくつのふしぎさなどをかきたて、

「ひ害者が成績もよくまじめな少年でなかったら、うそをついているか、いたずらか、それとも真夏の夜のゆめをみたのではないかとさえ思われるほどのかい事件だ」

と、むすんであった。

その新聞を、明と知子が、知子の家のえん側でならんでみていた。きょうも暑くなるらしく、庭のアオギリでもうじーんとセミがないていた。

「知ちゃん、ちょっとおねがいがあるんだがね」

と、新聞から目をあげて、明がいった。なにやら決心した顔色だ。

「なあに」

「ぼくね、なんだか、もういちどこんな目にあいそうな気がするんだ」

「えっ」

知子はびっくりした。

「どうして?」

「なぜだかしらないが、そんな予感がするんだよ。しかし、そんなとき、決して心配しないように、ぼくはきっとぶじにかえってくるからって、ぼくのおかあさんをはげましてくれないか」

知子はしばらくじっと明の顔を見つめていたが、

「明さん、あなた、わたしに何かかくしてあることがあるんじゃない?」

明はどぎまぎした表情でくちびるをふるわせたが、何もいわなかった。

明のすがたが、ふたたびけむりのようにきえうせたのは、それからまた三日ののちのことだった。

その日の午後、明は、ながいあいだ学校を休んでいる友だちを病院に見まいにいった。そして、近道をするために、病院うらの草原をよこぎっていった。

病院は町はずれにあるうえに、ネコの子一ぴきもとおらない草原だった。ぼうぼうとしげった草のむこうに町の屋根がみえている。太陽はあかあかと西にかたむきかかっていた。

草のなかをあるきながら、明はふいにわけのわからないおそろしさを感じた。だれかがじぶんをみている――そんな感じがしたのだ。

「だれだ!」

明はさけんだ。返事はない。だいいち、明はべつにあやしい人かげをみたわけでもなければ、みょうな物音をきいたわけでもない。

それなのに明は、からだじゅうにじっとりとかいたあせが、すうとひえてゆくようなきょうふにつつまれた。

わっと大声でさけびたい。全速力でかけ出した

い。——しかし、明は歯をくいしばってがまんして、いままでとおなじ足どりであるいた。ふりむくと、何かがわっととびついてきそうな気がした。

草原のむこうに道がある。その道を一台の自動車がはしってきた。明は、たすかった、と思った。

われしらず足をはやめたときだ。まわりの草のなかから、不意にひらひらとまいあがったものがある。チョウだ。それが、五わ——十ぱ——二十ぱ——

明はぎょっとした。

「黒いチョウ！」

とさけんだ。いつか公園で、さらわれた子どもが、黒いチョウ！　黒いチョウ！　とさけんで気をうしないそうになったことを思い出した。

なん十ぱともしれぬ黒いチョウが不意に明めがけてとんできた。明はむちゅうで両手をふりまわした。

「あっ、ちくしょう！」

それでもチョウのむれは明の頭の上をとびめぐり、顔をかすめ、はてはかみに、かたに、ひらひらとまる。

そのチョウのむれがはばたくたびにはねから粉がきりのようにまきちらされた。明の目のさきがくらくなった。

草のなかにひざをついて、

「こいつか！　こいつか！」

と、さけぶ。

明は、はじめて子どもたちがどうしてさらわれ

たのか知ったのである。しかし、もうおそかった！

　まきちらされるチョウのはねの粉はまるでねむり薬のきりみたいに明をつつみ、おそろしいねむりが全身をおそってきた。空中をふりまわす明の手がしだいににぶくなり、ばたりと草のなかにうつぶせにたおれてしまった。

　ずっとはなれた遠い草のなかから、ひとりの男がたちあがった。ひょろりとやせて、青白い顔をした、カマキリのような感じのする男だ。手に鳥かごみたいなものをぶらさげている。

　かれはその鳥かごを空中にふった。すると、空をとんでいたチョウのむれは、まるでにおいのたかい花でもみつけたようにそこにあつまり、一わのこらず鳥かごのなかにはいってしまった。

　道を走ってきた自動車がとまって、ふたりのおとこがおりてきた。ふたりは、しばらくまわりをみまわしていたが、ほかに人かげがないのをみると、いそいで草の中へあるいてきた。

「うまくいったな」

　と、ひとりがにやりとわらう。

　チョウのかごをもった男もわらった。

「この小ぞうはすこし年が大きいので、ねむりチョウのききめがあるかどうか、すこし心配だったが、どうやらきいたらしい。ねむりチョウをぜんぶつかったからな」

「人がくるといかん、いそげ」

　と、べつのひとりがいうと、男たちはねむりこけている明をかつぎあげ、自動車にはこびこんだ。

　ねむりチョウ！　ねむりチョウ！　きいただけでも、きみのわるいチョウだ。ときどき毒ガの大群が町や村をおそって、そのはねの粉でひとびとのひふをただれさせたり、熱を出させたりすることがあるが、これもその一種なのだろうか。

　自動車はそのまま何ごともなかったかのように、どこへともなくはしりさった。

　まっ黒なすな——すなよりもっとこまかい粉の沼のなかへ、音もなくしずみかかるような苦しさに、明はうなった。目にも耳にも、鼻のあなにも、粉はえんりょなくはいりこみ、息がつまりそうだ。もがけばもがくほど、からだはずぶずぶと、黒い粉のなかへうめられてゆく。——明はなきさけんだ。

　なく声に、明は目をあけた。からだじゅう、びっしょりとあせをかいている。ゆめだった！

　明はほっとした。あたまの上に、うすぐらい電燈がともっている。夜だな、と思ったとたん、かれは夕刊の配達をしなかったことを思い出し、あわてておきあがった。どうじに、ここがじぶんの家ではないことに気がついた。

　なく声がまた耳についた。さっきないたのは、むろんじぶんではなかった。まわりを見まわすと——おなじへやのすみっこに、ふたりの女の子がないていた。ふたりとも、まだ小学校一年か二年くらいらしい。

「ここが、ねむり人形座のすだな」

と、明はやっと気がついた。

　そして、ふたりの女の子のそばへちかづいていった。

「なくんじゃない、なくんじゃない。にいさんがきたよ」

「おかあさん、おかあさん」

「ママのとこへいきたい」

と、女の子はないた。さらわれた子どもにちがいない。

　このまえ、公園できいた話では、ゆうかい団の家には、まだ男の子と女の子がいたということだが、いまここにいるのは女の子だけだ。それでは、まえにいた子どもたちは小牧さんのばあいとおなじように高いみのしろ金で買いもどされて、また新しくさらわれてきた子どもなのだろうか。

「ちくしょう。……悪まのようなやつらだ」

明はいかりに身をふるわせた。

「もうなかなくてもいいよ。ぼくがにがしてあげるからね」

「だって、大きな黒いイヌがいるもの」

と、女の子のひとりがいった。

「えっ、どこに？」

「そこに」

そこに、と女の子が指さしたのは、いっぽうのかべにあるたったひとつのドアだった。

明ははしりよって、そのドアのとってをまわした。ドアはかんたんにひらいた。とたんに、電燈のひかりのながれたとなりのへやで、ぬうっとおきあがったものがある。そいつが、まっかな口をあけて、

「わわわわわうっ」

と、ほえた。明はびっくりぎょうてんして、あわててドアをしめた。

ほんのひと目みただけだが、まるで子ウシみたいに大きな、まっ黒なイヌだった。リンのように青くひかるすごい目だった。

明はしめたドアにせをくっつけて、かたで大きないきをした。

「なるほど」

と、うなったが、そのせなかには冷たいあせがにじんでいた。となりのへやに、あんなものすごいイヌががんばっていたのでは、子どもでなくても、ちょっとにげられそうにない。

黒いイヌ――黒いイヌ――小牧さんの子どもがおびえていた黒いイヌがあいつだな。

その黒いイヌのことをかんがえているうち、明はふと、ゆうかい団がおくるきょうはく状がしらぬまに庭においてあったという話を思い出した。あれは――ひょっとすると――あの黒いイヌがはこんだものではなかろうか?

じぶんをおそった黒いチョウといい、あのすごい黒イヌといい、きみわるい動物をつかうゆうかい団だ。明は、じぶんのてきがそうぞう以上におそろしいてきであることを思い知った。

と、そのとき明は、じぶんのせがつよくおされるのを感じた。だれかがドアをおしている。

「いまの黒イヌだ!」

明は身をひるがえすと、死にものぐるいにりょううでをドアにつっぱった。

しかし、ドアのむこうの力は、おそろしい力でそれをおしてくる。ドアはじりじりとひらいてきた。

「きゃっ」

と、女の子はひめいをあげて、だきあった。ドアの下から、黒い大きなイヌのあたまが、ぬっとはいってきた。

「こら、ジャガー、しずかにしろ」

と、人間の声がきこえた。ひくくうなっていた黒イヌはぴたりとだまった。

ドアをおしたのは、イヌではなく、人間だったのだ。が、黒イヌにつづいてはいってきた人間をみて、明は息をのんだ。

ひとりではない。ぞろぞろと――五人。それが、みんな銀色の面をつけている。ほそいつりあがった目、きゅっと耳までさけた口。女の子たちは、いままでなんどかみたことがあるだろうに、おそろしさに口もきけないようすだった。

この銀色の面のことは明もきいていたが、うすぐらい電燈の下に、じっさいにそれが五人もなら

んで立っているのをみては、正直なところ、両足ががくがくしてくるのをがまんしきれなかった。

そのなかのひとりは、サラにのせたパンとミルクをもっていた。それを女の子のまえにならべて、

「おじょうちゃん、おなかがすいたろう。たべなさい」

と、ねこなで声でいった。

「おとうさんがお金をもってきさえしたら、すぐにかえしてあげるからね」

それから明のほうをふりかえって、

「おまえにはやらんぞ」

と、にくにくしげにいった。そして、黒いイヌをつれた五人の銀仮面は、ぞろりと明をとりまいた。

「こぞう」

と、ひとりがうなるような声でいった。

「おまえは、なぜ、ねむり人形座にさらわれたなど、うそをついて世間をさわがせたのだ？」

明はくちびるをかみしめて、五人の銀仮面をにらんでいた。

「おれたちは、おまえなどをさらったおぼえはないぞ」

「五百円出せというきょうはく状がいったって？は、は、は、ひとをばかにするな。ねむり人形座が、五百円、千円の仕事をすると思うか」

「おれたちは、おまえのようなびんぼう人のせがれに手は出さんのだ」

「なんのつもりで、あんな大それたおしばいをやった？　いえ！」

「こら、いわないと、このイヌにかみつかせるぞ！」

と、銀仮面のひとりがどなった。

「あれは……ぼく、お金がほしかったから、やったんです」

と、明はやっといった。

「お金がほしかったから？」

「どうしても五百円ほどほしいことがあって……でも、うちはびんぼうだから、とてもそんなおこづかいはもらえないし……いろいろかんがえて、じぶんがさらわれたようにみせかけて、きょうはく状をおくったんです」

「きょうはく状は活字をはりつけたものだったそうだが、それもおまえがやったのか」

「ええ、ぼくの字だと、すぐにわかるから」

「なるほど、それではおまえの家の屋根にのっていたというクツは、ありゃなんのまじないだ」

「あれは……金を公園にもってくるのは、きっとぼくのうちの人か、おまわりさんでしょう。かんたんにうけとるのはむずかしいと思って、そんなばあいにあわててその人間がひきかえすように、まえのばんから、そっと次のきょうはく状をいれたクツをぼくが屋根の上においといたんです」

五人の銀仮面は顔を見あわせた。

「おまえ、なかなか悪ぢえがあるな」

「そうとうな不良少年だな」

明は必死になって笑ってみせた。

「おじさんたち、この子どもをさらってきたんでしょう。いま、親が金をもってきたらかえすとかいってましたね。おもしろいな。ぼく、こんなことがだいすきなんです。おねがいです。どうか子分にして下さい！」

三日まえ、明がゆうかいされた事件のなぞは、だいたいいま白状したとおりだった。

しかし、明がじぶんでそんなことをしたわけは、むろん五百円がほしかったからではない。大ちがいだ。

いままでさらわれた子どもたちがおさなくて、

また親たちがおびえてそれをかくそうとする以上は、このゆうかい団をつきとめるのには、じぶんがさらわれてみるよりほかはないと明はかんがえたのだった。

じぶんが、ほんとうにゆうかいされるにはどうすればいいいか。

いままでさらわれた子どもたちは、ずっと小さくて、また金持ちの子どもばかりだ。じぶんのように大きくて、またびんぼうだと、いくらさらってほしくても、むこうの方でさらってくれない。

そこで明は、じぶんでじぶんをさらうという、おしばいをやってのけたのだった。それで世間がさわぎ、新聞にも出ると、ほんとのゆうかい団は、へんなきもちになるにちがいない。それから、はらをたてるにちがいない。そして、ほんとにじぶんをさらって、その意味を知ろうとするにちがいない。――

このだいたんふてきな、はかりごとをうまくやりとげるために明は、平岡けい事はむろんのこと、知子までだましたが、それはしかたがないことだ。あとでわかっても、きっとふたりはわらい出して、感心してくれるだろうとかんがえたのだった。ただ、おかあさんがあんまり心配しすぎて、病気にでもなられるとこまるから、それとなく知子にたのんではおいたけれど、知子に「わたしに何かかくしてることがないか」ときかれたときの苦しかったこと。――

作戦はうまくいった！　明は作戦のとおりにさらわれて、敵のかくれがにのりこんだ。あとはこいつらをうまくだましてここをにげ出し、平岡けい事に急報するだけだ。

「おじさん、どうかぼくを子分にして下さい。ね、ぼくもそんなお面をかぶって、思うぞんぶんあばれまわってみたいんです」

と、明はおじぎをして、およぐような手つきで、ひとりの銀仮面をとろうとした。

「ふざけるな、小ぞう」

と、その手をおそろしい力ではねのけられた。黒イヌがうなった。

「おしばいはもうよせ。おれたちの目はふしあな

じゃない」

　とべつのひとりがぶきみにわらった。

　明は、顔色がかわるのを感じた。

「小ぞう、おまえはおまえのかいたきょうはく状に、ねむり人形座とかいたな。その名をどうして知ったのか」

　明は、はっとした。

「ねむり人形座」をさそい出すために「ねむり人形座」の名をつかったけれど、そういわれてみれば、その名はだれも知らないはずなのだ。平岡けい事でさえ、ほんのこのごろ、やっとつきとめたくらいなのだ。

「こら、小ぞう、だれからきいた？」

「おまえに、ねむり人形座の名をおしえたのはだれだ」

「おしえたやつは、ただではすまさない。みせしめのため、もういちど子どもをさらってやる」

「そしておまえは、なんのためにあんな人さわがせをしたんだ？」

　五人の銀仮面はおそろしい声でいった。明はむろん口もきけなかった。

「いわないか？」

「いわない」

　と、明はさけんだ。どんなひどい目にあっても、小牧氏の名をいうことはできないと思った。

　すると、さっき女の子にパンをやった銀仮面が、ポケットからリンゴをひとつとり出した。それをかた手にのせて、

「みろ」

　と、いうと、ぎゅっとにぎりしめた。すると、

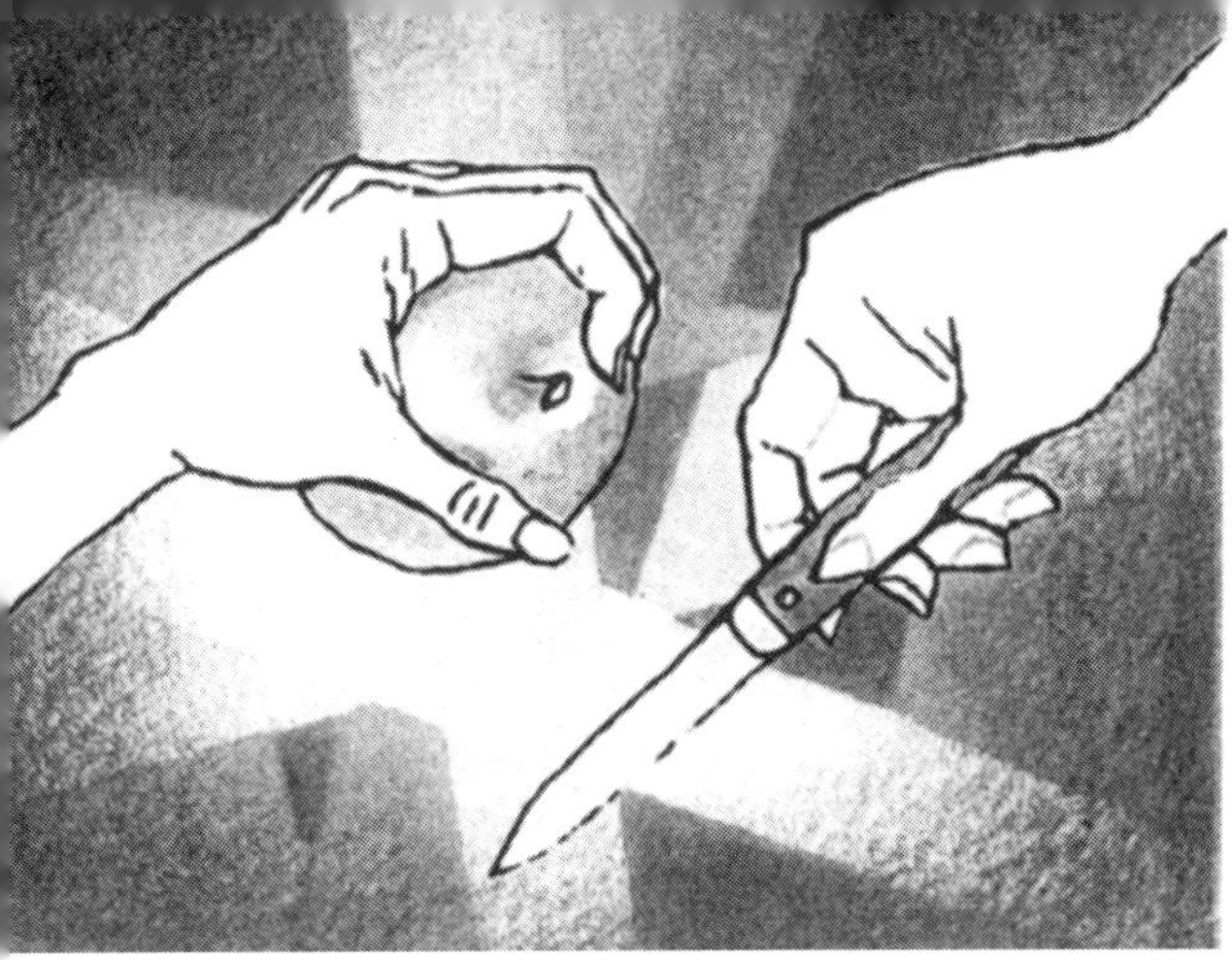

そのリンゴは手の中でたまごみたいにつぶれてしまった。おそろしい力だ。

「おまえなど、ひとつぶしだぞ」

と、いって、かれはそのリンゴを遠いかべにたたきつけた。つぶれたリンゴは、びしゃりとかべにはりついた。

もうひとりの銀仮面が、どこからか一本のナイフをとり出して、ぴんとそのはをたてた。明がぎょっとすると、かれは、

「いいか、小ぞう、あのリンゴをよくみておれよ」

といって、そのナイフをびゅっとなげた。ナイフは、つぶれたリンゴのまんなかにぴしりとつき立った。

顔色をかえた明を見おろして、五人の銀仮面はどっとわらった。

「小ぞう、これでも白状しないか！」

明は歯をくいしばってさけんだ。

「ちくしょう、いうもんか！」

「なんだと？　ううむ、ごうじょうな小ぞうだ、ようし！」

「ようし！」とはいったが、五人の銀仮面はすこしもてあましたらしい。あたまをよせあつめて、ひそひそと相談をはじめた。

「……なまいきな小ぞうだ」

「やっぱりけいさつのまわしものかもしれんぞ」

「やってしまうか？」

「まて、それより、この小ぞうをさらってきたとき、あとをつけられたことはないだろうな？」

「それはだいじょうぶだ。しかし」

「とにかく、こいつはぶじにはかえせないぞ」

そんなぞっとするような声がきこえた。

やがて銀仮面たちはこちらをむいて、かわるがわるいった。

「小ぞう、白状しなければ白状するまで待とう」

「そのかわりパンもミルクもやらないぞ」

「たとえうえ死にしたって、おまえがかってにそんな目にあいたくってとびこんできたんだ。かくごはしてるだろう」

「おなかがすいて、何もかも白状したら、またかんがえてやろう」

「にげようとしたって、となりにはこのイヌが見はってるぞ。なきわめいたって、このかべの中じゃあ外にはきこえない」

そして、かれらはジャガーという黒いイヌをつれて、ぞろぞろとへやを出ていった。出ていくとき、そのひとりが、女の子の方をふりむいて、

「おい、あの子のかみの毛、そろそろきっておくった方がいいかもしれんぞ」

と、いった。小ウシのようなイヌはかれらに――とくに、かれらの中のひとりに、ネコみたいにおとなしかった。ドアがしまった。

とにかく、いちおうようすをみることにしたらしい、と明は、考えた。

しかし、あいつらは何というへんなやつらだろう。黒い毒チョウをつかうやつ、ウシみたいなもう犬をつかうやつ、リンゴをにぎりつぶすほどばか力をもったやつに、ナイフなげの名人。――

明は、おなかがすいてきた。女の子たちのまえに、パンとミルクがすこしずつのこっていた。思わずそれに手を出しかけて、明は、ふたりの女の子がいつのまにかぐったりとねむっているのに気がついた。

明は、小牧氏の子どもがさらわれていたあいだじゅう、ほとんどねむらされていたという話を思い出した。

ひょっとすると、このパンやミルクにねむり薬がはいっているのかもしれない！

そんなものをたべさせられていては、小さな子どものからだはまいっちまうにちがいない。はや

くすくい出してやらなければ！

明は、ドアのところにしのびより、そうとあけてみた。すると、それだけでまた、

「わわわわうっ」

と、ジャガーはほえた。やみの中にも、ギラリとひかる目がみえた。

明は、あわててドアをしめて、うでをくんでかんがえこんだ。だめだ！

じぶんがわざとつかまって、敵のゆだんをみましてうまくにげ出し、平岡けい事に急報する作戦だったのだが、敵は決して明のかんがえていたほど、なまやさしい連中ではなかった。想像以上にぶきみな、悪がしこい、ざんにんなやつらだった。

じぶんがかんたんににげ出せないとすると――ふと明は、さっき銀仮面のひとりが女の子をふりかえって「おい、あの子のかみの毛、そろそろきっておくった方がいいかもしれんぞ」といったのを思い出した。

子どものかみの毛をきっておくる――そのことは、平岡さんが小牧氏からもきいたという。さらわれた子の親がみのしろ金をつごうできないとき、ゆうかい団がやるおどしの手だ。

明はポケットから小さなメモ帳とえんぴつをとり出した。紙を切手の半分くらいにちぎる。

なんとかして、そのかみの毛といっしょにその紙をおくらせて、外部とれんらくする法はなかろうか。が、その紙になんとかく？

「ここは、いったいどこだろう？」

明は、じいっと耳をすました。

耳をすますと、かすかに電車の音がした。町の中なのだ。……が、ここがどこだかわからない。

それから、あの銀仮面が何者かもわからない。あいつら、まさか外であんなお面をかぶってるわけはない。外ではすまして、ふつうの人間みたいな顔をしているにちがいないのだが、その顔もわからないのだ。

「そうだ、黒いイヌがいる！」

イヌは外でも内でもおなじ顔をしているのだ。いまあのイヌはあそこに番をしているけれど、い

つかはきっと外に出ることがあるにちがいない。それに明の想像によると、きょうはく状をはこぶのは、九分九りんまであのジャガーというイヌにちがいはなかった。

明はメモ帳をちぎった紙にゴマほどの小さい字でかいた。

「おねがい。平岡けい事にれんらくして、黒い大きなイヌのいる家をさがして。明」

切手の半分くらいの紙は、それだけかくといっぱいになった。

何時間かたった。おなかがすいて目がまわりそうだった。のこっているパンとミルクをたべたかった。しかし、あれをたべて、ねむってしまってはいけないのだ。

やがて、ドアをあけて、ひとりの銀仮面がはいってきた。手にはさみと、ふうとうをもっている。うしろには、やはりジャガーがのっそりとくっついていた。

「小ぞう、もう夜だぞ、まだねないのか。それともはらがへってねられないか」

と、かれはわらった。そして、まだねむっている女の子たちのそばにすわって、そのひとりのかみの毛をひとにぎりつまみあげた。

「ふふ、これをきっておくると、どんな親でもふるえあがって、必死に金をくめんするのだ」

と、わらいながら、そのかみの毛を、さくりときった。

そのしゅんかん——明の手はそっとのびて、銀仮面の足もとにおかれたふうとうのなかに、すっといまの紙きれをすべりこませた。とたんにおそろしい声で、ジャガーがほえた。

しかし、そのほえ声で、銀仮面はかえってイヌの方をむいた。

「ジャガー、なんだ？」

イヌはしゃべれない。しかられて、ジャガーはよこをむいた。

銀仮面は、はさみをおき、ふうとうをひろいあげた。なかをのぞきこんで、ふっと息をふきこむ。明は血もこおるような気がした。

しかしふうとうのなかには、すでにきょうはく状がいれてあったので、銀仮面はそんな小さな紙きれがすべりこんでいるのに気がつかなかったらしい。かれはそのまま、女の子のかみの毛をそれにいれて、たちあがった。

銀仮面とイヌが出ていったあと、明は思わず神さまをおがんだ。

「神さま、どうぞあの紙きれをぶじむこうにとどけさせてください。そしてむこうの親が、勇気をふるいおこして、平岡けい事とれんらくするようにしてください！」

さらわれた子のどの親も〝ねむり人形座〟のしかえしをおそれて、けい察にはひみつに取り引きをしようとすることを明は知っているだけに、それはほんとうに神さまにいのるよりほかはなかった。

そのあくる朝――さらわれた女の子の家では、庭にいつのまにか、ふうとうがおちているのを発見した。そしてみのしろ金をさいそくするきょうはく状と、女の子の美しいかみの毛と――それから、明のかいた紙のきれはしを発見した。

その女の子の父親は、さらわれたむすめを、いのちもちぢむほど心配する一方で、けい察にうったえようかどうしようかとまよっていた。ゆうかい団のせい求する何十万円かの金を指定された場所にまだもっていかなかったのは、そのためだ。

そこにこの、

「おねがい、平岡けい事にれんらくして、黒い大きなイヌのいる家をさがして。明」

と、かいた紙きれをみて、わけもわからず不安ではあったが、勇気をふるってひそかに平岡けい事にれんらくした。

「なに、黒い大きなイヌのいる家？」

平岡けい事の目はかがやいた。

その紙きれは、まちがいなく明の字だった。

平岡けい事は、明が二度さらわれたことに、なんだかへんな感じをもっていた。ほかのゆうかい事件とは、すこしようすがちがうからだ。しかし、心配は心配だった。

そこに、この明のかいた紙きれだ。しかも、それはたしかに「ねむり人形座」のきょうはく状のなかにはいっていたのだ。明がゆうかい団のなかにいることにまちがいはない！　平岡けい事の血は、わきかえるようだった。

黒い大きなイヌのいる家をさがせ！

そういえば、あの小牧氏の子どもも、黒いイヌがいるといっていた。しかし、いうことがあまりにとりとめがないので、黒いイヌのいる家をさがすということをかんがえつかなかったのだ。いま、明の知らせで、はじめてはっと気がついたことだった。

いったいこの町に何千びきのイヌがいるのだろう。そのなかで黒い大きな犬は、何百ぴきいるのだろう。

平岡けい事は、しょ長のところへかけつけて報告しようとして、はっとその足をとめた。きけんだ。けい察官を動員して、町じゅうの黒い大きなイヌをさがしはじめたら、敵がかんづかずにはいないだろう。ゆうかい団があわてて、やけくそになって、もし明におそろしい手をくわえたら万事休すだ。

そうだ、敵に気づかれないで、黒い大きなイヌのいる家をさがさなければならない。しかも大至急で。――

平岡けい事はあぶらあせの出るほどかんがえぬいた。そして、ふっと妹の知子にたのむことを思いついた。知子の友だちは町じゅうにひろがっている。そこから、黒い大きなイヌのいる家をきき出すのだ。

「えっ、明さんが、黒いイヌのいる家につかまってるの？」

話をきいて、知子はさけんだ。知子も、夜もねむられないほど、明のことを心配していたのだ。

「それじゃ、にいさん、ねむり人形座のことなんか口に出さないで、大いそぎで、みんなにきいてまわるのね？」

夏休みのことだったが、運よくあくる日は、学校にみんな草むしりにゆく日だった。知子はほうきをもって、友だちのあいだをはしりまわった。

「ねえ、ねえ、黒い大きなイヌのいるおうち知らない？」

「あたしのうちは、白いイヌだわ」

「かどの花屋さんとこのイヌは茶色だし」

「あっ、ちかくのお医者さんとこのイヌは黒いわよ。……でも、まだネコより小さいのよ。とってもかわいいの」

知子は、上級生や下級生にもきいてまわった。黒いイヌというのは、あんがい少なかった。そして、それが大きなイヌとなると、また少なくなった。知子がやっとききだしたのは、わずか十五ひきだった。

家にかえって、にいさんに報告した。

「うーん、それが町にいる黒い大きなイヌのぜんぶかどうかはわからないが、とにかく、そのうちをさぐってみよう」

と、平岡けい事はいって、とび出していった。

黒い大きなイヌをかっている家――それをつき

とめて、しらべても、みんなあやしいうちではなかった。平岡けい事が、その十三げん目のうちをさがしにかかったときは、もう夕方になっていた。

けい事は、ある肉屋によって、きいていた。

「このちかくに、黒イヌをかってる青野薬局ってあるだろう」

「はあ、ここから三十メートルほどむこうですが」

と、肉屋の主人がいった。

「家族はどんなになってるかしらないか」

「ご主人がひとりでやってましたが、半年ほどまえ、ずっとながいあいだ東京にいってた弟さんがかえってきて手つだってますよ」

「それでは、ふたりだけか」

「いえ、ほかに何人か――どうも弟さんが東京からいっしょにつれてきたひとらしいんですが、お客がいるらしいです」

「なに、東京からきた客？」

「え、顔はみたことはありませんがね。ここで買ってゆく肉は、イヌのぶんをのぞいても、いつも五、六人ぶんですぜ」

平岡けい事の目がひかった。

「その弟さんてのは、東京で何をしていたのかね」

肉屋のおかみさんが口を出した。

「そうそう、青野薬局のご主人が、だいぶむかしのことだけど、うちの弟はばかなやつで、サーカスの団員になっちまいやがった、とこぼしてらしたことがありましたわ」

「サーカスの――何か芸をやるのか」

「それはぞんじません。でも自動車なんかのりまわしてね、とても、そうはみえないんですよ」

そのとき、主人が急にさけんだ。

「あ、うわさをすればかげとやらです。青野薬局の主人がおいでになりましたよ。けいさつのだんな」

平岡けい事は、しまった、と思ってふりむいた。白衣をきて、銀ぶちめがねをかけた三十五、六の男がこちらをみて店先に立っていた。

「何か、ご用ですか」

「いや、実は、黒いイヌをさがしてましてね」

と、けい事はいった。そういうよりしかたがなかった。

「きょう、町で二、三人通行人にかみついてにげた黒いイヌがあったもんだから、さがしてるんだが——」

「うちのイヌは、きょうはどこへも出しません」

と、青野薬局の主人はわらいながらいった。そして、肉屋の方をむいて、

「お肉の特上を、ふたりぶんください」

肉を買ってかえってゆくうしろすがたを見おくって、肉屋はつぶやいた。

「いつもは、たしかに五、六人分買ってゆくんだがな」

平岡けい事は、だまってくちびるをかんでいた。心のなかで「これだ!」とさけんでいた。

東京からやってきたという四、五人の男たち——もっともっと、かれらをさぐってみなければならない。ただ心配なのは、いまの薬局の主人が、かんづいたのではないかということだ。

平岡けい事が、肉屋の店さきでじっと青野薬局の方をながめてかんがえこんでいると、薬局のなかからウシみたいに大きな黒いイヌをくさりでひっぱって、ひとりの男が出てきた。二十七八のせのたかい男だ。こちらにあるいてくる。

けい事はあわててまた肉屋にとびこんだ。

「あれはだれだね」

「へ？　ああ、あれが弟さんで」

と、肉屋のおやじはいった。

イヌをつれた男は、気がつかない風で、店のまえをとおりすぎてゆく。もう町に夜のまくがおりて、がい燈が美しかった。けい事はまたきいた。

「あの男は、いつもイヌをつれて夜さんぽするのか」

「いいえ、はじめてみますな。どこへゆくのかしらん？」

平岡けい事は、ともかくその男を追ってみようと思った。相手に知られないように、けい事はそのあとをつけていった。

薬局の弟は町の中をゆっくりとあるいて、西公園にはいった。そして、イヌをひいたまま、ふん水のまわりをぐるぐるまわりはじめた。雨がぽつりぽつりとおちてきた。

けい事は木かげに立ってそれをみていたが、いつまでたってもおなじことだ。だんだん雨がはげしくなったのに、男とイヌはへいきでふん水のまわりをあるきつづけている。さんぽにしてはたしかにへんだ。それだけにけい事は木かげからはなれられなかった。けい事はうで時計をみた。もう一時間ちかくたっていた。

とつぜん、かれは「しまった」とうめいた。

かれはそうっと木かげをはなれ、足音しのばせ二十メートルほどあるくと、全速力で公園事務所にかけつけて、電話をかりた。

「もしもし、知子かい、おれだ」

「あら、にいさん！」

「大至急、北町三丁目の青野薬局にいってくれ、おれはいま西公園にいるが、いっぱいくわされたのかもしれん。その薬局から、だれかにげ出すものがあるかもしれないから、おまえ、見はりにいってくれ！」


「こぞう、おきろ」

ぐったりとたおれている明のそばに、ふたりの銀仮面がはいってきた。

明は空ふくのあまり、死にそうなきもちだった。ふたりの女の子はスヤスヤとねむっている。

「きさま、このうちを、けいさつに知らせたな？」

明はおきなおった。銀仮面のなかの顔はわからないが、声があわてている。

「さっき、ちかくの肉屋で、このうちのことをきいてた男があった。あれはたしかにけい事だ。五人分買いにいった肉を、ふたりぶんといってごまかしたが、あいつがどうしてこのうちをかぎつけたか、きさまが何かしたにちがいない」

「そうだ、ぼくが知らせたんだ」

と、明はいった。あの紙きれがうまく平岡けい事の手にはいったのだ、と知ると、むねがわくわくした。

「なに？　き、きさま、どうやって知らせたんだ。そんなはずはない」

「にん術をつかったのさ」

「にん術？　このやろう、ふざけるな」

もうひとりの銀仮面が、こぶしをにぎりしめた。そのこぶしの大きさから、こいつはきのうリンゴをにぎりつぶしたやつだと明は見ぬいた。歯がかちかちなりそうなのをこらえて、彼はいった。

「すぐにけい官隊がなだれこんでくるぞ、もうだめだとあきらめて手をあげろ。ぼくのいうことをきいたら、けい事さんにあやまってやるから」

「ところがこぞう、そのけい事は、うまくさそい出されて、西公園にいっちまったよ」

と、さいしょに明をおこした銀仮面がわらった。

「あのけい事は、まだはっきりとつきとめてはいないのだ。しかし、まもなくあわててもどってくるだろう」

「それみろ、だから、こうさんしろ」

「いや、そのまえに、きさまを山の家へつれてゆく」

「山へ？」

「そのために、いまふたりが、自動車に食りょうをはこびこんで、出発の用意をしてるんだ」

「こぞう、きさま、こぞうのくせに、けい察のまわしものだな。いろいろききたいことがあるが、いまはひまがない。山へつれてって、ゆっくりきいてやる」

「山？　山ってどこだ」

「それをおしえたら、またにん術でけい察へ知らせるだろう。あはは、ゆけばわかる。さあこい」

「ゆくもんか」

「なに？　こら、きさまなまいきだから、いっそやってしまえとさっき相談したくらいなんだぞ。しかし、けい察のまわしものなら、人質にとっておいた方がべんりだから、もうすこしようすをみようということになったんだ。あばれると、ニワトリみたいにしめてしまうぞ」

と、大男の銀仮面が、明をつまみあげた。おそろしい力だったし、明はつかれはてていた。銀仮面は、必死にあばれる明をだきあげて、そのへやを出ていった。

となりのへやにいつもいる黒イヌはいなかった。そこのドアをあけると、外へ出た。雨のふっている夜だった。ふりかえると、いままでいた建て物は倉庫らしかった。

すぐそばの建て物の横をとおって表に出ると、そこに自動車がとまっていて、ふたりの男が、大きな包みをいくつか車にはこびこんでいたが、ひとりがすぐに明をうけとり、車におしこんで、じぶんも横にすわった。

「こぞう、おとなしくしろ、これが何だかわかるか？」

わきばらにピタリとおしつけられたのはピスト

ルだった。

明は車のまどから、いままでいた表をみた。美しく灯《ひ》のともった店にいっぱい薬の箱やびんがならび、かんばんには「青野薬局」とあった。

大男はひきかえしていって、すぐにふたりの女の子を両わきにかかえて出てきて、これも車になげこんだ。もうひとりの男が運転席にのりこむと、大男は助手席にすわる。六人をいれた車はいっぱいだ。

「よし、これでいいな」

車がうごき出したとき、明は、遠いがいとうの下を必死に自転車でかけつけてくる知子のすがたをみた。

「あっ、知子ちゃん！」

明は気がちがったようにさけんだ。ピストルがわきばらにくいこむようにおしつけられた。

「だまれ、だまらないと、うち殺すぞ」

「殺せ、ピストルの音がひびいたら、近所じゅうの人があつまるから」

「こいつ――」

と、男はうなって、こんどは、足もとにねむっている女の子のむねにぴたりとあてた。

「こうしてもいいか？」

明は、だまりこんだ。じぶんはともかく、この女の子たちにもしものことがあったらたいへんだ。

車は、走り出していた。知子が自転車からとびおりて、口をあけてこっちをみている顔がみるみ

る遠くなった。
「こぞう、おとなしくしていてくれたら、これをやるぞ」
と、男がパンをくれた。
二、三日、ほとんど何もくわなかった明は、むちゅうで、それにかぶりついた。たべながら、なみだがポロポロこぼれおちた。ねむり人形座の家も、仮面をとった男たちの顔もみたのに、じぶんはまたどこかへつれられてゆくのだ。
（しまった、このパンは？）

町の北はずれに出たとき、明は、はっとしたが、おそかった。ぐったりとなり、やがてこんこんとねむってしまった明をのせて、車は暗い道をすなぼこりをまきあげて走ってゆく。

一方、知子は、青野薬局のまえにくると同時に、その店の前から一台の自動車がはしり去るのをみた。だれがのっているのかわからないが、知子はとっさに兄の電話の「薬局から、だれかにげ出すものがあるかもしれないから、見はりにいってくれ！」という声を思い出した。

知子は大いそぎで、自転車の荷台にのせてあったかごから、一わのハトをとり出した。

「エンゼル」

と、知子は必死によびかけた。

「あの車をおって、ゆくさきをつきとめておくれ。明さんがのってるかもしれないのよ。わかる？　そら！」

ハトは、町の夜空へはたはたとまいあがった。そしてやのように北へとびさった。

家を出かけるとき、ひょっとしたら、と思って、知子がかごにいれてきたハトのエンゼルだ。まるで人間の妹みたいにかわいがっていたハトだったが、そんなことをいいつけたのははじめてだったから、知子はいのるようなきもちで、そのゆくえを見おくった。

ともかく、にいさんにいわれたとおり、薬局を見はっていなければならない。

電柱のかげに自転車をおいて、雨にぬれるのもかまわず、店の方をながめていると二十分もたってから、平岡けい事が息せききってやってきた。

「にいさん」

「知子、きてくれていたか。ありがとう。ぼくが公園からひきかえしてくるとまにあわないと思ってね」

知子は、さっきの自動車のことを話した。

「それ以外には、だれもあの店から出たものはいんだな」

と、けい事はうなずいて、しばらくかんがえていたが、すぐに決心したように青野薬局のなかへはいっていった。

「こんばんは」

おくから、銀ぶちめがねをかけた白衣の主人が出てきた。

「やあ、さっきはどうも。まだイヌをおさがしですか」

と、けい事の顔をみて、にたりとわらった。

「そうだ。ぼくはけいさつの者だ。すまんが、ちょっとイヌをみせてもらいたい」

「イヌは、さっき弟がつれて、公園の方へさんぽにゆきましたがね」

「この雨の中をかね」

「一日にいちどはさんぽさせないとイヌの健康上わるいんでね。きょうは、さっきやっとひまができたものだからつれてったんです」

主人はひにくな目で、けい事をみた。

「うそだと思うなら、家じゅうさがしてください」

「それじゃ、ちょっとみせてもらおうか」

平岡けい事は青野薬局のなかにはいっていった。うらがわの窓からみると、はげしい雨のなかに、もうひとつ建て物がみえる」

「あれは何かね」

「あれは倉庫です。むかしあのなかに薬のストック（残り）やあきびんをいれていたのですが、いまは何もおいていません」

「中にはいってもいいかね」

「けい事さん」

と、青野薬局の主人はいった。

「あなたはほんとうにイヌをさがしてるんですか？」

「じつは、さがしてるのはイヌじゃない」

と、平岡けい事はいった。ここまできた以上、もうごまかしてはいられなかった。

「ゆうかいされた子どもをさがしてるんだ」

「え？　ゆうかいされた子ども？　そんな子どもがうちにいるというんですか。なんのしょうこがあって、そんなことをいうんです」

「子どものさらわれたうちに、黒いイヌがいるということがわかってるんだ」

主人はだまりこんだ。

けい事は倉庫にはいっていった。中は二へやにわかれている。そのおくのへやに、天じょうからはだかの電燈がぶらさがっているだけで、がらんとしてほかに何もなかった。けい事はゆかから黒い毛を一本ひろいあげた。

「ここにイヌをいれていたこともあったんだな」

「え、夜、あんまりほえてご近所からうるさいっていわれたことがありますのでね」

と、主人はけい事の顔をぬすみ見ながらいった。平岡けい事は、ここに、ゆうかいされた子どもたちがおしこめられていたのだと思った。

しかし、いま子どもたちはいない。子どもたちはどこかへ自動車で、つれられていってしまった。

「青野さん、あなたのところに自動車があるはずだが、あれはいまどこにいってるのかね？」

「自動車？　ああ、あれは、弟の友だちがのって、さっきドライブに出かけましたよ」

「夜、ドライブするのはおかしいな」

「このごろ夜になってもあついでしょう。すずみがてらによく出かけるんです」

「どこへ?」

「さあ、どこへいったか知りませんな。そのうちかえってくるでしょう」

平岡けい事と青野薬局の主人の問答はつづいた。ふたりの目は、火花みたいに空ちゅうできりむすんだ。

「友だちというのはひとりですか」

「ひとりです」

「ひとり? もっとたくさんいるのじゃないか」

「え、弟が東京にいたころの友だちが、まえには三人とまっていましたが、いまはひとりだけです」

「弟さんは東京にいたころサーカスにいたそうだが、サーカスの友だちかね」

「さあ、わたしもよく知らないんです。弟がイヌのさんぽからかえったら、弟にきいてください」

「弟さんはサーカスで何をしていたんだ」

「サーカスにいたといっても、弟は宣伝の方ですよ」

けい事は、だんだんあせってきていた。のらりくらりとこんな話をしているあいだにも、あの自動車はとおくへいってしまう。

公園にいった弟はなかなかかえってこなかった。こんなことをしてはいられない、と、けい事は心のなかでさけんだ。

「それじゃあ、またあとでおたずねすることがあるかもしれないが——」

「もうごめんです。だまってきいてれば、わたしがどこかの子どもさんをゆうかいしたなんて、とんでもないことをおっしゃる。こんどくるなら、もっと、ちゃんとしたしょうこをもってきてください」

にくにくしげにいう青野の声をあとに、けい事は外へとび出した。夜の町はひどいふきぶりになっていた。

いれかわりに、イヌをつれた弟がのっそりとかえってきた。

「兄き、けい事はいっちまったか」

「やっぱり、このうちをかぎあてたらしい。こぞうたちをつれ出しておいてたすかったよ」

と、青野はためいきをついて、

「しかし、あのけい事は、どうせ、うちの車の番号をしらべて、あっちこっちに非常線をひかせると思うが、黒田たちは、うまくやるだろうな」

「だいじょうぶ、あいつらは、そんなことにぬけめはないよ。つかまるものか」

青野はしばらくかんがえていたが、

「よし、ジャガーに手紙をくわえさせて、山へやれ」

「手紙になんと書く？」

「黒田をのぞいて、あとのふたりはとうぶん山にかくれているように、と書いてくれ。だいぶ金もたまったから、そろそろ日本からにげ出してもいいが、もうすこしようすをみよう。あのこぞうは、いざというばあいの人じちだから、決してにがすなと書いてくれ」

青野の弟は、家のなかへかけこんでいって、手紙を書き出した。

一方、平岡けい事は、けい察へかけもどり、青野薬局の自動車の番号をしらべて、あちらこちらの交番に電話をかけた。その自動車がみつかったら、つかまえてくれというのだ。

それから東京の警視庁に長きょり電話をかけた。東京にいるサーカス団のうち、半年ほどまえ、なにか事件をおこしたものはないか、というのだった。

その返事をうけとるのに、けい事は朝までまた

なければならなかった。

かれはあたまをかきむしった。

「ああ、明君はどうしたかしらん？」

――ちょうどけい事が、まだ青野薬局にいるころだ。雨の町を北へはしりぬけた一台の自動車が、人通りのない夜の道にとまった。

明ののせられた車だった。明はふたりの少女とともに、こんこんとねむったままだった。ひとりの男だけが、車からおりていった。

北のほうから、一台の自動車が走ってきた。その男は、そのまえに立って両手をふった。

むこうの車は急停車した。男はそのほうへちかづいた。

その男は、窓ごしに運転手となにか話していたが、ふいに手をのばして白いハンカチのようなものを運転手の顔におしつけた。運転手はもがいたが、すぐにぐったりとハンドルにたおれかかった。

こちらの車はうごき出して、その自動車によこづけになった。

「うまくいった。こいつはあしたの朝までねむっているだろう」

と、ますい薬をしみこませたハンカチをつかった男がわらっていった。

「さあ、このこぞうとむすめたちを、あちらの車へほうりこめ」

明とふたりの少女は、あらあらしくむこうの車へなげこまれた。三人の男は、ほかの荷物もつぎつぎにはこんで、いれかわりに、いまねむらされた運転手をこちらの車にかつぎこんだ。

そして、いままでのってきた自動車は、そのねむった運転手をのせたまま、べつの男が運転して、むこうの森へ走っていったが、すぐにその男だけあるいてかえってきて、こちらの車にのりこんだ。

「これでよし、いくらけい察が手配しても、もうだいじょうぶだ」

三人の男は大声でわらった。車はまたはしり出した。

青野薬局の主人の弟が、ぬけめのないやつらだ、といったとおりだ。

明が青野薬局から自動車でつれ去られるとき、知子がそれをみていてくれたかどうかも疑問だが、たとえみていて、平岡けい事に報告してくれたとしても、もう車はかわっている。

車は北へ、北へと走りつづける。いくつかの村をすぎ、山の中へはいってゆく。車の外は、いつしか、あらしのような雨と風になっていた。

車は、はば四、五メートルの川にかかった橋をわたった。それから千メートルばかり山道をのぼると、車はとまった。

「ちくしょう、車はここまでしか通らないな。もうあるくよりしようがない」

ねむった明は知らなかったが、そこは町から二十キロばかりはなれたある山の中で、もうすこしのぼると「天滝」という、たきの名所があった。

「こりゃ、ひどいあらしになったなあ」

車から出た三人の男は、顔をしかめてさけんだ。雨はたたきつけるようにふりつづけている。

「この中をあの岩のすまではこばなけりゃならねえのか」

「女の子と荷物はともかく、そのこぞうはしゃくだな。こいつのために、こんな苦労をしなけりゃならねえんだ」

「いっそ、雨の中へほうり出して、目をさまさせろ」

と、いうと、ひとりの男が明を車の外へひきずり出した。草のなかにあおむけにひっくりかえっ

た明に、雨はしぶきをあげた。

ふたりの男は、ひとりずつ女の子をせおった。大男は山のような荷物をせおったが、まだかつぎきれなかった。

「こぞう、まだ目がさめないか」

大男は、くつで明のわきばらをけった。そのいたみと顔をたたく雨の冷たさに明は目がさめた。

なにがなんだかわからないうちに、明はひきずりおろされた。

「こぞう、気がついたな。おい、その女の子のひとりをせおわせろ。そして冬島はのこった荷物をはこんでくれ」

女の子をせなかにくくりつけられながら、明はやっと、じぶんが夜の山にいることを知った。ゆうかい団が「山へにげる」といっていたその山にちがいない。しかし、ここはどこの山だろう？

「あるけ！」

おしりをけられて、明はあるき出した。前を荷物をせおった大男があるく。うしろにも女の子や荷物をせおった男がつづく。明も少女をひとりせおわされている。

道は、川みたいに雨がながれていた。すべったら、どこまでおちるかわからない。ふらふらしながら、明は歯をくいしばって、あえぎあえぎのぼっていった。

空をうなる風の音がした。ごーっ、ごーっ、その音が、ただの風の音ではないと気がついた。どこからか、たしかにたきのような水音がひびいてくる。

たきだ！　と明は気がついた。

しかも、明のすんでいる町のちかくのたきといえば、黒姫山の天滝だ！

それはたかさ六十メートルもあるたきだった。明は、なんどもここにハイキングにきたことがある。——

しかし、たきの音はだんだん下へさがってゆく。ふだん見物するたきつぼへゆく道とはちがう。山の上へのぼってゆくらしい。明はこんな道をあるいたことはなかった。いったいどこへゆくのだろう？

あらしのなかを一時間ちかくへとへとになってあるいて明がつれこまれたのは、川のほとりのがけにあるほらあなだった。山の上から、そのほらあなまで岩づたいに、ほそい道ができている。

あらしなのに、山にはぶきみに青白いひかりがあった。ほらあなの下はすぐ川で、おそろしい流れだった。二十メートルばかり下流にたきのおち口があるらしく、まるでこの世のおわりみたいな水音がとどろいていた。

明はたきの上の方へきたことがなかったから、こんなところにほらあながあるなんて知らなかった。しかも、すぐ目のまえの川の中に木のしげった小さな島があって、むこう岸からこのほらあなをかくしている。——ほらあなの中はたたみ十じょうぐらいのひろさだった。入り口の上からも、草がかみの毛みたいにかぶさっている。

「おれたちだけが知ってるあなだ」

と、荷物をおろしながら、大男がいった。

「おれたちが東京で人殺しをしてにげてきたとき、しばらく青野兄弟が、このあなにかくまってくれたんだ」

人殺し？　明はぎょっとした。こいつらは、ゆうかいばかりではなく、もっとおそろしいことをしたわるいやつらだった！

「こぞう、ここで当分くらすのだぞ。これからけい察のでかたをみて、おれたちが日本からにげ出せるまでの人じちだ」

と、ひとりがかいちゅう電燈をつけて、岩をてらしながらいった。

「けい察の出かたによっては、おまえたちの命はないぞ」

すごいあらしの一夜だった。風が海みたいな音をたてる山、そして川とたきは、はんたいに火山みたいなとどろきをあげた。その風と雨は、ほらあなのいちばんおくにいる明たちをぬらした。

明は、まだねむっているふたりの女の子をかばうようにしてすわっていた。なんとかして、このおそろしい人殺しの男たちから、にげ出さなければならない。じぶんはともかく、せめてこのかわいらしい女の子たちだけでも！

もう真夜中にちがいない。しかし雨と風は、いよいよすさまじい音をたてている。さすがのゆうかい団の男たちもおびえた顔をしていたが、山のぼりのつかれが出てきたとみえて、三人ともコクリコクリとねむりはじめた。岩のくぼみにおいたかい中電燈が、ぼんやりあたりをてらしていた。

「おい」

と、明はふたりの女の子をゆすった。十分もってから、やっとふたりの女の子は目をさまし、それから、ひいっというような泣き声をあげかけた。

「しっ」

明は両手でふたりの口をおさえた。

「だまって！　こいつら、わるいやつだけど、心配するな、にいちゃんがたすけてやるよ」

明は三人の男のようすをうかがいながらささやいた。

「これから、にげよう。おそろしいあらしだけれど、こんな夜の方がにげるにはつごうがいいんだ。あしたになったらだめだ。しっかりと手をつないで、いいか」

明はふたりの女の子を両手でだくようにして、そうっとうごき出した。三人の男は、いびきの音をさえたてていた。こんなあらしのなかを、子どもがにげ出せるものではないと安心しているのだろう。

明は、岩のくぼみのかい中電燈をとって、ふたりの女の子といっしょに入り口まではい出した。

そのとき、外で、すごいイヌのほえ声がした。

「うおおおおうっ」

明はびっくりぎょうてんした。ふたりの女の子をかばって、きっとしてたちすくむ。

雨と風のあれくるうやみのなかにリンのように青くひかる目がみえた。

「きゃあっ」

とうとう女の子は、大きなひめいをあげた。それよりまえに、イヌのほえ声に三人の男は目をさまして、がばとはねおきている。

「ジャガーだ！」

「ジャガー、こい！」

と、かれらは入り口にかけ出してきた。大男は、明たちのまえにたちふさがって、大手をひろげた。

「こぞう、にげるつもりだったんだな。とんでもないやつだ」

かい中電燈をひったくられ、つきとばされると、明はほらあなのおくまですっとんだ。岩にぶつかったいたみより、しっぱいしたくやしさに明は身もだえした。

ほらあなに、大きな黒イヌがびっしょりぬれて、のそりとはいってきた。ほんとうにジャガーだ。しかし、あのイヌは車にのってこなかったのに、どうしてあんなところにいたのだろう。あとでこのあらしの中をおっかけてきたにちがいないが、なんの用でやってきたのだろう。

「おや、手紙をくわえてるぞ」

「青野からのれんらくだな」

と、三人の男もおどろいたようで、その手紙を

かい中電燈でてらしてよみはじめた。

「ふむ。黒田はうちにとまっていて自動車でドライブに出たことになってるから、黒田だけかえってこい。ついでにジャガーをのせてきてくれ。あとの連中は、けいさつのようすがわかるまで、しばらく山にかくれていろ。そろそろ日本からにげ出してもいいが、それにつけてもこぞうと女の子はさいごまでだいじな人じちだから、決してにがすな――と、かいてあるぞ」

「それじゃあ、おれだけかえるか」

と、黒田がいった。あのおそろしい力の持ち主の大男だった。

「しかし、このあらしではいくらなんでも出かけられないな。朝になって風がやんだら出かけるとしよう。どっちにせよ、とりかえた車の運転手が二十四時間たてばねむり薬からさめるから、それまでにあの森へいって、車をもとどおりに入れかえなくちゃ、なにもかもぶちこわしになるとかんがえていたんだ」

と、黒田はいった。

「しかし、おれのいないあいだにそのこぞうをにがすなよ。こぞうのくせに、ゆだんもすきもならないやつだから」

「だいじょうぶだ、いざとなれば、これだ」

と、もうひとりがナイフをとり出してぴんとはをたてた。まるで手品のように、空中にほうりあげてはうけとめる。かいちゅう電燈のひかりに、それはくるくるとすごいひかりの輪をえがいた。

「そうだ、まんいち、ふたりがどこかへ出かける

ばあいのために、この入り口にこうしをつくれ」

と、黒田がいった。

「こうし？」

「このほらあなをろうやにしてしまうんだ」

あけやすい夏の夜が青白いひかりをおびてきはじめたころ、やっと風はおとろえ、雨もこぶりになった。

黒田はほらあなから出ていって、すぐにふといながい木を何本かかつぎこんできた。

ほらあなの外にすわって、それをたてよこにくむ。むすびつけるのは皮ひもよりつよいつる草だった。すごい大力のもちぬしなので、それはまるでかなあみでもあむように、みるみるうちにできあがった。ほらあなの入り口だけの面積をもった大きな木のこうしだ。

それを、ほらあなの上にむすびつけてはねあげておき、必要があれば、ガタンと下におちるようにした。

「うまいことかんがえたな」

と、あとのふたりもかんしんした。

夜があけるとともに、黒田は「では、こぞうたちをにがすなよ」とねんをいれておいて、ジャガーをつれて、ほらあなから出ていった。山をちょっとおりたところに、車がおいてあるはずだ。

おなじ一夜、知子はひとばんじゅうねむらなかった。そのあいだ、ずっと神さまにいのっていた。

「エンゼルよ！　どうぞ明さんのゆくえをつきとめてかえってきておくれ！」

兄の平岡けい事は、家にかえってこなかったが、けいさつから電話でいってきた。九分九りんまで、明はあの自動車でつれ去られたらしいというのだ。それでいま、必死に青野薬局の車を、番号をたよりに手配しているが、目下のところつかまらないという。——

「エンゼル！」

そう心にさけびつづけながら、まどごしにながめつづけている庭が、やがてしらんできた。あらしはとおりすぎていたが、庭の木々はまだざわめき、葉はまだ大空を無数にみだれとんでいた。

その葉にまじって、さっと空をかすめてとびおりてきたものがある。

「エンゼル！」

知子は気がちがったようにさけんで、とび出した。

ハトのからだからは、まだ白い雨けむりが、たちのぼっているような気がした。ハトはいたいたしいほどつかれはてていた。知子は、だきしめるようにしてエサをやった。

「エンゼル、おまえ、明さんのいるところをさがしてきたの？」

知子がそういうと、エンゼルは、またぱっと大空へとびたった。そして、知子をうながすように、屋根の上をまっているのだった。

知子はいちど、けいさつのにいさんに電話しようかと思った。しかし、ほんとうにエンゼルが空をまっているのは、明のゆくえをつきとめ、じぶんをそこへつれてゆこうとしてせきたてているのだろうか、ということになると、自信がなかった。

「いいわ、あたしひとりでいってみるわ！」

知子はしばらくかんがえたのち、そう決心して、自転車にとびのった。

あらしのあとの、夜明け前の町には人影はない。そのなかを、エンゼルにみちびかれて、知子は走っていった。北へ、北へ、北へ。——

いくつかの村をとおりすぎて、知子は山の中へはいっていった。エンゼルは、なおその山の上へとんでゆく。

川があった。はば四、五メートルの川だが、ものすごい水音がとどろいている。そまつな木の橋をわたろうとして、知子はいきなり自転車からとびおりた。足もとに、どすんとひどいショックをかんじたからだ。

知子はあわてて自転車をひいてにげもどった。

岸から橋の下をのぞいて、知子はぞっとした。まんなかの橋の足がぽっきりおれているのだ。川下をみると、ふとい木がおどりくるいながらながれてゆくのがみえた。いまあれがぶつかって、橋の足をへしおってしまったにちがいない。

みるみる橋はぐらぐらとゆらぎはじめた。

「ああ、もうすぐこの橋はおちるにちがいない！」

あぶないところだった！　と、ほっとすると同時に、知子はあわてた。エンゼルは川のむこうの山で、知子にはやくはやく、というように円をえがいている。明がいるとすれば、この川のむこうなのだ！　しかし、橋はもうキキキッとぶきみな音をたててたわみはじめていた。

そのとき、思いがけず、川のむこうの山道を一台の自動車がはしってきた。

「おや？」

はっとして息をつめたが、きのうの夜ちらとみた青野薬局の車ではない。かたちもちがうし、色もちがう。しかし、それにしても、こんなあらしのあと、山の中から自動車がでてくるのはヘンだ。——

みていると、車はそのまま橋をわたってこようとしている。

「あぶない！」

知子は思わずさけんでいた。

「この橋、いまおちます。わたってきてはいけません！」

車は橋すれすれに、急ブレーキの音をたててとまった。ひとりの大男が、ハンドルをにぎって、じっと知子の方を見つめている。

その目が、ぶきみにひかった。

大男は、黒田だった。知子の方では知らなかったが、かれの方では知っていた。昨夜、青野薬局から明をつれ出すとき、自転車ではしってきた女の子はあいつではないか。――

なにも知らない知子は、いっしょうけんめい手をふって、またさけんだ。

「あぶないんです。この橋、わたらないで――」

ふいに知子はだまった。運転台の男の顔のそばに、ニューッともうひとつ、まっくろなものがはいのぼってくるのをみつけたからだ。それはイヌの首だった！

（あっ、黒いイヌだ！）

知子は青野薬局の黒いイヌをみたことはなかった。しかし、もしかすると、あれがそうではないかしら？

目をみはり、たちすくんでいる知子をみて、大男はにやりとした。そして、そばのイヌにいったのである。

「よし、これからあいつをつかまえてやる。ジャガー、あの女の子が自動車のはいらない道へ自転車でにげ出したら、おっかけていって、つかまえるんだぞ」

そして、ギアをいれ、すごいいきおいで橋に車をのりいれてきた。

知子はひめいをあげた。それは黒いイヌをのせた車が、じぶんをひき殺しそうないきおいでとっしんしてきたからではなかった。車が橋のまんなかまできたとき、橋ががばっと水にめりこんだか

らだ。
はい色のしぶきのなかに、おれた橋の板がはねあがった。おそろしい人間のさけび声とイヌのほえ声がきこえたようだった。
しかし、つぎのしゅんかん、人とイヌをのせたまま、車はかぶと虫みたいにひっくりかえって水におち、ごろごろところがっていった。その上をすさまじい水がおおった。

「ああ！」

知子はまっさおになって両手をにぎりあわせた。

しかし、知子ははっきりと知らなかったが、ゆうかい団「ねむり人形座」の中で、もっともおそろしい力をもつ男と、あくまのようにわるがしこい黒いイヌのさいごをその目でみたのだ。

「まあ、あたしがせっかくあぶないと知らせてやったのに——」

知子はしばらくぼうぜんとして立っていたが、どうすることもできなかった。

すぐに知子は気をとりなおした。

「やっぱり、明さんは、この山のむこうにつれこまれたのだ。はやくそこへゆかなくっちゃあ」

ハトのエンゼルは、なおその山の上ではばたきつづけていた。しかし、知子はとほうにくれた。橋はおちてしまった。むこう岸にわたることはできない。

「どこか、わたれるところはないかしら？」

知子は川にそってあるき出した。

道はだんだんけわしくなり、山の中へはいってゆく。とちゅうで、知子はとうとう自転車をすてなければならなかった。どこまでいっても、川をわたることはできなかった。そのうち、すごいたきの音がひびいてきた。

　しばらくののち、知子は山の中の小高くなった場所にぼんやり立っていた。すぐ下をすさまじいいきおいで川がながれている。たきの上流までやってきたのだが、やはり向こうがわへわたることはできなかった。

　川のまんなかに、小さな島があるが、水はその島さえおしながしそうだった。あらしのあとで、川は水かさをまし、根こそぎになった木や草が、おしあいへしあいながれている。目のまえで急にはやくなって、二十メートルばかり下流で、ふいにみえなくなる。そこにたきの落ち口があるからだ。

　あれはてた山の中に、知子は青白い顔で立っていた。

「どこにも人の影なんかみえないけれど、こんな山の中に明さんがいるのかしら？」

　ハトのエンゼルは、向こう岸のがけのあたりを必死にとびめぐっていた。そこにほらあながあったのだ。島にかくれて、知子にはみえなかったが、知子は明たちのとじこめられているほらあなのちょうど対岸に立っているのだった。

　そのころ、明たちはほらあなの中で、死をまっていたのである。

　明が、ほらあなの中で死をかくごしたのはこういうわけだ。

　ほらあなのすぐ下をながれている川の水かさが、ぶきみにふえて、ほらあなすれすれにまで達していることに気がついたのは、黒田が出かけてしばらくののちだった。

「おい、サブ公、たいへんだ。もうすぐほらあなに水がながれこんでくるぞ」

「なるほど、これはえらいことになった。が、まさかほらあな全部が水にしずんでしまうことはあるまい」

「しかし、ほうっておくと食料がみんな水につかってしまう」

と、ひょろりとやせて、青白い顔をしたカマキリのような感じのする男がいった。これは冬島といって、いつか黒い毒チョウをつかって明におそいかからせた男だった。そのチョウのかごをぶらさげてあわてている。

ナイフなげのサブ公と、チョウつかいの冬島が、あわただしく相談しているあいだにも、水はひたひたとほらあなの中をながれはじめた。

やがて冬島は、ほらあなの中にはこびこまれた食料や荷物を死にものぐるいでかつぎ出して、山の上へはこびはじめた。かつげるだけかついでいっては、またかけもどる。そのあいだサブ公は、ナイフを出して、目をひからせて明たちを見はっていた。

目ぼしいものをみなはこび去ったときには、ほらあなの水は、もうおとなのすねちかくまでにふえていた。

「ちくしょう、これではすわれもしない」

「すわれるどころか、ひょっとすると……」

と、ふたりはうなずきあった。

それから外に出ると、けさつくった例のこうしをばたんとおとして、入り口にふたをしてしまったのである。それから、もう水しぶきをあげながら、そのこうしの下の部分を外にたたきこんだくいにむすびつけた。

「こぞう、しばらくおれたちはひなんするぞ」

「水がひくまで、きさまたちはしんぼうしてろ」

ふたりはこうしの外でいった。

「まんいち、水がほらあないっぱいになったら――」

「それも、おまえがかってにとびこんできたばつだ」

そして、冬島とサブ公は、水をはねあげて、山の上へにげていった。

明はこうしにとびついた。しかし明のうでよりふとい、たてよこのこうしはびくともせず、ギリギリとくくったつる草はつめもたたないのだった。

明はふりかえった。水はふたりの女の子の、も

うひざのあたりまで達していた。きょうふのために、女の子はもう泣く声もでないようすだった。

「だいじょうぶ。いざとなったら、その岩のかべにはいのぼればいい」

と、いって明は岩のかべをなでた。

その手にぬるりとさわったこけに明のせを冷たいものがはしった。川のふちにあるほらあなの内部は、こけのはえるのにいちばんつごうがいいとみえて、岩のかべはぬるぬるとして、とうていはいあがることなどできないことを知ったのだ。

「いざとなれば、ぼくがふたりを天じょうまでさしあげてやるからな」

明のわらいはひきつった。

ふたりの女の子を天じょうまでさしあげることができるかどうか、たとえできたとしても、それが何時間もつかどうかはべつとして、水がとちゅうでとまってくれるだろうか。

さっきサブ公が「まさかほらあなが水にしずんでしまうことはあるまい」といったが、しばらくたってから冬島が「ひょっとすると……」といった。ひょっとすると、水は天じょうまでつくかもしれないのだ。事実、水はもう女の子のふとももをなめていた。

「大きなネズミとり器みたいなもんだな」

と、こうしをつくったとき、あいつらはわらった。ほんとうだ！　これはネズミとり器におちこんだネズミが、水につけられるのとおなじことだった！

「ちくしょう」

と、明はうなった。水はもう明のふとももを、女の子たちのはらをひたしはじめている。

……

こうしの外は、すさまじい川のほえ声がとどろいている。雨はやんだが、水かさはいよいよふえてゆくようだ。

「だいじょうぶだ！　だいじょうぶだ！」

明はさけんでいたが、目は血ばしっていた。じぶんはともかく、ふたりの女の子だけはどんなことをしても、おぼれ死なしてはならない。

明はこうしにつかまって、きちがいのようにゆさぶった。

そのときだ。こうしはびくともうごかなかった。空をさっと白いものがかすめると、それはこうしのすきまからほらあなの中へとびこんで、明の頭上でばたばたとはばたいた。

ふりあおいで、それが一わのハトだとわかった。ハトが、どうしてこんなところに？　としばらくそれを見つめていた明は、とつぜん、

「エンゼル！」

と、さけんでいた。

エンゼルだ。決してまちがえはしない。それは知子がかっていて、そして明もふだんかわいがっていたあのエンゼルだった。エンゼルがやってきた！

明は、エンゼルがまさか町からひとりでとんできたとは思わなかった。ちかくに知子がきているのだとかんがえた。ほんとうはエンゼルはもっとかしこく、いちどひとりでとんできて、明たちのゆくえをつきとめ、また知子をあんないしてきたのだが、とにかく知子がちかくにきていると明が

かんがえたことはあたっていたのである。

「エンゼル！　知子ちゃんがきてるんだね。どこにきてるんだ?」

　かたにとまったハトを明はなでさすり、必死にきいた。エンゼルは明の耳にくちばしをよせて、ククウ、ククウ、となくだけだった。

　ふいに明は、水をじゃぶじゃぶはねとばしてこうしのところへかけよった。そして、こうしによじのぼり、外を見まわした。

「ああ、あそこにいる！」

　川のむこうのおかの上に立っている知子のすがたがみえた。しかし、そのあいだにはあれくるう川が。……

「知子ちゃあん！　知子ちゃあん！」

　明はきちがいのようにさけんだ。

「ぼくたちはここだ。ここにいるぞう！」

　しかし、知子は気がつかないようすだ。ほらあなのまえには島があるし、ほらあなの上から草がかぶさっているし、そこにほらあながあると知っていなければ、むこう岸からは気づくはずはないのだ。

「たとえ気がついたとしても知子ちゃんは川のむこうだ」

　川は二十メートルもはばがあるだろうか。それはゴーゴーととどろいて、人間がわたることはもちろん、声さえもとどかなかった。

「それに、たとえ知子ちゃんがこっちにわたってきたとしても、このこうしをこわすことなんてできやしない」

　明は青くなった。つめたい水のなかで、明のちえは火のうずのようにまわった。

　ふいに明の目はかがやいた。あることを思いついたのだ。

　そんなことができるだろうか。しかし、それをやってみるよりほかにのがれる方法はなかった。また、うたがっているひまもなかった。

「おじょうちゃん、きみのきてる服、レースだね」

　さらわれた女の子のひとりは、ジャンパースカートの下に、かわいいレースのブラウスをきていた。

「そのレースの糸、とけないか？　きれたら、むすんでながいながい一本の糸をつくってほしいんだ」

　そういいながら、明はその女の子のところへかけよって、服のはしをかみちぎった。

「はだかになっちまうけど、はずかしがってるときじゃない。はやく、はやく、糸をつくってくれ！」

　明はポケットからメモとえんぴつをとり出して、大いそぎでかいた。

「知子ちゃん、ぼくはむこう岸のほらあなのなかにいる。しかし、こうしでとじこめられていてにげられない。ただひとつ、にげる方法がある。エンゼルにれんらくの糸をはこばせるから、その糸をつかんだら、もっとたかいところへ上がってくれ」

　明はすこしかんがえていて、またつづけてかいた。

「エンゼルは、またこっちへよこしてくれ。大いそぎだ。たのむ。明」

　それから、明は水のなかにプカプカうかんでいる四つ五つのトランクをかたっぱしからあけていった。さっき「ねむり人形座」のやつらが、さしあたって用がないので、わすれていったトランクだ。

「あってくれればいいが……」

　いのるようなきもちだった。

「あった！」

　そのなかのひとつに、あさなわの大きなたばがあった。きっと山の生活にいるものとして用意しておいたのだろう。あるいは、時と場合では、明たちをしばりつける用意のなわだったのかもしれない。

「にいちゃん、できたわ！　これでいいの？」

と、女の子たちがさけんだ。ふたりは、ながいながい糸をつくっていた。そのかわり、ひとりは上半身はだかになってしまった。

「よし、まってくれ」

　明はその糸をたぐって、それが三十メートル以

上もできていることをたしかめると、その糸をエンゼルの足にむすびつけた。

　また、その糸のはしをちょっぴりちぎって、さっきかいた紙きれを、もう一方の足にむすびつけた。

「そらゆけ、エンゼル！　知子ちゃんのところへ！」

　明はエンゼルをこうしの外へ出して、手をはなした。ハトはぱっとはばたくと、川の上へまいあがった。

「たのむぞ、エンゼル！」

　エンゼルは、はい色の空へ、白いひとすじの糸をひいて、ま一文字に川の上をわたってゆく。

　それを見おくりながら、明はまたいった。

「おじょうちゃん、またぼくのおねがいをきいてくれ。そこのトランクになわがあるだろ。それをほぐして、半分のほそさのなわをつくってくれ。また三十メートルほど……」

　水のふえかたの速度はややよわまったようだが、それでももう明のはらのあたりをひたしている。……

　ハトのひいた糸は、大きくたわんでいる。水におちたら、水のいきおいできれるかもしれない。それより、糸のおもさで、エンゼルがおちてしまうかもしれない。……

　明は、手にあせをにぎって、そのゆくえを見おくった。

　川のむこうの知子は、エンゼルとその足についた糸に気がついたらしい。空をみて、口をあけた。エンゼルはその上をとびこして、うしろのおかへおりていった。

知子はそのおかへかけのぼった。ハトの足についた紙きれをよんで、ハッとしてこちらをみたようだった。

すぐに知子はその糸のはしをもって、もっとたかいところにのぼった。川をへだてて、その上を白いほそいレースの糸が、ゆみのようにたわみながらかかっている。しかし、こんなほそい糸のれんらくがついたとしても、それがどうなるのだろう。

知子はエンゼルになにかささやいた。

エンゼルはつばさをやすめるひまもなく、こんどはすばらしいスピードでわたって、ほらあなへかえってきた。

明は、もうちゃんとかいていたつぎのかみきれを、またエンゼルの足にむすびつけた。

「その糸をどんどんたぐってくれ」

そして、ほそいレースの糸に、こんどはあさなわを半分にほぐしたなわをむすびつけてまちうけた。

エンゼルは、やのように知子のところへとびかえっていった。

知子はひっしにそのほそいなわをたぐりだした。レースの糸がおしまいになると、こんどはそのあさなわを半分にしたなわが川の上にかかった。

知子は、なおたぐりつづけた。半分のあさなわは、こんどはもとのふといあさなわにかわった。そして、やがてそれが二本からみあったなわになった。

エンゼルはまたほらあなにやってきた。かれんでいさましいエンゼルよ！　明はなみだぐみながら、また紙にかいた。

「そちらのふちに、風でふきおられた大木はないか。風でふきたおされた大木をさがしてくれ。みつかったら、そのあさなわをしっかりむすびつけて、大木を川へおしながしてくれ。こちらのいのち、あと五分」

そうかいた紙をつけて、エンゼルはまた知子のところへとび去った。

ほらあなのなかは、もう両足でたっていられないほどだった。ふたりの女の子はくびだけ出して、ひしと明にしがみついていた。

明はあさなわのはしをめちゃくちゃにこうしにからみつかせ、むすびつけた。

知子がうまくそんな大木をみつけてくれるか。大木がみつかったとしても、それからあと、こちらのかんがえているようにうまくいってくれるだろうか。明はただ神さまにいのった。

一方、川のこちらがわの知子だ。

明のかいた紙きれをよむと、知子はあさなわのはしをもったまま、おかをかけおりて、川のふちを見まわした。

神さまは、明たちをまもっていた。明の必死のちえと努力をみすてるような神さまはなかったのだ。その水ぎわに二、三本、大木がたおれていた。川と平行にたおれているのもあったし、三分の一ほど水につかって、その部分だけ、ゆらゆらとおよいでいるのもあった。

知子はその大木の枝にからめながら、ふたすじのあさなわをしっかりとむすびつけた。そして、顔をまっかにして、死にものぐるいの力を出して、それらの大木をころがし、水へおし出した。

大木はなわをひいたまま、しずかにながれ出した。そして、しだいに中流へすすんでゆき、はやくなり、はい色にわきかえる水けむりのなかをすべっていったかと思うと、ふいにみえなくなった。二十メートル下流のたきにおちこんだのだ！

　あさなわが、ピーンとはった。どうじに、ほらあなのこうしは、すさまじい音をたててこわれた！

　六十メートルのたかさからおちた大木は、おそろしい力で、こうしをほらあなからもぎはなした！

「やった！」

と、明はさけんでいた。

　もぎはなされたこうしは水面から空中へ大きくはねあがりながら、はなれていって、ごうごうと鳴るたきへおちていった。

　明はほらあなのおくに、ふたりの女の子を両手でだくようにして、これをみていた。こうしのそばにいると、いっしょにはじき出されてしまうことをけいかいしたのだ。

「やった！　やったぞ！」

　明は女の子たちと顔をみあわせてわらった。しかし明はすぐにしんけんな目になった。こうしははずれたが、これから安全地帯へにげ出すのがまたいのちがけだ。

「そこの岩の下が、すこしたかくなっている。そこに立ってしばらくまっててくれよね」

　そういうと、明は、もうおよぎながら、ほらあなの入り口に出ていった。片手にさっきのあさなわののこりを輪にしてもっていた。

　ほらあなの外は川だ。中流ほどながれははやくないが、それでも、ゆだんすると、いちどにおしながされてしまいそうだった。

　明はほらあなのすぐそばの岩かどになわをひっかけた。つぎに一メートルほどおよいで、すこしたかいところにはえている小さなマツの木にひっかけた。

　それから、いそいでほらあなの中へもどっていった。

「ほら、そこまでぼくにつかまってゆけ。ほらあなの外に出たらなわがあるから、それにつかまるんだ、手をはなしたら、ながされちゃうぞ」

　そして女の子ふたりをほらあなの外のなわにつかまらせると、明はせんとうにたって、なわを木

から木へひっかけて、しだいに水面から上へよじのぼっていった。
「こわくない。おもしろいなあ。こんなロッククライミング（岩のぼり）ははじめてだ」
明は女の子を勇気づけるためにわらった。登山みたいにたかくはないが、おちればいのちのないことはおなじだった。

おなじあらしの一夜、平岡けい事はじりじりしながら、東京からの報告をまっていた。

けい事が東京の警視庁にきいてやったことはこうだった。この半年、東京のサーカスで、なにか事件をおこしたものはないか。――

朝になって、やっと東京からへんじがあった。電話でそれをきいているうちに、平岡けい事の目がひかってきた。

東京には、ロボット座というサーカス座があるがその団員の女が一年ほどまえ自動車でがけからおちて死んだ。はじめ事故死だと思っていたが、すこしふしんな点があるので、ひそかにしらべていたところ、半年まえから四人の男がつぎつぎにいなくなったので、もしかしたらその男たちが犯人で、あぶなくなったとかんづいてにげ出したのではないかとさがしている。――

その男たちとは、ナイフなげの坂口と、虫つかいの冬島と、力もちの黒田と、宣伝がかりの青野である。ただし、黒田と青野はアリバイがあるから、もしそれが殺人であったとしても直接かんけいはないものとみている。――

東京からのへんじはこうだった。

「やっぱり、そうか」

と、けい事はひざをたたいた。

「青野は直接かんけいはなくても、間接にはかんけいがあるのだ。みんな、なかまなのだ。青野があとの三人をつれてにげてきて、兄のやっている青野薬局にかくまっていたのだ。そして、兄もなかまにひきずりこんで、こんどはこの町の子どものゆうかいという悪事をはじめたのだ。ねむり人形座などというへんな名も、きっとサーカスのロボット座から思いついたのだ」

しかし、いますぐ青野薬局におしかけていっても、あの悪ぢえのありそうな薬局の主人は、またのらりくらりといいのがれするのにきまっている。――

そのとき、また電話がなった。

「えっ、青野薬局の車が発見されたって？ M村の森の中で？ なに、その運転手はねむらされていて、青野薬局とはかんけいのない人間だというのか。おかしいな。すぐこちらへよこしてくれ」

それは町の北方にあるM村のちゅうざい所からの電話だった。M村の森のなかの神社へおまいりにいったひとりの老人がみつけたというのだ。

一時間ほどたって、M村のちゅうざい所のおまわりさんが、その自動車を運転してやってきた。そのタクシーの運転手は、まだふらふらしていたが、青い顔でうったえた。

「きのうの夜、私はあるお客さんをのせて、M村よりもっと北のS村へゆきました。から車でかえってくると、M村の道路でふいに車をとめられ、ちかづいてきた男に、いま何時ごろでしょうか、ときかれました。うでどけいをのぞきこんでると、とつぜん、いやなにおいのするハンカチを顔におしあてられ、気がとおくなってしまったのです。ちがった車でねむっていることに気がついたのはさっきのことで、なんのためにこんな目にあわされたのかわけがわかりません」

「そのハンカチをつかった男は、どんな顔をしてたかね」

「夜の雨のなかですから、はっきりとはいえませんが、青白い顔をしたカマキリみたいな感じのする男でした」

平岡けい事はしばらくかんがえていたが、やがて青野薬局の主人と弟に、よう児ゆうかいのたいほ状を出す手つづきをした。

すぐに青野兄弟が出頭してきた。ふたりとも、ふてくされて、わざとうすわらいをしているが、内心はびくびくしている感じだった。

けい事はきいた。

「きのうの夜、ドライブに出かけていった友だちはかえってきたかね」

「それがどうしたのか、まだかえってこないんです」

「あんたのうちの車は、M村の森の中で発見されたよ」

青野兄弟の顔いろがかわった。

「かえってこないわけだ。あんたの友だちは自動車強とうをやったらしい」

「えっ、自動車強とう？」

「自動車そのものをぬすんだんだ。こっちがあんたのうちの車をさがしてもみつからなかったわけさ。あんたのうちの車には、ぜんぜんかんけいのないよその運転手が、まずい薬をかがされて、M村の森のなかにねむらされていたんだから」

「へえ、それはどういうわけでしょう」

青野兄弟はしらばくれた。

「あんたの友だちは、うばった車に子どもをのりかえさせて、またどこかへにげていったのだ。どこへつれていったか、正直にいいたまえ」

「わたしたちは、あなたが何をいってるのかさっぱりわかりませんよ。よう児ゆうかいのたいほ状など、なんのしょうこがあって出したのですか」

「あんたの友だちの名はなんというのかね」

「黒田ってやつですが……」

「黒田――まえに東京のサーカスで、力もちの芸当をやってた男だね。青白いカマキリみたいな感じの男だろう」

青野兄弟はじっとけい事の顔をみた。

「ちがいます。まっくろな顔をした大男ですよ」

「なんだって?」

けい事はあわてた。弟の方がまたうすわらいした。

「ははあ、その運転手がそういいましたか。しかし、運転手をねむらせたのは黒田じゃありませんな」

「してみると、黒田も、そのカマキリみたいな男におなじような目にあわされたのではないでしょうか。きのうかえってこないのがふしぎです。心配です」

「けい事さん、われわれにしょうこもなく、へんないいがかりをつけるまえに、はやく黒田をさがしてください」

ふたりは口ぐちにいいたてた。平岡けい事はくやしそうにうなった。

そのとき、取り調べ室のまどから、そっと白いものがとびこんできた。それは一わのハトだった。

平岡けい事はさけんだ。

「おっ、エンゼルだな!」

平岡けい事は、けさはやく知子がエンゼルをおって、二十キロもはなれた山へゆき、あんな大ぼうけんをやっているとはゆめにも知らなかった。だから、エンゼルの足についている白いかみきれをふしぎそうにとりあげた。

「にいさん、明さんとふたりの女の子は、天だきの上のほらあなにとじこめられていました。いま、やっとほらあなからにげ出しましたが、まだ

ねむり人形座の男たちがちかくにいます。はやくたすけにきてください。知子」

ハトは一分間に一キロとぶといわれる。二十キロのきょりもエンゼルには二十分だった。

平岡けい事は顔をあげて青野兄弟をみた。

「黒田たちが、子どもをさらっていったところをおしえてやろうか」

不安そうにハトをみていた青野兄弟は、まっさおになった。

「天だきの上のほらあなだろう」

けい事がそういったとたん、青野の弟は、はをかみならしながら、けい事にとびかかってきた。

平岡けい事はからだをしずめると、下からこぶしで相手のあごをつきあげた。すさまじい、アッパーカットに相手はのけぞって、カベにたたきつけられ、へたへたとゆかにころがった。

青野の兄の方は、身をひるがえして、まどの方へかけよった。

「にげるな！ うつぞ！」

と平岡けい事はどなり、青野がまどに足をかけたままひるむところにとびかかって、片手でぐいとこちらにねじむけた。どうじに、ガチャッとするどい音がして、青野の手くびに手じょうがかかった。

物音をきいて、おまわりさんたちが取り調べ室になだれこんできた。

「こいつらをりゅうち場にほうりこんでおけ。おれはすぐ天だきへ出かける。ねむり人形座と子どもたちのゆくえがわかったのだ！」

五分もたたないうちに、けい官隊をまんさいしたトラックが、サイレンをならしながら、北方の山へむかって、すなけむりをあげていた。

「サブ公、だいぶ川の水のふえ方がへったようだな」

「うむ、しかし、はじめより二メートルふえてるぞ。ひょっとしたら、あのほらあなは……」

「水でいっぱいか。すると……」

と、山の中の小高いおかの上で、ねむり人形座のふたりの男は顔を見あわせた。虫つかいの冬島と、ナイフなげの坂口のサブ公という男だ。リュックからとり出したサンドイッチをくいながら話しているのである。

ちかくにたくさんつみあげたトランクやボストンバッグにまじって、鳥かごがひとつだいじそうにおかれていた。

「みんな死んじまったろうな」

「しかたがない。あのこぞうが、くびをつっこんできすぎたんだ。ただ、ふたりの女の子はちょっとかわいそうでもあり、とうとうみのしろ金をとれなかったから、もったいなくもあるが……」

「いや、けいさつから目をつけられた以上、どっちにしろ、もう、みのしろ金はとれなかったよ」

「しかし、いままでに金はずいぶんたまったな。あと香港へにげても、とうぶんぜいたくはできるよ」

「うん、水がひいたらあのほらあなにかくれていて、青野兄弟をまとう。そのうち、あいつら、きっとうまくにげてくるよ。まんいち、けいさつがおっかけてきても――」

「あのこぞうや女の子が生きてるようにみせかけて、それを人じちにけいさつの手をひかせてやるのだな」

「おや？」

とサブ公がふいにたちあがって、川のむこうのおかの上をみた。

「あそこに、女の子がひとり立ってるぞ」

「何か、さけんでるな」

とおい声に耳をすますと、かすかに「明さあん……そっちにねむり人形座のひとがいるわよう

……」という声がつたわってきた。

「あっ、あれは、きのう青野薬局にかけつけてきた女の子じゃないか」

「明さん――そっちにねむり人形座がいるって？ はてな？」

ふたりはおかの上にたちあがって、下をのぞきこんだ。ずっと下にほそい道がつづいている。

「あっ、こぞうたち、あんなところにいやがる！」

冬島と坂口サブ公はびっくりぎょうてんした。

あらしのあとの、土がながれて石ころだらけの道を明がひとりの女の子をせおい、ひとりの女の子の手をひいて、よろめきよろめき、ふもとの方へおりてゆくのだ。

あのほらあなをにげ出してから、一時間以上もたっていた。水のとどかないところまではいあがってくると、それまでのおそろしさとつかれのために、ふたりの女の子は死んだようになってたおれてしまった。ひとりは足を岩にぶつけたとみえて、それ以上あるくこともできないようすだった。

明は、あたりをけいかいしながら、じっとそれをまもってきたのだが、しかしいつまでもこうしてはいられないと決心して、じぶんもヘトヘトだったけれど、女の子たちをはげまして、やっとあるき出してきたのだ。

「ううむ、どうしてあいつら、ほらあなをにげ出しやがったか。……」

「にがしてはならん！　おっかけろ！」

と、サブ公がおどりあがってはしり出そうとすると、冬島がにやりとわらってとめた。

「あわてるな、いま、おれがあいつらをねむらせてやる」

そういうと、冬島はそばの鳥かごのふたをひらいた。

「毒チョウよ！　あの三人のこどものところへいって、みんな、ねむらせろ……」

鳥かごからぱっと黒いチョウがとびたった。何十ぱともしれず、黒いけむりみたいに。——

それはいちど空でかたまり、つぎに雪のようにヒラヒラヒラ……と、もつれあいつつ、下の道へまいおりてゆく。

明は、ふと空をみあげてそれに気がついた。

「あっ、黒いチョウ！　しまった！　みつけられた！」

その黒いねむりチョウのおそろしさは、明は思い知らされていた。

あの黒イヌのジャガーなら、木ににげのぼればふせげるかもしれない。しかし、このチョウは、どこへにげてもだめだ。

「ああ、ぼくたちはねむらされる。こんどつかまったら、ほんとうにころされてしまうかもしれない！」

明が血ばしった目で、空からおそいかかってくるチョウの大群をにらみつけたときだ。その空の一方で、ものすごいはばたきの音がした。

「あっ、小鳥が！」

と、女の子のひとりがさけんだ。

小鳥だ。小鳥だ。その種類はなん十種か、その数はなん百ぱか、それが大空のたつまきみたいな音をたて、くるったように空をわたってきた。

「知子ちゃんだ！」

と、明はさけんだ。

そのとおり。知子のしわざだった。川のむこうのおかの上で、知子はねむり人形座の男が黒いチョウを空にはなつのをみた。ゆうかい団が黒いチョウをつかって子どもをねむらせる話は、小牧氏の子どもからきいていた。

知子はいのるような目を空にあげて、くちびるにゆびをあてた。

「ピーヨ、カラカラカラ……」

と、美しい鳥のなき声がながれ出すと、あたりの森、草かげから、なん十ぱという鳥がまいあがってきた。

「おゆき！　みんな川のむこうへとんでおゆき！　あの黒いチョウをけちらしておいで！」

　知子は気がちがったようにさけんだ。

　すると、いまはなん百ぱともしれぬ小鳥のむれは、いっせいに川をわたり、黒いチョウめがけてとつげきしてゆくのだった。

　チョウははねちらされた。小鳥のつばさにうたれて、ヒラヒラとかれ葉みたいに地上へおちてゆくやつもあった。

　ふたりの男はあっけにとられた。とくに虫つかいの冬島ははぎしりをした。

「ちくしょう！　よし、どんなことがあってもこぞうはにがさないぞ！」

　明は、死にものぐるいに山をかけおりていった。せなかにひとりの女の子をせおい、かた手にもうひとりの女の子の手をひいて。

　いつか、おばけにおっかけられるゆめをみて、ひやあせをびっしょりかいたことがあるが、そのおそろしいゆめが、いまほんとうのできごととしておこっているのだった。足がおれてもにげとおさなければ――つかまれば、ころされてしまう。

　道は、きのう明が車からひきずり出された場所をすぎた。下で、川の音がきこえはじめた。

「こら、まてえ」

「こぞう、まてえ」

うしろから、声がちかづいてきた。やがて、どすどすという足音がきこえはじめた。

冬島と坂口サブ公のいたおかの上から明たちのにげる道までおりてくるのが案外遠まわりになった。いらだった冬島が道でないところをとびおりようとしたために、がけからころげおちて、足じゅう血だらけになってしまったので、やっとここでおいついてきたのだ。

明はいまにもひざがくだけそうだった。川がみえてきた。

「あっ、けい官隊だ！」

明の目は、はりさけるほど見ひらかれた。川のむこうから、けい官隊をのせたトラックが土けむりをあげてはしってくるのをみたのだ。

冬島と坂口も気がついたらしい。はっとして足をとめているあいだに明は、川のそばまでかけおりてきた。しかし、そのとたんに明の顔から血の気がひいた。道はそこまでつづいているのに橋がない！

明は、ずるずるとそこにすわってしまった。

トラックも川のむこうにとまった。けい官隊がばらばらととびおりてきて川のふちにかけよったが、かれらもそれ以上、どうすることもできなかった。

「ねむり人形座！」

と、けい官隊のなかからひとりが大声でよびかけた。

「もうあきらめてさばきをうけろ！」

平岡けい事だった。

冬島と坂口はまっさおになってたちすくんでいたが、やがて冬島がふるえながら坂口をふりかえった。

「サブ公、もういけねえ。にげよう」

坂口サブ公は、すごい目でけい官隊をにらんで、くびをよこにふった。

「にげたって、だめだ。それよりも、あのこぞうたちをつかまえて人じちとしよう。それよりほかにたすかる方法はねえ」

「そうか。そうだな。こぞうたちはもうにげられ

ねえのだな」

冬島はにやりと青い顔をゆがめて、川のふちにすわっている明たちにちかづいてきた。

そのとき、ダーン、というじゅう声がとどろいて、冬島はがくんとつんのめった。右のふとももをおさえて、地面をころがりまわっている。――どうじに坂口はぱっとナイフをぬいて、ばねのように身がまえた。

「うごくと、うつぞ！」

けむりをはくじゅう口をむけて、平岡けい事はさけんだ。ピストルのうではけい察一の平岡けい事だった。

「うってみろ、それよりさきにこのナイフが子どもにとぶぞ！」

坂口はオニのような顔だった。平岡けい事は青くなった。東京からの報告のなかに、ナイフなげの名人がいるとあったのを思い出したのだ。

「とぶ鳥さえもうちおとすおれだ。子どもをころすつもりなら、うってみろ！」

ピストルのひきがねにかかった平岡けい事のゆびはピタリととまり、ほかのけい官も金しばりになってしまった。ナイフをもった男と、明たちのきょりは、わずか七メートルほどだ。万一、ピストルがはずれたら、とりかえしがつかない。――

「こぞう、こっちへもどれ。もういちど山へもどれ」

ナイフをふりかざしたまま、坂口はわめいた。この男のナイフなげのすごさは明も知っている。

しかし、明はうごかなかった。そこまでけい官隊がきているというのに、また敵のとりことな

る。こんなざんねんなことがあるだろうか。

「いうことをきかないと、ナイフが女の子にとぶぞ！」

明はよろよろとたちあがった。坂口をにらんでいった。

「ぼくだけゆく。この女の子たちはゆるしてやってくれ」

「いけねえ、みんなこっちにくるのだ」

と、坂口はにくにくしげにいった。

「はやくしねえか！」

明は女の子をつれたまま、あるき出した。坂口はナイフをふりあげたまま、明のさきをあとずさりにうごき出した。

「しまった」

平岡けい事はくやしさにふるえ出した。しかし、そのときはもう坂口のすがたは、明たちのむこうがわにあった。たとえピストルをうっても、明たちにあたってしまうだろう。

坂口は、明たちをたてにしたまま、一歩、一歩あとずさりに山をのぼってゆく。

そのときだ。どこかで、「ピーヨ、カラカラカラ……」という美しい口ぶえの音がした。どうじに、坂口のうしろ——山の方から、ざあっと風のようなはばたきがきこえた。

「あっ」

と、坂口がふりかえる。一しゅん、明は女の子の手をつかんだまま、ばたりとまえへたおれた。じぶんから大地へ身をふせたのだ。坂口のすがたがむき出しになった。

「やろう！」

あわてて、もとのすがたにはねもどった坂口のナイフをつかんだうでをめがけて、ダーン、と平岡けい事のピストルが火をはいた。

坂口はのけぞりかえってたおれ、地上をのたうちまわった。のたうちまわりながら、はがみをして、おちたナイフをつかもうとしている。明がとんでいって、そのナイフをけとばした。

山からふきおろしてきた風の音が、何百ぱという小鳥のむれだと気がついて、けい官たちが、あっと口をあけて空をあおいだとき、よこの方の山のあいだからひとりの少女がかけてきた。

「知子！」

と、平岡けい事はさけんで、とびあがった。

知子は兄の方をみず、川のむこうをみて、

「明さあん！」

と、さけんだ。

明も川の方へはしってきた。うしろで坂口はもがいているばかりだ。明は、なみだだらけの顔でわらって、

「知子ちゃん、ありがとう！」

と、さけびかえしてきた。知子はとうとう川をわたらないで明たちをまもりぬき、すくい出したのである。

平岡けい事はあきれたように妹の顔をみていたが、すぐにきびしい表情になって、

「知子、ねむり人形座にはもうひとり黒田という男がいるはずだが、知らないか？」

「黒田？　あれが、そうかしら」

と、知子は目のまえの川のちょっと下流の方をみて、

「けさ、車といっしょにあそこにおちてしまったわ。黒いイヌといっしょに！」

けい官隊が、わっとさけんでその方へはしっていった。すぐにそこから、大きなわらい声がわきおこった。平岡けい事はかけよって、

「どうしたんだ」

「いままで気がつかなかったが、なるほど自動車がひっくりかえってしずんでいます。そして車から水面へは三十センチほどのふかさしかありません。つまり、われわれがこの車を橋として、わたろうとすればむこうへわたれるんです」

みなまできかず、平岡けい事は水けむりをあげて、水中の自動車の橋をむこう岸へわたっていった。

——その車のあとしまつをけい官隊にまかせ、しばらくののち、平岡けい事、知子、ふたりの女の子をのせたトラックは、町へかろやかにはしっていた。

「明君、ありがとう！」

けい事は明の手をにぎった。明はあわててくびをふった。

「いいえ、礼は知子ちゃんにいってください！」

知子はあかい顔をして口ぶえをふいた。ピーヨカラカラ……というあの美しい口ぶえを。——空には小鳥のむれがうれしそうにおってくる。

最後の贈り物

有栖川有栖

山田風太郎が多くの少年ものを書いているのは知っていたが、実際に読んだのは光文社文庫から出た『笑う肉仮面』（山田風太郎ミステリー傑作選9）だった。一九五九年生まれの私の少年時代には、児童向けミステリといえば、もっぱら少年探偵団とホームズとルパンで、横溝正史らの作品も書店の棚に並んでいたものの、失礼ながら当時はマイナー感が漂っていて、手が伸びなかった。もう十年早く生まれていたら、山田風太郎、高木彬光らの作品の洗礼を受けられたのだろうが。

『笑う肉仮面』は四十歳を超えてから読んだので、「これを子供の頃に接していたらどんな感想を持っただろうか」と思うこともなく、ただ未読の風太郎作品を読めたことがうれしかった。どれも山風らしい奔放な面白さにあふれていたから。きっと発表当時に読んだ子供たちは、わくわくするような時間を過ごしたことだろう。

この度、同書に収録されなかった児童向けミステリの数々が読めるようになり、喜びに堪えない。その第一弾（茨木歓喜もの三編を含む）にあたる本書を読み、ミステリ作家の端くれとして、山風ファンとして、雑感を記させていただきたい。

昭和二十年代から三十年代にかけて、多くのミステリ作家が少年ものを手がけた。その際によく使われたのが、大人向けに書いた自作のアイディアを少年ものに流用するという手法だ。これから本編を読む方もいらっしゃるだろうから、どの作品の元ネタが何についてては触れないが、ファンならば「ああ、これはあれか」と気がつくはずだ。

そんなアイディアの使い回しを「手抜きだ」と批判する人はいないだろう。どれだけ創作意欲が旺盛な作家でも、人間なのだからアイディアの湧出量は有限だ。大人向けを平易な文章に書き直しただけでなく、子供たちの口に合うようにアレンジする作業は充分にクリエイティヴで、その手際にちゃんと作家性が出る。少年ものを読んだ小学生が大人になり、元ネタの作品に触れて「これは、あれだ」と思い当たったとしても、興醒めになることはあるまい。そうならないように作者は配慮しているだろうし、そこまで配慮せずともジュブナイル化にあたって充分に加工されているから気づかないものだ。

ミステリの核となるアイディアには、融通無碍《ゆうづうむげ》なところがある。横溝正史は、トリックなんてそれ自体はくだらないものだ、という意味の発言もしている。単なる思いつきにすぎないものを、いかにミステリ作品に構築していくかが肝要なのだ。従って、あるアイディア（トリックと言った方がはっきりするかもしれない）には様々な形で活かされる可能性があり、作者はその中から一つを選び取って作品にする過程で、多くの可能性を捨てなくてはならない。リライトは、「もし捨てた可能性を追求して、別の道に進んでいたらどうなったか？」を見せてくれる。ファンとしては、それを見てみたいではないか。かつては児童向けミステリとして読めたのだ。

ミステリ（特に本格ミステリ）では、先例のあるアイディアを使ってはならない。たとえ自作のものであっても再利用は禁止――というのは、あまりにも禁欲的に思う。実作者が書くと泣き言めいてしまうが、「これはあの自作のリライトです」と明示すれば、再利用してもかまわない、という考え方もあっていいのではないか。かねて考えていたことだが、山風の鮮やかな手際を見て、あらためてそう思った。

もちろん、大家の児童向けミステリは大人向け作品に元ネタがあるものばかりではないし、作者が自身のアイディアを再利用する手際を鑑賞するだけが楽しみではない。作者がどんな想いを作品に込め、子供たちをどう喜ばせようとしたのか、何を伝えようとしたのか、という観点から読めば、さらに興味は尽きない。

一作だけだが、私も児童向けミステリを書いたことがある。「かつて子どもだったあなたと少年少女のためのミステリーランド」という叢書の一冊だ。新本格ミステリの仕掛人としても知られる伝説的編集者・宇山日出臣氏が講談社で手掛けた最後の仕事で、「子供たちに（よい意味での）トラウマを与えてください」という言葉とともに原稿を依頼された。「かつて子どもだったあなた」というフレーズ、執筆陣の顔ぶれ、価格に跳ね返るのもやむなしとする贅沢な造本のせいか、「あれはその作家のファンがコレクターズ・アイテムとして買ってくれることを当てこんだシリーズではないのか」といった声もごく一部にあったようだが、そんな商売っ気から生まれたものではない。宇山氏には、「次代のよき読み手を育てたい」という希《ねが》いがあるばかりだった。

「少年少女のため」のミステリを書いてみて、初めて知った。相手は子供だから気楽に書けるだろう、とはもとより思っていなかった。むしろ大人だったら「この作者のやりたいことは理解する」と納得してくれる場合もあろうが、子供は作者の気持ちや事情を忖度《そんたく》してくれはしない。面白くないものは「面白くない」と思うだけ。ごまかしが利かないわけで、気を引き締めてかからねばならなかった。

のみならず、まだミステリがどういうものかも知らない年少読者にその面白さを伝え、物語を読む喜びを感じてもらい、さらにできるなら、この世界には苦しみや悲しみも多いが、美しくて愉快でもあることも描きたいと思うと、背筋が伸びた。「今さら大人に言っても仕方がないことでも、子供たちに向けてなら書ける」とも思った。

山風の児童向けミステリは、見識ある大人たちが良書として選ぶようなものではない（題名が「笑う肉仮面」では……）。作者は「やれ仕事だ。さて、子供たちがハラハラドキドキするような面白いお話を書いてやるか」という気持ちで筆を執ったのだろうが――。

その作品には、真摯なものが込められている。私ごときの感慨を投影するのは僭越ながら、「今さら大人に言っても仕方がないことでも、子供たちに向けてなら書ける」という想いを感じずにいられない。

教訓や説教めいたものはなくとも、恐ろしいがカラっと明朗な物語に没入しているうちに「諦めるな、大人を疑え、誰が信じるに値するか見極めろ、恐れるな、知恵を働かせろ」という作者の声が聞こえてくるようだ。軍国主義から戦後民主主義へのふしだらなほど見事な転換を二十代前半に目の当たりにした作者は、大人より子供を信じたかったのかもしれない。

また、短い物語の背景に当時の国際情勢が描かれていたり、作中のお宝の来歴がまことしやかに言及されていたりするあたり山風らしい。天衣無縫の冒険譚やスリラーであっても、どこかで現実との接点を設けずにいられなかったのだろう。年少読者に対する誠意であると同時に、現実をおろそかにするなかれ、というメッセージにも思える。

本書の冒頭に置かれた「黄金密使」では、いたいけな少女の父親があっさりと悪漢に殺されてしまう。他の児童向け作品でも、そのような悲劇は頻出するが、今日、こんなことをしたら編集部から「児童向けでこれはまずい」とストップがかかるだろう。そういう規制は、子供にすればよけいなお世話なのだが。

十四歳までに両親をなくし、仕事と家庭に恵まれながらも、インタビューで「子供の頃に親をなくした人生が幸福なわけがない」と答えた作者が、不用意に子供たちを傷つけるはずがない。作者は、子供たちを信じていたから残酷なものも避けなかったのだろう。

無類に愉快な本の巻末に、つい理屈っぽいことを書いてしまった。ともあれ、児童向けミステリにも山風の魅力は横溢しており、遅れてきた少年は、作者からの「思いがけない最後の贈り物」として受け取りたい。

編者解題

日下三蔵

二〇〇五年に本の雑誌社から刊行した〈都筑道夫少年小説コレクション〉〈全6巻〉は、幸いにして好評をいただき、少年小説シリーズの続刊を作ることが決まった。とりあえず、山田風太郎、鮎川哲也、仁木悦子、高木彬光の各氏の入手困難な少年ものを網羅した構成案をまとめ、それぞれの著作権者の方にご了解をいただき、「本の雑誌」に予告も出たが、その後、同社の経営方針が変わって刊行が見送られたのは無念であった。

この度、宙に浮いていた企画を論創社が拾ってくれることになり、ようやく〈山田風太郎少年小説コレクション〉を、皆さんのお手元にお届けできる運びになったのは喜ばしい限り。また〈都筑道夫少年小説コレクション〉では、「挿絵が少なくて淋しい」というご意見をいただいたので、今回は可能な限り初出誌の挿絵を収録してみた。なにぶん発表年が古いため、画家の方と連絡がつかなかった作品もあるが、ご本人もしくは著作権継承者をご存知の方は、編集部までお知らせ願えれば幸いである。

この〈少年小説コレクション〉シリーズでは、できれば当初の四氏だけでなく、さまざまな作家の少年ものをまとめていきたいと思っているが、商業出版である以上、どこまで出せるかは売れ行き次第ということになる。読者諸兄姉には、ぜひともご支持をいただきたい。どうぞよろしくお願いいいたします。

昭和二十年代にデビューした探偵作家の例に漏れず、山田風太郎もかなりの数の少年向け作品を発表しているが、リアルタイムで単行本化されたのは『笑う肉仮面』（58年12月／東光出版社／少年少女最新探偵長篇小説集10／「笑う肉仮面」「なぞの黒かげ」収録）と『青春探偵団』（59年1月／講談社／ロマン・ブックス）の二冊だけである。

高校生の六人組が主人公の連作五篇を収めた後者は、対象年齢が高いためか児童書ではなく、一般の作品と同じく新書判のロマン・ブックスで刊行されている。六四年九月には『殺人クラブ会員』と改題して東京文芸社から単行本として再刊され、九七年一月に廣済堂文庫の〈山田風太郎傑作大全〉シリーズで初めて文庫化された際に、それまで未収録だった作品「書庫の無頼漢」が増補された。

これ以降に出た光文社文庫版（『山田風太郎ミステリー傑作選6　天国荘奇譚』に収録）もポプラ文庫ピュアフル版も全六篇での刊行だが、その後、このシリーズにはさらに未収録作品「七分間の天国」があることが判明した。こちらは本書に続いて刊行される第2巻『神変不知火城』に収録されるので、楽しみにお待ちいただきたい。

二〇〇〇年に山田風太郎が第四回日本ミステリー文学大賞を受賞したのを記念して、光文社文庫で大部の〈山田風太郎ミステリー傑作選〉（全10巻）を編む機会を得た。第9巻『笑う肉仮面』を「少年編」に充て、判明している限りの作品を詰め込んだが一巻に収まりきらず、第10巻『達磨峠の事件』（補遺編）と刊行順は最後になった第8巻『怪談部屋』（怪奇編）にも少年ものが入っている。

ここで、その収録作品を一覧にしておこう。『達磨峠の事件』と『怪談部屋』は一般作品を割愛し、少年もののみを記載してある。

『山田風太郎ミステリー傑作選9　少年編　笑う肉仮面』　01年1月
〈水葬館の魔術／姿なき蝋人／秘宝の墓場／魔船の冒険／なぞの占い師／摩天楼の少年探偵／魔の短剣／魔人平家ガニ／青雲寮の秘密／黄金明王のひみつ／冬眠人間（中学時代二年生版）／暗黒迷宮党／なぞの黒かげ／冬眠人間（少年クラブ版）／笑う肉仮面〉
『山田風太郎ミステリー傑作選10　補遺編　達磨峠の事件』　01年3月
〈信濃の宿／青雲寮の秘密（第2回）／肉仮面〉
『山田風太郎ミステリー傑作選8　怪奇編　怪談部屋』　01年5月
〈あら海の少年／ぽっくりを買う話／びっこの七面鳥／エベレストの怪人／とびらをあけるな〉

このうち「青雲寮の秘密」は、全四回のうち第二回のみ別冊付録に掲載されていたため、『笑う肉仮面』の編集時には休載と思い込み、読者からの指摘で『達磨峠の事件』にあわてて追加収録したもの。お恥ずかしい限りの凡ミスであった。

他に、山田風太郎が参加した連作（リレー小説）を他作家の分まですべて集めた『山田風太郎コレクション3　十三の階段』（03年2月／出版芸術社）に、鬼クラブ同人によって「探偵王」に連載された「夜の皇太子」（執筆陣は、順に山田風太郎、武田武彦、香住春吾、山村正夫、香山滋、大河内常平、高木彬光）が収められている。

以上が、これまでに単行本化されている山田風太郎の少年ものである。今回の〈山田風太郎少年小説コレクション〉には、〈山田風太郎ミステリー傑作選〉（以下、〈傑作選〉）を編んだ段階ではテキストが入手できなかった作品、その後に存在が確認された作品、現代ものを対象とした〈傑作選〉には入れられなかった少年向けの時代小説を、まとめて収録した。つまり全作品が初めて単行本化されるものであり、風太郎ファンの方には喜んでいただけるものと確信している。

それでは各篇について、簡単に触れておこう。

黄金密使「少年少女譚海」50年9〜11月号　画・沢田重隆

文京出版の少年向け月刊小説誌「少年少女譚海」に連載された中篇。可憐なヒロインと勇敢な少年、金塊を狙う不気味な怪人とその意外な正体。少年探偵ものの定石を踏まえてスピーディーに展開する作品である。連載第一回のカラー扉には、「どこからともなく、ぬーっと現われる覆

「少年少女譚海」1950年10月号

面の怪人！　大金塊をねらって、おそろしい魔猿団の毒手がのびる……しかも、少女朋子は父の密使となって、いまその嵐のなかにまきこまれていく……」との煽り文句がある。

　初出では「鳩を飼う快少年」以降が第二回、「空とぶ護衛兵」以降が第三回に当たる。後に「怪盗魔猿団」と改題して「探偵王」（53年11〜12月号）に再録された。

　本篇のテキスト入手に際しては、八島久幸氏のご協力をいただきました。

軟骨人間　「科学の友」50年1月号　画・黒須喜代治
古墳怪盗団　「科学の友」50年2月号　画・黒須喜代治
空を飛ぶ悪魔　「科学の友」50年3月号　画・黒須喜代治

山海堂の少年向け科学雑誌「科学の友」に連載された読切シリーズには、『帰去来殺人事件』や『十三角関係』（いずれも〈傑作選2〉『十三角関係』所収）でお馴染みの酔いどれ医師・荊木歓喜が登場する。一般向けの作品では、新宿で売春婦の堕胎を専門にしている歓喜先生だが、少年ものでは読者の視点に近いキャラクターが必要とみえて、戦災孤児の千吉少年を引き取って育てていることになっている。

　歓喜先生の初登場作品は「講談倶楽部」の四九年九月号に発表された「チンプン館の殺人」

「科学の友」1950年1月号

同1950年2月号

同1950年3月号

〈傑作選2〉『十三角関係』所収）だから、探偵小説ファンに名探偵だと認知されるよりも早く少年もので活躍していたことになる。

　このうち「軟骨人間」は、風太郎ミステリの代表作「蝋人」（〈傑作選8〉『怪談部屋』所収）と同一のアイデアだが、「蝋人」の初出は「小説世界」の五〇年二月号であり、ほとんど同時に一般向けと少年向けの二作を書いたものと思われる。山田風太郎は、この題材を少年向けにもう一度リメイクして「譚海文庫」五一年第五号に「姿なき蝋人」（〈傑作選9〉『笑う肉仮面』所収）を発表しているから、よほどアイデアに自信があったのだろう。

　また、「古墳怪盗団」は「みささぎ盗賊」（徳間文庫〈山田風太郎妖異小説コレクション〉『地獄太夫』所収）、「空を飛ぶ悪魔」は「天誅」（〈傑作選10〉『達磨峠の事件』所収）のシチュエーション、トリックを、それぞれ再使用したものである。

　「科学の友」には続けて「虹の短剣」という作品が載ったらしいという情報もあったが、三月号の次号予告には、来月から誌名を「中学生」に変更するとの告知があるだけで、小説作品のタイトルは見当たらない。誌名が変わっているかもしれないというのがネックだが、これについては引き続き探索を行なっていきたい。

天使の復讐「六年の学習」52年3月増刊号　画・土村正寿

学習研究社の学年誌「六年の学習」の増刊「新中学生」に掲載。一般向けの同題作品〈傑作選10〉『達磨峠の事件』所収）をリメイクしたもの。初出時の角書きは「科学小説」（目次では「科学冒険小説」）となっているが、これはSFではなく、ある科学的な知識が作中のキーポイントになっていることを表したものであろう。なお、初出ではタイトルの見開きページに巨石が落下するシーンのイラストが配置されていたが、これはあんまりなので、本書では文章と対応する位置に移動しておいた。

本篇のテキスト入手に際しては、戸田和光氏のご協力をいただきました。

さばくのひみつ「小学生朝日新聞」53年7月26日、8月2、9、16、23、30日　画・いせだくにひこ

朝日新聞社の小学生向け新聞に六回にわたって連載された作品。小見出しごとに連載の一回分に相当しているが、短い各回が四段に分かれて一段ごとにイラストが入っており、ほとんど絵物語のような形である。挿絵の「いせだくにひこ」は伊勢田邦彦氏のこと。

この短い作品に、実に二十四葉ものイラストが付いていたわけだが、初出が新聞であるためコピーの状態が不鮮明な個所が多く、半分の十二葉しか再録できなかったのは残念である。なお、最終回末尾の囲みの中の文章は、著者自身のものか編集部によるものか不明だが、本書にも同じ形で収録しておいた。

窓の紅文字「少年画報」53年2月号　画・深尾徹哉

少年画報社の月刊漫画誌「少年画報」に掲載された作品。若者向けの雑誌「平凡」の五二年二月号には、同じタイトル、同じトリックの推理クイズが載っているが、「平凡」版が十枚足らずの簡略化されたクイズであるのに対して、本篇は啓太郎少年を探偵役に三十枚ほどの短篇に仕立て直されており、小説としては断然こちらの方が面白い。

なお、「平凡」版は、同じく写真をイラスト代わりに使った推理クイズ「殺人病院」とともに第2巻に収録する予定である。

本篇のテキスト入手に際しては、安達裕之氏のご協力をいただきました。

緑の髑髏紳士「少年少女漫画と読物」53年1～3月号　画・岩田浩昌

新生閣の月刊誌「少年少女漫画と読物」に連載された作品。少年探偵が挑む髑髏紳士の意外極まる正体とは？　初出では「魔煙の空に笑う声」以降が第二回、「天翔けり去る髑髏紳士」以降が第三回に当たる。

本篇のテキスト入手に際しては、渡邉輝也氏のご協力をいただきました。

夜光珠の怪盗　「太陽少年」53年1～2月号　画・遠藤昭吾

妙義出版社の月刊誌「太陽少年」に連載された作品。初出では「ねずみはどこからでてきたか」以降が後篇に当たる。この作品は原本の変色が著しく、いろいろと試してみたが挿絵を再録することができなかった。

「太陽少年」1953年1月号

ねむり人形座　「よみうり少年少女新聞」61年6月1日～11月2日　画・輪島清隆

週三回（火、木、土）発刊されていた読売新聞社の児童向け新聞「よみうり少年少女新聞」の小学生版に六十七回にわたって連載された作品。凶悪なねむり人形座の一味を相手に、明と知子はピンチの連続。手に汗握る冒険が繰り広げられる。百五十枚を超える少年ものとしては長篇といっていいボリュームの作品だけに読み応えがある。

既に忍法帖シリーズを書き始めて、少年向けのミステリからは遠ざかっていたはずのこの時期に、これだけの力作を発表したのは、当時、七歳と四歳だった自分の子供たちに読ませるためだったのではないだろうか。自分の日記から抜粋した「育児日記」を作って長女の佳織さんに贈ったという著者だけに、ありえない想像ではないと思う。

本篇は、山田風太郎記念館のご協力をいただき、著者自身が丁寧に作成したスクラップブックをお借りして、収録が可能になったものである。

〈山田風太郎ミステリー傑作選〉を作ったときには力及ばず入手できなかったテキストを含め、これだけの作品を集めることができたのは、多くの方々のお力添えをいただけたからに他ならない。文中でお名前を挙げた方の他にも、黒田明、三谷薫、成田祥介、藤元直樹の各氏からは、貴重な資料や情報をご提供いただいた。

また、埋もれたミステリ作品の書誌を丹念に作成している戸田和光さんのご教示で存在自体を知った作品が多い。改めて記して感謝する次第であります。

それでは、〈山田風太郎少年少説コレクション〉第2巻『神変不知火城』で、またお目にかかりましょう。

夜光珠《やこうじゅ》の怪盗《かいとう》
——山田風太郎少年小説《やまだふうたろうしようねんしようせつ》コレクション 1

2012 年 6 月 15 日　　初版第 1 刷印刷
2012 年 6 月 25 日　　初版第 1 刷発行

著　者　山田風太郎
編　者　日下三蔵
装　丁　野村　浩
発行人　森下紀夫
発行所　論 創 社
〒101-0051　東京都千代田区神田神保町 2-23　北井ビル
電話 03-3264-5254　振替口座 00160-1-155266

印刷・製本　中央精版印刷
組版　フレックスアート

ISBN978-4-8460-1154-3
落丁・乱丁本はお取り替えいたします